AF402930

Neben ihrem Studium lässt sich **Sheyla Sparks** gerne treiben. Ihrer Leidenschaft, dem Schreiben, geht sie vor allem auf langen Reisen in ihrem Wohnmobil nach. So entstand auch die Idee für ihr Debüt auf einem Trip nach Berlin. Inspiriert durch klassische Liebesromane verfasst sie erotische Literatur, bei der neben brennender Leidenschaft vor allem Charaktere und Handlung im Fokus stehen.

MAKE
ME
glow
SHEYLA
SPARKS
DU BIST
MEIN GEHEIMNIS

Erstausgabe August 2020

© 2020 dp DIGITAL PUBLISHERS GmbH

Made in Stuttgart with ♥
Alle Rechte vorbehalten

Make me Glow

ISBN 978-3-96817-3-733
E-Book-ISBN 978-3-96087-2-651

Covergestaltung: Vivien Summer
Umschlaggestaltung: ARTC.ore

Unter Verwendung von Abbildungen von
shutterstock.com: © Ron Dale, © LightField Studios,
© seksan wangkeeree

Lektorat: Claudia Steinke
Satz: dp DIGITAL PUBLISHERS
Druck und Bindung: Books on Demand GmbH, Norderstedt

Das Werk darf – auch teilweise – nur mit
Genehmigung des Verlages wiedergegeben werden.

Sämtliche Personen und Ereignisse dieses Werks sind frei erfunden. Etwaige Ähnlichkeiten mit real existierenden Personen, ob lebend oder tot, wären rein zufällig

1. Lola

„Heilige Scheiße, du hast die geilsten Ohren, die ich jemals gesehen habe!"

Warmer Atem streift meinen Hals und seine Zungenspitze spielt mit meinem Ohrläppchen. So kann er wenigstens nicht sehen, wie sehr ich mit mir kämpfe, um nicht laut loszuprusten.

„Glückwunsch. Du hast gerade *Dein Po erinnert mich an meine Mutter* vom Thron gestoßen. Damit landest du offiziell auf Platz 1 der seltsamsten Komplimente, die ich bekommen habe. Aber trotzdem danke, freut mich, wenn sie dir gefallen."

Er stößt ein tiefes Lachen aus und leckt an der Rückseite meines Ohres entlang. Nun, da ich mir sicher bin, dass er meinen Humor versteht, kann ich mich ganz seiner Zärtlichkeit hingeben. Mit geschickten Griffen öffne ich die Knöpfe seines weißen Hemdes. Er schiebt meine dunkle Mähne beiseite und macht an meinem Hals weiter. Sofort stellen sich die Härchen in meinem Nacken auf. Ich schließe genüsslich die Augen und lasse das leise Stöhnen zu, das meinen Lippen entweichen will.

„O ja, zeig mir, wie heiß es dich macht."

Nichts leichter als das. Ich weiß genau, was zu tun ist.

Blitzschnell schiebe ich meine Hand zwischen seine Beine und umfasse mit festem Griff die Wölbung unter der Anzughose. Dabei raune ich ihm einen weiteren Lustlaut ins Ohr und schiebe meine Hüfte nach vorne.

Er reagiert genau wie geplant und drängt sich keuchend gegen mich. Ich muss schmunzeln. Das klappt eben bei jedem. Er streift sich das Hemd von den Schultern und lässt sich nach hinten in die Laken fallen. Ich klettere von seinem Schoß, halte seine Härte aber weiterhin durch den Stoff fest umschlossen.

„Weißt du, was mich noch viel heißer machen würde?" Ich lege den Kopf schief und sehe ihm tief in die Augen. Normalerweise hebe ich mir diesen Blick länger auf, doch sein angestrengtes Hecheln verrät mir, dass ich ihn heute nicht brauchen werde, um die Sache zum Ende zu bringen. Das wird kein langes Vergnügen.

Er streicht sich durch die grau melierten Haare und schüttelt den Kopf. „Verrat es mir. Ich geb dir alles, was du willst."

„Es würde schon reichen, wenn du dieses blöde Ding hier loswirst." Ich zupfe an seiner Hose.

Er macht sich sofort am Gürtel zu schaffen.

„Und dann will ich ihn spüren. Tief in mir. Während du an meinem Ohrläppchen knabberst. Mmmmh, und langsam meine Ohrmuschel entlangleckst ..."

Seine Augen weiten sich. Das lässt er sich nicht zweimal sagen. Ungeschickt quält er sich aus seiner Hose und seinen Shorts. Zeit für meinen Lieblingsmoment.

Ich ziehe mir das Kleid über den Kopf und werfe es neben das Bett. Sein Blick gleitet über meine Kurven. Mit jeder Sekunde kann ich seine Erregung wachsen sehen. Ich gefalle ihm, eindeutig.

„Wow. Du ..." Weiter kommt er nicht, denn ich beuge mich über ihn und recke ihm meine Brüste ins Gesicht.

Sofort umschließt er sie mit seinen Händen und beginnt, gierig daran zu saugen. Ein wohliges Ziehen fährt durch meinen Körper.

„Mach weiter", bitte ich ihn und greife zum Nachttisch, um das Kondom aus seiner Verpackung zu befreien. Als ich es ihm überstreife, kneift er die Lippen zusammen und sieht mit einem unmissverständlichen Flehen im Blick zu mir hinauf. Das Ziehen setzt sich zwischen meinen Beinen fest. Er will mich so sehr.

Kaum merklich schüttle ich den Kopf. Nein, so einfach mache ich es dir nicht.

Seine Brust hebt und senkt sich wie nach einem Marathonlauf. Trotzdem lasse ich mir alle Zeit der Welt. Langsam nähere ich mich. Er saugt Luft durch die Zähne ein, als meine Brüste sich gegen seinen Oberkörper drücken. Wie in Zeitlupe streiche ich eine Strähne hinter mein Ohr und recke es ihm entgegen.

Das ist zu viel für ihn. Er umschließt es mit seinen Lippen und ein animalisches Grollen entweicht seiner Kehle. Auf der Suche nach Halt streicht er hektisch über meinen Körper und drängt sich gegen mich. Gut so. Mein Puls beschleunigt sich. Ich kann mich kaum an seiner Lust sattsehen, aber ich habe ihn lange genug gequält.

Ich öffne meine Beine und lasse ihn gewähren. Er schreit auf. Direkt in mein Ohr. Ich zucke zusammen und stoße ihn zurück auf die Matratze. Dabei bewege ich meine Hüften nur ganz sanft auf und ab, doch es reicht, um seine Wangen rot anlaufen zu lassen.

„O Gott, o Gott, o Gott!", wimmert er und streckt beide Hände nach meinen Ohren aus. Ich muss mir erneut ein Grinsen verkneifen. Wie können diese Dinger jemanden so sehr anmachen?

Plötzlich ziehen sich seine Gesichtsmuskeln zusammen und seine Mundwinkel zucken unkontrolliert. Wirklich, so schnell?

Ich gebe noch mal ordentlich Gas. Doch schon der zweite Stoßbringt ihn an seine Grenzen. Er krallt sich an meinen Ohren fest. Dann entlädt sich seine Lust mit einem kräftigen Zittern, das seinen ganzen Körper erfasst. Zum Glück habe ich meine Ohren in Sicherheitsabstand gebracht. Diesen Schrei hätte mein Trommelfell aus der Nähe wohl nicht ausgehalten.

Nach einigen endlos langen Atemzügen entspannt sich sein Körper wieder. Er schlägt die Augen auf und ein Lächeln schleicht sich auf seine Lippen. Endlich lässt er meine Ohren los und streicht mir zärtlich durchs Haar.

„Danke. Du bist unglaublich. Wirklich." Er zieht mich noch mal zu sich hinunter und drückt mir einen Kuss auf die Wange. Nun bin ich es, der ein wohliger Schauer über den Rücken läuft. Ich korrigiere mich in Gedanken. DAS ist mein Lieblingsmoment. Doch ich finde schnell mein professionelles Lächeln wieder und krabble aus dem Bett.

„Ich habe zu danken. Mich hat schon lange kein Mann mehr so heiß gemacht. Du weißt, wie man mit Frauen umgeht." Wie immer kommt mir die Lüge so locker über die Lippen, dass er keinen Grund hätte, an meiner Aussage zu zweifeln.

Er setzt sich ans Bettende, sammelt sein Hemd vom Boden auf und zieht es wieder an. „Darf ich dich noch was fragen?"

Ich ziehe mir ebenfalls wieder mein Kleid über den Kopf und durchkämme meine Haare mit den Fingern.

„Solange du nicht meine Bankdaten oder meine Adresse willst ... schieß los."

„Das mit den Ohren ... das habe ich mir hoffentlich nicht eingebildet, aber ... das hat dich auch richtig angemacht, oder?"

Am liebsten würde ich mir die flache Hand vors Gesicht schlagen. Ich mag eine überzeugende Schauspielerin sein, aber wenn er seinen Denkapparat benutzen würde, könnte er sich die Frage eigentlich selbst beantworten. Er weiß, warum ich hier bin. Es ist meine Aufgabe, Männerträume wahr werden zu lassen. Trotzdem schmeichelt es mir, dass er mir selbst diesen Teil abgekauft hat.

„Und wie. Es hat mich total überwältigt. Ich wusste bisher gar nichts von dieser Vorliebe. Deswegen habe eigentlich ich zu danken", säusle ich und schenke ihm ein zuckersüßes Lächeln.

Er schlüpft in seine Hose und kommt zu mir hinüber. „Dann können wir das bald wiederholen?"

„Ich bitte darum. Du weißt, wie du mich erreichst." Ich zwinkere ihm zu und lasse mich ein letztes Mal in seine Arme ziehen.

Im Flur werfe ich noch einen prüfenden Blick in den Spiegel. Mein Make-up sitzt noch, meine Haare sind nicht durchgewuschelt und mein blaues Kleid trage ich richtig herum. Nichts deutet darauf hin, was hier gerade passiert ist. Zufrieden schlüpfe ich in meine Heels. Er lehnt im Türrahmen und beobachtet jeden meiner Handgriffe. Ich genieße seine Aufmerksamkeit und stelle abermals fest, dass er ziemlich gut aussieht. Vor allem in diesem teuren Anzug, der sein Image als erfolgreicher Banker perfekt unterstreicht.

Ich schnappe mir meine Handtasche und ziehe den Reißverschluss auf. Das Kuvert ist noch an seinem Platz. Durch das dünne Papier kann ich das Grün der Scheine leuchten sehen. Ich atme auf. Alles ist gut.

„Melde dich. Bald", hauche ich ihm zum Abschied ins Ohr und fahre mit den Lippen über seinen Hals. Sofort bildet sich dort feine Gänsehaut. Klappt immer.

„Gott, ja, darauf kannst du dich verlassen."

Ich lasse mir Zeit, den richtigen Schlüssel zu finden und ihn im Schloss herumzudrehen. Schließlich hat Miss Flauschig eine faire Chance verdient, unser Spiel zu gewinnen. Schon durch den Türspalt kann ich erkennen, dass ich ihr zu viel Vorsprung gegeben habe. Sie steht mit aufgerichtetem Schwanz auf der Couch und begrüßt mich mit einem Maunzen.

„Gib's zu, du schummelst. Liegst den ganzen Tag da rum und wenn ich heimkomme, tust du so, als wärst du schneller gewesen."

Zur Antwort erhalte ich ein weiteres Miauen. Ich ziehe die Tür hinter mir zu, kicke meine Schuhe in die Ecke und stürme zu ihr aufs Sofa. Natürlich nicht, ohne ihr ein Leckerli aus der Dose auf dem gläsernen Couchtisch zu besorgen. Sie klaut es mir aus den Fingern und verschlingt es mit nur einem Bissen.

Dafür hebe ich sie hoch, drücke sie sanft an mich und vergrabe das Gesicht in ihrem weichen Fell. Sie strampelt um ihr Leben, aber das ignoriere ich. Ein paar Sekunden Liebe haben noch niemanden umgebracht. Sie windet sich trotzdem viel zu schnell aus meinem Griff und verschwindet beleidigt hinter ihrem Kratzbaum.

„Jaja, schmoll du nur, Prinzessin. Wenn es Abendessen gibt, hast du mir sowieso wieder alles verziehen.“

Am liebsten würde ich mich jetzt quer auf die Couch legen und nichts tun, doch ich weiß, dass ich mich nicht entspannen kann, bevor ich alles erledigt habe.

Auf dem Weg in die Küche sammle ich meine Handtasche vom Boden auf und ziehe das Kuvert hervor. Dann öffne ich einen der Hochglanzschränke und stelle einige Lebensmitteldosen und Nudelpackungen auf die Arbeitsplatte. Bis ich endlich an den grünen Müslikarton komme. Ich falte die Laschen auseinander. Mein Geheimvorrat kommt zum Vorschein und ich ziehe die Scheine aus dem Umschlag, um sie zu den anderen zu legen. Zweihundert, Vierhundert, fünfhundert, fünfhundertfünfzig. Passt genau. Ich lege einen grünen Schein beiseite und stopfe die anderen mit in die Müsliverpackung. Wenn ich ihn nicht gleich auf die Garderobe lege, vergesse ich nur, ihn nächstes Mal mit in die Agentur zu nehmen. Dann verstaue ich alles wieder und schlurfe ins Badezimmer.

Nach zwei Minuten bin ich abgeschminkt und trete endlich unter die Dusche. Ich kann es kaum erwarten, den fremden Geruch von meiner Haut zu spülen. Vorsichtig drehe ich den Hahn auf und lasse das dampfende Nass aus der Regendusche auf meinen Körper prasseln. Sofort lockern sich die angespannten Muskeln in meinen Schultern. Es geht eben nichts über eine heiße Dusche.

Ich seife meine Hüften gründlich mit dem fruchtig duftenden Duschgel ein. Das Wasser unter meinen

Füßen färbt sich hellbraun. Ich seufze und schließe die Augen. Nicht nach unten schauen. Heute nicht mehr. Ich kenne den Anblick meines Körpers ohne das wischfeste Make-up gut genug. Die zartrosa Dehnungsstreifen, die sich mahnend über meine Haut ziehen und mich an Zeiten erinnern, die ich am liebsten aus meinem Gedächtnis verbannen würde. Ich muss sie nicht sehen, um ihre Last zu spüren. Endlich rinnt das Wasser wieder ungetrübt in den Abfluss und ich drehe es ab.

Das Rauschen der Dusche klingt in meinen Ohren nach. Leider nicht lange genug. Schnell umfasst mich die bedrückende Stille, während ich mich abtrockne. Wenigstens ist der Spiegel beschlagen, sodass ich mich nicht selbst dabei beobachten muss. Trotzdem legt sich nach und nach eine Schlinge um meinen Brustkorb, die sich mit jeder Sekunde enger zieht.

Ich werfe das Handtuch unachtsam in eine Ecke und greife nach meiner Hose. Das eingenähte Schild ragt mir entgegen und mich überkommt der Impuls, sie wieder wegzulegen und eine andere Größe aus dem Schrank zu holen, die über mein ausladendes Hinterteil passt. Werde ich mich jemals daran gewöhnen? Schon vor Jahren ist aus der vier der 48 eine drei geworden. Ich habe die überflüssigen Pfunde abgeworfen wie einen Panzer – doch was ich mir davon erhofft habe, ist nie eingetreten. In meinem Kopf taucht immer noch eine dreistellige Zahl auf, wenn ich auf die Waage steige. Ich spüre Speckrollen, die nicht mehr da sind. Und obwohl die Stille jeden Winkel des Badezimmers erfüllt, kommt sie nicht gegen die leisen Stimmen in meinem Hinterkopf an, die mir zurufen, dass ich nie schön sein werde.

Eilig schlüpfe ich in meine Klamotten und reiße die Badezimmertür auf. Kühle Luft schlägt mir entgegen. Ich lasse sie tief in meine Lunge strömen, doch es hilft lediglich dabei, die Schlinge ein wenig zu lockern.

Erst als ich die Anlage einschalte und mein Handy verbinde, kann ich aufatmen. Die sanften Pianoklänge des Satie-Stücks füllen den Raum und verdrängen die gespenstische Stille. Seufzend lasse ich mich auf die Couch sinken.

Ich werfe einen Blick auf den Kratzbaum, aber Miss Flauschig reckt mir ihr Hinterteil entgegen und scheint nicht an einer Kuschelrunde interessiert zu sein. Also wickle ich mir meine Lieblingsdecke um den Körper und sinke in die Kissen.

Eigentlich wäre das der Zeitpunkt, um zu entspannen und alle Gedanken loszulassen. Ich konzentriere mich auf die Melodie, das Zusammenspiel der harmonischen Töne, die Ruhe, die das Stück mir zu vermitteln versucht. Doch es gelingt mir nicht. Immer wieder drängt sich mein Unwohlsein in den Vordergrund. Dabei kann ich nicht einmal festmachen, woran genau es liegt. Was ist heute nur wieder los? Es ist doch alles wie immer. Kein Grund für schlechte Laune. Und erst recht nicht für diese drückende …

Ich schrecke auf. Eine mir nur allzu bekannte Melodie übertönt das Piano. Mein Handy tanzt in ihrem Takt auf dem Tisch.

Es ist Dominik. Eigentlich habe ich keine Lust, mit ihm zu reden. Aber meine Neugier ist stärker.

Ich stoppe die Musik und nehme den Anruf an.

„Ich hoffe, du hast einen guten Grund, meinen Feierabend zu stören“, begrüße ich ihn.

Er lacht. „Dir auch einen guten Abend. Ja, ich bin noch am Arbeiten und habe nicht so früh Feierabend wie du, danke der Nachfrage.“

Ich rolle mit den Augen, allerdings zucken auch meine Mundwinkel nach oben. Zum Glück kann er das nicht sehen.

„Und du rufst an, um mir das mitzuteilen? Ich habe kein Mitleid, sorry. Immerhin bin ich diejenige, die dein Geld verdient.“

„Ach, Lola.“ Er lacht abermals. „Ich habe einen besonderen Auftrag für dich.“

Ich runzle die Stirn. „So besonders wie der Letzte? Nein, das brauchst du gar nicht noch mal zu versuchen. Ich werde keinen erwachsenen Mann wickeln. Auf keinen Fall.“

„Das hab ich kapiert. Es ist nicht der Windel-Typ, versprochen. Es wird dir gefallen.“

„Seit wann ist dir wichtig, dass ich Spaß an meinem Job habe?“, necke ich ihn.

„Nicht ablenken, Süße. Kann ich auf dich zählen? Samstag Abend, drei Stunden?“

Ich zögere. Domis Spezialaufträge. Gleichermaßen geliebt und gefürchtet. Eigentlich bin ich im Moment genug ausgelastet. Ich schnappe mir meinen Planer von der Ablage unter dem Tisch und blättere zum richtigen Datum. Der Samstag ist tatsächlich der einzige Tag, an dem ich noch nicht mindestens 2 Buchungen habe. Trotzdem bin ich mir nicht sicher, ob ich zusagen oder das Vergnügen lieber einem anderen Mädchen überlassen soll.

„Geht das auch noch etwas genauer?“

„Klar. Komm morgen mal vorbei, dann können wir drüber quatschen.“

„Hm“, antworte ich nur. Er klingt so enthusiastisch. Vielleicht hat er wirklich etwas Tolles für mich. Aber das kann auch täuschen. Warum will er es denn nicht am Telefon besprechen? Ich bin nach wie vor skeptisch, doch ich weiß auch, dass die Neugier mich zerfressen würde, wenn ich es mir nicht wenigstens anhören würde.

„In Ordnung. Ich komme vorbei. Aber das ist noch kein Ja!“

„Das reicht mir schon. Wenn ich dir die Konditionen verrate, krieg ich dich sowieso.“

Ich kann das Schmunzeln in seiner Stimme hören. „Das werden wir noch sehen. Bis morgen, Big Boss.“

Ich warte seine Antwort nicht ab, sondern lege sofort auf.

Dann drücke ich erneut auf Play und lausche den Melodien, bis meine Gedanken davonfliegen.

2. Lola

Das edle Leuchtschild des „Diamond Club" ist noch ausgeschaltet, als ich auf das Backsteingebäude zusteuere. Ob Domi endlich mal eingesehen hat, dass das bei Sonnenschein nur Stromverschwendung ist?

Ich begrüße unseren neuen Türsteher mit einem Nicken. Er winkt mich durch und eilig schlüpfe ich ins Innere, um mich vor der Kälte dieses Oktobermorgens zu retten. Sofort stehe ich in einer Wolke des blumigen Dufts, der im ganzen Club versprüht wird.

„Hey, Lola, du lebst ja noch!" Lilly beugt sich über den Empfangstisch aus Marmor. Wie schafft sie es nur, jedes Mal hübscher zu werden?

„Hat jemand Gerüchte über meinen Tod verbreitet oder vermisst ihr mich hier nur?" Ich umrunde den Tresen und drücke sie.

„Es ist bestimmt schon zwei Monate her. Hast du keine Lust mehr auf uns? Was hast du getrieben?"

Ich zucke mit den Schultern. „Es läuft gut. Ich habe mehr Termine, als ich annehmen kann. Da muss ich nicht herkommen."

„Doch, um uns Gesellschaft zu leisten. Du hast einiges verpasst." Sie hält sich die Hand vor den Mund und kichert.

„Ich erwarte detaillierte Berichte. Aber heb' dir das für später auf. Ich hab einen Termin beim Chef."

Sie hebt eine Braue und wird plötzlich ganz leise.

„Meinst du, er will …“

Ich schüttle energisch den Kopf. „Nein, er hat einen dieser Spezialaufträge für mich.“

„Ach so … schade. Na dann mal viel Glück.“

„Bis später.“

Ich folge dem Teppich zur geschwungenen Treppe am Ende des Flurs und steige die Stufen hinauf. Ihre Andeutung schwirrt mir durch den Kopf und setzt sich dort fest.

Ich habe schon lange nicht mehr daran gedacht. Es macht auch wenig Sinn, darauf zu hoffen, denn es liegt allein in Dominiks Hand, darüber zu entscheiden. Aber ich könnte es ansprechen. Wenn er mir diesen komischen Auftrag unbedingt andrehen will, wird er bestimmt bereit sein, zu handeln.

Ich widerstehe dem Impuls, wie gewohnt nach links zu den Zimmern abzubiegen und schiebe stattdessen die massive Holztür auf der rechten Seite auf.

Jedes Mal fühlt es sich an, als würde man aus einem Traum herausgerissen werden. Während der Rest des Clubs moderne und prunkvolle Elemente in sich vereint, wird man im Bürotrakt beinahe von der Nüchternheit der Einrichtung erschlagen. Kein einziges Bild schmückt die weißen Wände, das Holz des Parkettbodens ist grau ausgeblichen. Ich klopfe an Dominiks Zimmer.

„Hereinspaziert“, dringt es zu mir nach draußen.

Er sitzt hinter seinem Schreibtisch, der fast die gleiche Farbe hat wie der Boden. Als ich den Raum betrete, hebt er den Blick von seinem Bildschirm. Neben zwei Aktenschränken und einer halb vertrockneten

Topfpflanze ist auch dieser Raum völlig kahl. Eins muss man ihm lassen: Er lässt seinen Reichtum nicht raushängen und scheint sehr genügsam zu sein. Oder er hat einfach keinen Geschmack.

„Ich würde dir ja einen Kaffee anbieten, aber die Maschine ist kaputt. Wasser oder ein Glas Sekt?"

„Gute Taktik. Mich abfüllen, damit ich für deinen Auftrag gefügig bin und einfach ja sage. Also nein, danke."

Ich versuche, meinen todernsten Gesichtsausdruck beizubehalten, doch ich halte nicht lange durch und grinse ihn an.

„Du weißt doch, so mag ich meine Mädels am liebsten – willenlos und komatös." Ich stimme in sein Lachen mit ein.

Dominik ist definitiv der beste Chef, den man sich als Escort nur wünschen kann. Im Gegensatz zu vielen anderen in der Branche behandelt er uns nicht wie seelenlose Kapitalanlagen, bei denen nichts als der Körper zählt. Schon bei meinem Vorstellungsgespräch vor drei Jahren hat er mir offengelegt, dass er nur Frauen einstellt, die mehr zu bieten haben als Silikon in den Brüsten – nämlich Köpfchen und Charakter. Deswegen brauche ich mir keine Gedanken zu machen, wenn ich ihn ein wenig ärgere. Er wird es mir nicht übel nehmen – ganz im Gegenteil. Ich kann sogar noch damit punkten.

„Also, hau raus. Welchen Anschlag willst du diesmal auf mich verüben?"

Er lehnt sich im Drehstuhl zurück und verschränkt die Arme vor der Brust. Seine blauen Augen blitzen auf, als er zu sprechen beginnt. „Drei Stunden. Fünf fünf.

Einen davon für mich. Jede Menge Spaß für dich. Kein Sex mit dem Kunden."

„Das ist unser normaler Satz für eine Stunde. Und das für drei? Warum sollte mich das überzeugen?"

„Nicht hundert. Tausend."

Ich schlucke. „4500 Euro für drei Stunden ohne Sex?" Das kann nicht sein. Da muss es einen Haken geben.

„Das habe ich nicht gesagt. Ich sagte, kein Sex mit dem Kunden."

Jap, da haben wir es. Da kommt das Aber.

„Ich schlafe nicht mit Tieren oder Kindern, falls du das andeuten willst. Und du solltest so was auch gar nicht erst anbieten."

Er fährt sich übers Gesicht. „Ich erinnere mich, warum ich dich angestellt habe. Du hast wirklich eine blühende Fantasie. Aber es erschreckt mich, was du mir alles zutraust."

Ich hebe die Brauen. „Also nicht? Was ist es dann?"

„Pass auf. Das ist einer meiner besten Kunden. Er hat schon viele schöne Stunden mit unseren Mädels verbracht und immer wieder angefragt. Ich habe ihm jedes Mal gesagt, dass wir diesen Service nicht anbieten, aber er hat nicht locker gelassen. Diesmal konnte ich nicht Nein sagen. Er hat so viel geboten. Überleg mal, wie lukrativ das ist – und ich will ihn nicht als Kunden verlieren. Verstehst du?"

„Gewissermaßen. Wenn du mir nur endlich verrätst, was zur Hölle ich für ihn tun soll."

„Er hat eine ... leicht voyeuristische Ader. Er hat noch nie mit einem der Mädchen geschlafen, er hat ihnen immer nur zugesehen. Aber das reicht ihm diesmal nicht. Er will den ultimativen Kick. Deswegen ..." Er

stockt, aber ich bedeute ihm mit einer Geste, weiterzu-
sprechen.

„Deswegen will er nicht nur eine Frau buchen, sondern ein Paar. Um sie aus nächster Nähe zu beobachten. Sam wird den männlichen Part übernehmen. Fehlt
nur noch eine passende Dame."

Mein Mund klappt auf. Hat er das gerade wirklich gesagt?

„Regel Nr. 1: Don't fuck the company. Waren das nicht
deine Worte?"

Er wendet den Blick ab und fährt mit dem Finger den
Papierstapel auf dem Tisch entlang. „Schon ... aber dieses eine Mal wird ja wohl nicht schaden. Und es ist etwas anderes, wenn es ein Auftrag ist."

„Warum soll ich das machen? Tiffy wäre sicher sofort
dabei."

Mit konzentrierter Miene sortiert er die Papiere neu.
Es ist ihm also verdammt unangenehm – zurecht.
Schließlich ist er es, der uns immer wieder predigt, sich
auf nichts mit einem unserer Callboys einzulassen. Bisher habe ich ihm dabei sogar recht gegeben. Es könnte
zu Gerüchten und unangenehmen Situationen im Club
führen. Oder im schlimmsten Fall dazu, dass einer der
beiden seinen Job nicht mehr richtig ausüben kann.
Umso mehr überrascht mich sein Angebot. Er kennt
meinen Standpunkt.

„Ehrlich gesagt hatte ich schon eine von den Dia-
monds eingeteilt."

„Aha, zweite Wahl also." Ich verschränke ebenfalls
die Arme vor der Brust und schiebe die Unterlippe vor.

„So würde ich das nicht sagen. Der Kunde hat explizit
nach einer Dame mit dunklen Haaren und blauen

Augen gefragt. Da kommen nicht so viele in Frage. Und nachdem ich mir schon dachte, dass du nicht sofort *Juhu* schreien wirst, habe ich erst Jeanny gefragt. Aber sie hat sich gestern krank gemeldet."

Er hebt den Kopf und sieht mir in die Augen. „Bitte. Sonst kann ich mich doch auch auf dich verlassen. Die Männer lieben dich. Du bist die einzige, die sich dieses Jahr noch keine Beschwerde eingehandelt hat. Enttäusch mich nicht."

Er macht es mir wirklich nicht leicht. Die Konditionen sind verlockend und im Prinzip ist es leicht verdientes Geld. Der Gedanke, einen stillen Beobachter zu haben, behagt mir zwar nicht ganz, aber ich habe schon deutlich Schlimmeres über mich ergehen lassen. Andererseits muss ich dafür mit einem Kollegen schlafen. Kann ich ihm danach noch im Club begegnen, ohne vor Scham zu erröten? Wird er vielleicht sogar mit jemandem aus dem Team über mich reden und am Ende wissen alle, wenn ich etwas falsch gemacht habe oder es ihm nicht gefallen hat?

Dominik steht die Verzweiflung jedoch ins Gesicht geschrieben. Ich soll ihm aus der Patsche helfen – und ich bin vermutlich die Einzige, die das kann. Wenn es ihm so wichtig ist, ist er vielleicht auch bereit, noch mehr dafür zu geben. Lilly hat mir unfreiwillig die perfekte Verhandlungsbasis offenbart.

Das ist meine Chance. „Wenn alle so zufrieden mit mir sind und ich dir so viel wert bin ..." Er seufzt, bevor ich den Satz beendet habe. Natürlich weiß er, worauf ich hinaus möchte. „... bin ich es dann nicht auch wert, endlich in die Diamond-Kategorie hochgestuft zu werden?"

Ich sehe ihn mit großen Augen an und zaubere den niedlichsten und unschuldigsten Gesichtsausdruck aus meinem Repertoire. Dominik stützt sich auf den Tisch und reibt sich die Stirn.

„Jetzt weiß ich wenigstens, wie du die Männer alle um den Finger wickelst", murmelt er. Doch ich gebe nicht nach und bedränge ihn weiterhin mit meiner Niedlichkeit. Jetzt kann ich nicht nachgeben. Er ist so kurz davor. Los, sag ja!

„Verdammt. Na gut. Wenn du das am Samstag zur Zufriedenheit des Kunden erledigst, kriegst du dein Upgrade."

„Dauerhaft?", hake ich nach.

„Ja, was denn sonst. Wir machen hier keine halben Sachen, du kennst mich doch." Er klingt genervt, doch seine Worte zaubern mir ein strahlendes Lächeln ins Gesicht. Ich kann es kaum glauben. Es war so einfach. Warum habe ich monatelang gewartet, um das Thema anzusprechen? Ich springe auf und stürme um den Tisch herum. „Danke, danke, danke! Du bist der beste Chef auf der Welt!" Ich umschlinge ihn und den Stuhl von hinten und drücke ihn fest. Er denkt wohl, ich will einen Anschlag auf ihn verüben, denn er zieht den Kopf ein und macht sich klein. „Nicht mehr lange, wenn du mich zerquetschst."

Ich lasse ihn wieder los und er dreht seinen Stuhl zu mir um. Nachdenklich mustert er mich und steht dann auf. „Du hättest es auch so gemacht, stimmt's?"

„Wer weiß. Vielleicht. Vielleicht aber auch nicht." Ich zwinkere ihm zu und wende mich zum Gehen. „Schick mir die Adresse durch. Und sag diesem Sam, dass ich ihn eigenhändig kastriere, falls er irgendwem davon erzählt."

Dominik setzt sich aufs Fensterbrett und schüttelt den Kopf, als ich ihm von der Tür aus winke.

„Nächstes Mal stelle ich ein paar devote Dummchen ein. Ihr bringt mich noch ins Grab."

Ich werfe ihm noch eine Kusshand zu und verlasse den Bürotrakt.

Der Tresen ist unbesetzt, als ich wieder im Empfangsbereich ankomme. Weil ich Lilly auch nicht in der Kaffeeküche finde und keine Ahnung habe, wohin sie verschwunden ist, schreibe ich kurzerhand Tiffy eine Nachricht. Wenn ich schon mal hier bin, kann ich die Zeit auch nutzen, um ein wenig mit meiner besten Freundin zu plauschen. Sie antwortet sofort. Sie ist zwar nicht hier, aber da ihre Wohnung nur zwei Straßen weiter liegt, wird sie jeden Moment hier sein.

Zehn Minuten später sitzen wir gemeinsam an der Bar. Normalerweise nutzen wir den Club nicht für private Treffen und Gespräche, doch um diese Uhrzeit am Morgen verirrt sich niemand hierher. Außerdem ist Tiffy immer dabei, wenn sie unsere Mitarbeiter-Getränke-Flatrate ausnutzen kann.

Der Barkeeper stellt uns wortlos zwei Cappuccino vor die Nase. Währenddessen berichte ich ihr von dem Gespräch mit Dominik und meinem Upgrade. Sie lauscht gebannt.

„Krass, da hast du ihn einfach erpresst. Wenn ich nur mal früher gewusst hätte, wie leicht das geht ..." Sie winkt ab und greift zu ihrer Tasse. „Auf dich, deine Beförderung und ewigen Reichtum!"

Lachend stoße ich mit ihr an und verbrenne mir fast die Zunge.

„Hat er dir wenigstens verraten, mit wem du diese Show abliefern sollst?", hakt Tiffy nach.

„Ich glaube, er hat Sam gesagt oder so ähnlich. Aber damit kann ich nicht viel anfangen, ich kenne keinen von den Jungs persönlich." Ich zucke mit den Schultern, doch Tiffy pfeift durch die Zähne und fächert sich Luft zu.

„Uhhh, da hätte ich auch nicht Nein gesagt. Den hab ich gleich an meinem ersten Tag in der Küche getroffen. Wollte ihn zur Schnecke machen, weil ich dachte, er wäre ein Kunde und hätte sich eingeschlichen. Da wusste ich noch gar nicht, dass wir auch männliche Escorts haben. War ziemlich peinlich, aber er hat es zum Glück mit Humor genommen." Typisch Tiffy. Doch durch ihre vorlaute und direkte Art hat sie im Gegensatz zu mir keine Probleme damit, immer wieder mit Fremden ins Gespräch zu kommen. Kein Wunder also, dass sie Sam kennt. Wahrscheinlich arbeitet hier niemand, mit dem sie noch nicht gequatscht hat. Oder gestritten.

„Also kein arrogantes Arschloch. Sehr schön. Ein gutes Gefühl habe ich bei der Sache aber trotzdem nicht."

„Warum, was soll schon passieren? Er ist verdammt heiß und du kriegst sogar noch Geld dafür, das auszukosten. Wenn du tauschen willst ... ich bin sofort dabei."

„Stell dir vor, es läuft irgendwas schief. Ich bekomme plötzlich meine Tage oder tu ihm versehentlich weh. Wenn mir das bei einem Kunden passiert, ist das auch blöd, aber sobald ich aus der Tür draußen bin, ist es vergessen. Nicht bei ihm. Er erzählt es seinem Kumpel, der erzählt es einem der Mädels ... und sofort wissen alle, was passiert ist. Oder es gefällt ihm einfach nicht und er erzählt allen, dass ich schlecht im Bett bin.“

Tiffy wirft ihre Haare zurück, die im Licht der LED-Lampen in noch dunklerem Rot erstrahlen als sonst. Dann beugt sie sich zu mir hinüber und greift nach meiner Hand.

„Na und? Du machst dir viel zu viele Gedanken. Scheiß doch drauf, was die über dich denken. Hab Spaß und mach dich mal ein bisschen locker. Warum sollte ausgerechnet mit ihm etwas schiefgehen? Wir machen so was jeden Tag, wir wissen doch, wie es geht.“ Sie lächelt mir aufmunternd zu.

Ja, sie hat recht. Einmal weniger denken. Und am Ende mit einem netten Haufen Scheine nach Hause kommen. Ich drücke ihre Hand. „Danke. Dann werde ich mal testen, was unser Kollege so drauf hat.“

3. Sam

Grau. Ich betrete den Kleiderschrank und die obere Stange sticht mir ins Auge. Schon habe ich mich entschieden. Trotzdem fahre ich mit einer Hand die Reihe entlang. Mit der anderen ziehe ich mein Lieblingshemd vom Haken. Beim Anblick des einsamen, weißen Hemdes am hinteren Ende schleicht sich ein hämisches Grinsen auf meine Lippen. In welchem Wahn habe ich den Fetzen nur gekauft? Ich werde es sowieso niemals tragen. Weiß. Weiß wie die Unschuld. Wie ironisch.

Der Alarm meines Handys reißt mich aus den Gedanken. Mist. Schon wieder so spät. Wo ist die Zeit nur hin? Ich streife mir das Graue über und schließe eilig die Manschettenknöpfe. Die Dinger wehren sich wie blöd, also lass' ich es sein.

Auf dem Weg nach draußen schnappe ich mir mein schwarzes Jackett von der Sofalehne. Das geht immer. Hab' auch keine Zeit mehr, etwas Passenderes zu suchen. Heute ist es eh egal. Für Jeanny wird es gerade noch reichen.

Ich nehme zwei Treppenstufen auf einmal. Erst an der Haustür fällt mir auf, dass ich auch meine Krawatte vergessen habe. Scheiß drauf.

Die Scheinwerfer meines Lamborghini leuchten auf. Ich schwinge mich hinter den Fahrersitz und starte den Wagen per Knopfdruck. Das tiefe Röhren des Motors lässt meinen Brustkorb vibrieren. Sofort fühle ich mich besser. Wer könnte in dieser Kanone unglücklich sein?

Ich drehe das Radio auf, aber meine Gedanken sind lauter. Es war eine Scheißidee, diesen Auftrag anzunehmen. Hätte Domi mir gleich gesagt, dass meine Partnerin Jeanny sein wird, hätte ich niemals zugestimmt, verdammt. Die letzten Male, als wir uns im Club begegnet sind, haben mir gereicht. Am Anfang fühlte ich mich ja noch geschmeichelt von ihren Bemühungen, sich an mich ranzumachen. Doch spätestens nach ihrer dritten Aktion, bei der sie mir vor Kollegen zwischen die Beine gefasst hat, war es echt nicht mehr witzig. Ich hätte wissen müssen, dass sie mit 'ner direkten Abfuhr nicht umgehen kann. Aber dass sie mir das Leben gleich so schwer machen musste ...

Ich umfasse das Lenkrad fester. Schade, dass es nicht ihr Hals ist. Zu gerne würde ich ihn ihr umdrehen. Die Aktionen, die sie danach gebracht hat, gingen einfach zu weit. Da hilft auch ihre Entschuldigung vor ein paar Wochen nicht mehr. Die hat sie sowieso nur vorgeschoben, um den erbärmlichen Rest ihres Rufs zu retten. Dieses hinterhältige Miststück.

In der Nähe des Luxushotels finde ich sogar einen Parkplatz. Ich rangiere in die Lücke und nehme mir einen Augenblick, um mich zu sammeln. Am liebsten würde ich sofort wieder abzischen. Kann ich aber nicht.

Es geht um einen Haufen Kohle und Domi wäre nicht gerade erfreut, wenn ich seinen besten Kunden vergraule. Also Augen zu und durch. So schlimm wird es schon nicht werden. Wenn Jeanny sich darauf einlässt, kann ich das auch.

Allerdings bin ich mir nicht sicher, ob ich es schaffe …

Ich öffne die Mittelablage und nehme den Alustreifen zögerlich heraus. Sofort habe ich Alex' Stimme im Ohr.

„Die Dinger sind Gold wert, Bro. Musst dich deswegen nicht einscheißen. Die brauchen wir alle ab und zu. Es passiert nichts, versprochen. Nur in deiner Hose."

Ich drehe die blauen Pillen in meiner Hand. Auch wenn Alex sie ständig einschmeißt, wird mir bei ihrem Anblick flau im Magen. Es fühlt sich verdammt falsch an. Andererseits bin ich mir fast sicher, dass sich nichts zwischen meinen Beinen regen wird, wenn Jeanny vor mir steht. Es wird mich schon all meine Kraft kosten, freundlich zu bleiben und mir vor dem Kunden nicht anmerken zu lassen, was ich von ihr halte.

Bevor ich es mir anders überlegen kann, drücke ich eine Pille aus dem Streifen und schlucke sie ohne Wasser herunter. Sie stellt sich in meinem Rachen quer. Ein kräftiger Hustenanfall überkommt mich, aber ich schaffe es, sie in meinen Magen hinunterzuzwingen. Scheiße. Jetzt bin ich offiziell genauso abgefuckt wie die anderen.

Ich sperre mein Auto ab und nehme die kühle Herbstluft in meinen Lungen auf. Dann mal los. Je schneller wir den Mist hinter uns bringen, desto besser.

Wenige Minuten später betrete ich die Designerlobby des Hotels. Ich versuche, die Lage mit einem Blick zu erfassen. Das gestaltet sich jedoch schwieriger als gedacht. Um diese Uhrzeit wimmelt es hier nur so von reichen Schnöseln, die sich zum Ausgehen treffen oder auf den Loungesesseln bei einem Glas Wein plauschen.

Die Dame am Empfang begrüßt mich freundlich, ich erwidere ihren Gruß nur mit einem Nicken und steuere zielstrebig auf die Aufzüge zu. Bloß nichts anmerken lassen. Eines habe ich mit der Zeit gelernt: Man sollte in einer Hotellobby nie so aussehen, als wüsste man nicht, wohin. Die darauffolgenden Gespräche mit den Angestellten können verdammt unangenehm werden.

Dummerweise hat mir Dominik keine Zimmernummer gegeben. Die Anweisung war klar: Treff dich mit Jeanny in der Lobby und geht gemeinsam aufs Zimmer. Pünktlich.

Ein Blick auf mein Handy verrät mir, dass wir schon vier Minuten zu spät sind. Sie muss hier also irgendwo stecken.

Ich lehne mich neben einen der Aufzüge und checke die Lage erneut. Nichts. Sie ist nicht da. Was soll das?

Ich trete von einem Fuß auf den anderen und kontrolliere meine Nachrichten. Ebenfalls nichts. Den Spaß, Domi anzurufen, hebe ich mir allerdings noch ein paar Minuten auf. Sie kommt sicher noch. Sie ist zwar eine Schlampe – aber eine, die ihren Job liebt.

Der Aufzug neben mir öffnet sich mit einem *Pling*. Er spuckt ein älteres Ehepaar aus und ich trete einen Schritt zur Seite, um ihnen Platz zu machen. Dabei bleibt mein Blick an der Frau hängen, die neben dem zweiten Aufzug steht. Heilige Scheiße.

Sie streicht sich durch die geglätteten, dunklen Haare, die ihr Gesicht umspielen und aus diesem Winkel nur einen Blick auf ihre gerade Nase gewähren. Aber ihr Kostüm sorgt dafür, dass ich nicht mehr wegsehen kann. Ihr dunkelroter Blazer will einen seriösen Eindruck vermitteln. Der Streifenrock spricht jedoch eine andere Sprache. Er gibt nicht nur ihre endlos langen Beine frei. Ich bin mir sicher, dass ich den Ansatz ihres Pos erkennen könnte, wenn sie sich umdrehen würde. Abgerundet wird ihr Outfit von weißen High Heels und einem Pulli in der Farbe ihres Blazers, unter dem sich jede ihrer Kurven deutlich abzeichnet.

Ich versuche, nicht zu starren. Bestimmt ist sie von vorne nicht mehr so höllisch heiß. Ja, sie hat sicher Warzen, Pickel und Herpes.

Leider ist es aussichtslos. Sie zieht meine Blicke auf sich wie ein Magnet. Es ist sinnlos, sich dagegen zu wehren.

Plötzlich wendet sie den Kopf und sieht in meine Richtung. Mein Herz schlägt einen Salto. Ich blicke geradewegs in ihre Augen. Sterne. Lange Wimpern und ein Strahlen, das mich beinahe umhaut. Keine Warzen, keine Pickel. Die perfekt geformten Lippen ziehen sich zu einem Lächeln. Ob sie sich so weich anfühlen, wie sie aussehen? Diese Frau ist der absolute Wahnsinn.

Plötzlich spüre ich ein Zucken zwischen meinen Beinen. Scheiße. Die Pille. Nicht jetzt! Ich schiebe lässig die Hand in die Hosentasche, um meine aufkommende Erektion zu verbergen. Dann wende ich mich in eine andere Richtung. Sie hat sowieso schon bemerkt, dass ich geglotzt habe. Nicht mehr hinsehen. An alte Omas oder dreckige Rastplatztoiletten denken.

Eine Hand streift meine Schulter. Ich fahre herum und blicke sofort wieder in den Sternenhimmel.

„Bist du Sam? Wenn nicht, ist die Frage jetzt ganz schön peinlich." Ihre Stimme klingt tiefer, als ich erwartet hatte. Aber sie gefällt mir. Aus der Nähe ist sie noch schärfer als von weitem. Und das bringt mich so aus dem Konzept, dass es viel zu lange dauert, bis mein Gehirn ihre Frage verarbeitet. Sie weiß, wie ich heiße.

Kenne ich sie? Nein, dieses Gesicht und so einen Körper würde ich nicht vergessen. Woher weiß sie also, wer ich bin?

„Jetzt wird es eher für mich peinlich. Ich hab' nämlich keinen blassen Schimmer, wer du bist."

Sie legt den Kopf schief. Dabei rutschen ihre Haare von der Schulter und geben ihren Hals frei. Ich beiße mir auf die Zunge, aber es hilft nichts. Sämtliches Blut schießt zwischen meine Beine.

„Lola, wer sonst?"

Ich ziehe eine Augenbraue nach oben. Sie erwartet also, dass ich weiß, wer sie ist. Hab' ich was verpasst?

„Hat dir Domi wohl nicht Bescheid gesagt?", fragt sie weiter und rettet mich damit.

Langsam dämmert mir, warum sie hier sein könnte. Bei dem Gedanken scheint sich die Lobby um zwanzig Grad aufzuheizen. Ich schüttle den Kopf, unfähig, meine Vermutung auszusprechen. Verdammt, reiß' dich zusammen!

„Ich soll dich hier treffen. Wir sind gemeinsam für den Auftrag gebucht. Du hast wahrscheinlich auf Jeanny gewartet, oder?"

Ich kann das dümmliche Grinsen nicht zurückhalten, das auf meine Lippen tritt. Sie muss mich für einen Idioten halten. Ganz toll. Jetzt ist es eh schon scheißegal, was ich sage.

„Ja, aber ich bin froh, dass du da bist. Eindeutig die bessere Wahl."

Sie senkt den Kopf und ihre blassen Wangen nehmen augenblicklich Farbe an. Am liebsten würde ich über sie streichen, ihre weiche Haut spüren. Ihr Kinn anheben und sie küssen.

„Wir sollten uns beeilen – wir sind schon spät dran.“

Sie sieht mich nicht noch mal an, sondern betätigt den Knopf des Aufzugs. Er öffnet sich und ich lasse ihr den Vortritt. Die Türen schließen sich hinter uns und das Stimmengewirr aus der Lobby verklingt.

Wir sind alleine.

Der Aufzug füllt sich binnen Sekunden mit süßlichem Zimtduft. Er vernebelt meinen Kopf. Ich muss mich beherrschen, nicht das Gesicht in ihrer Haut zu vergraben, um ihn in mir aufzusaugen. Ist es ein Parfüm? Ein Shampoo oder eine Lotion? Ich werde es hoffentlich gleich herausfinden. Mein Atem beschleunigt sich. Der Stoff der Anzughose spannt sich um meine Erektion. Es ist beinahe unmöglich, die Ausbeulung jetzt noch zu verstecken. Ich kann nur hoffen, dass sie nicht hinsieht. Sonst hält sie mich nicht nur für dumm, sondern auch noch für einen Perversling. Zurecht.

Verdammt, warum habe ich dieses Ding geschluckt? Es wäre absolut überflüssig gewesen. Bei ihrem Anblick hätte ich garantiert keine Probleme gehabt. Im Gegenteil. Ich will nicht warten. Ich will sie hier und jetzt. Ohne Zuschauer. Es wäre so schnell passiert. Ein Griff an meinen Reißverschluss, eine Hand, die ihren Rock hochschiebt ...

Sie öffnet den Mund und will offensichtlich etwas sagen, schließt ihn aber gleich wieder. Stattdessen streicht sie sich eine Strähne hinters Ohr und wendet sich der Tür zu, die sich jede Sekunde öffnen muss. Ich habe mich nicht getäuscht. Sie ist schüchtern. Wie passt das zu ihrem Job als Escort?

Mit einem *Pling* entlässt uns der Aufzug in den fünften Stock. Ich folge ihr den Flur hinunter. Ihr Po schwingt direkt vor meinen Augen auf und ab und ihr Rock rutscht ein Stück nach oben. Aber ich halte meinen Blick starr geradeaus gerichtet. Diese Frau. Ich muss dringend runterkommen. Schließlich bin ich zum Arbeiten hier.

Am Ende des Ganges bleibt sie vor Zimmer S512 stehen und schenkt mir ein verlegenes Lächeln.

„Bereit?"

Sie nickt, zieht ihren Rock wieder zurecht und klopft an die Tür. Sobald das Signalgeräusch der Schlüsselkarte auf der anderen Seite ertönt, verändert sich ihre Haltung schlagartig. Sie richtet sich auf und schiebt die Hüfte zur Seite. Die Tür öffnet sich und ein hässlicher Kerl Mitte Vierzig steht uns gegenüber. Sie setzt ein Lächeln auf, das wohl jeden Mann um den Verstand bringen würde. Krass, wie macht sie das? Sie findet den Typen sicher nicht heiß.

„Guten Abend. Ich bin Lola", säuselt sie und legt ihm die Arme um den Hals. Dann haucht sie ihm einen sanften Kuss auf die Wange. „Wir dürfen doch reinkommen, oder?"

Auch ihm scheint ihr Anblick die Sprache zu verschlagen, denn er nickt nur eifrig und deutet in sein Zimmer.

Lola stolziert hinein. Doch ich bin mir unsicher, wie ich ihn begrüßen soll. Mist, darüber hätte ich mir auch schon vorher Gedanken machen können. Die Situation ist schließlich nicht alltäglich für mich. Es ist das erste Mal, dass mir ein männlicher Kunde gegenübersteht. Und ich habe keine Ahnung, was er von mir erwartet. Ist er schwul oder bi? Oder bin ich nur dabei, um ihm eine realistische Show zu bieten und es geht hauptsächlich um Lola?

Ich entscheide mich für einen freundlichen Händedruck. Es liegt eben nicht in meiner Natur, mit Männern zu flirten.

„Sam. Schöne Suite haben Sie da."

Sein Lächeln ist mir sofort sympathisch. Umso seltsamer ist der Gedanke, mich gleich vor ihm auszuziehen und vor seinen Augen mit Lola Sex zu haben.

Die Anerkennung für seine Suite war allerdings ernst. Ich staune nicht schlecht, als ich den Wohnbereich betrete. Hinter der Ledercouch befindet sich eine kleine Bar. Der dazugehörige Glasschrank ist der Wahnsinn – mit allen Alkoholika gefüllt, die man sich nur vorstellen kann. An der gegenüberliegenden Wand entdecke ich einen Kamin, in dem bereits die Flammen züngeln. Doch das Highlight des Hotelzimmers ist eindeutig die andere Hälfte des Raumes. Vor der Glasfront führen drei Stufen hinauf zu einer riesigen Wanne.

Lola zieht ihren Blazer aus und legt ihn auf die Armlehne der Couch. Der Mann kommt zögerlich näher und bleibt unentschlossen zwischen uns stehen. Seinen Namen will er uns scheinbar nicht verraten. Kein Problem. Diskretion gehört zum alltäglichen Geschäft.

Sofort schmiegt Lola sich wieder an ihn. Sie fährt mit einem Finger über seine Brust und berührt wie beiläufig mit der Hüfte seinen Unterleib.

„Welchen Traum darf ich dir heute erfüllen? Du darfst dir alles wünschen, was du willst. Wirklich alles." Sie zwinkert ihm zu und ich spüre einen Stich in meiner Brust. Wie gerne würde ich jetzt an seiner Stelle stehen. Ich bin völlig baff. Was ist mit dem zurückhaltenden Mädchen von eben passiert? Von ihrer Schüchternheit ist nichts mehr zu spüren. Im Gegenteil. Sie sprüht nur so vor Stärke und Selbstsicherheit. Und bringt damit nicht nur unseren Kunden völlig aus dem Konzept.

Er schluckt und schiebt zwei Finger unter seinen Hemdkragen, um die Krawatte zu lockern. Sie beugt sich zu ihm und flüstert ihm etwas ins Ohr, das ich nicht verstehe, ihn aber erröten lässt. Das macht sie definitiv nicht zum ersten Mal.

„Ich ... also ...", stottert er und räuspert sich. „Ich will euch zusehen. Wenn das geht. Ich will sehen, wie er dich ... und ... also ... " Sie tritt einen Schritt zurück und gibt ihm damit Raum, sich zu sammeln. Ich schlendere zur Couch und setze mich auf die Armlehne. Wahrscheinlich fällt es ihm leichter, wenn wir ihn nicht beide anstarren.

„Ihr schlaft miteinander und ich ... werde es mir hier gemütlich machen und euch ein wenig zusehen. Wie genau ist mir egal. Ich habe nur zwei Wünsche."

„Mmmmh, und die wären?", fragt Lola.

Er reibt sich den Nacken und druckst noch etwas herum. Mein Blick fällt auf den Tisch. Neben dem Sektkübel und den drei Gläsern liegt ein roter Umschlag. Unauffällig greife ich danach und falte ihn auf. Wegen der Aufregung um Lola hätte ich fast vergessen, danach zu fragen. Aber er kennt das Spiel. Erst die Kohle, dann die Leistung. Ich zähle die Scheine schnell nach.

„Das klingt jetzt ein bisschen blöd. Einerseits will ich nicht involviert sein. Das heißt, ihr dürft mich auf keinen Fall mitmachen lassen. Vielleicht werde ich danach fragen, wenn ich später ... in Fahrt bin. Aber dann

müsst ihr mich abweisen. Bleibt hartnäckig. Versteht
ihr?"

Nein. Das ist wieder eine dieser abgedrehten Vorlieben, die mir für immer ein Rätsel bleiben werden. Doch
nachzuhaken wäre ein Fehler. Unsere Kunden buchen
uns, um sich auszuleben. Verurteilt werden sie für ihre
Neigungen anderswo mehr als genug.

Sie stimmt zu. Ich nicke ebenfalls, als er sich mir zuwendet. Lolas Blick fällt auf das Kuvert, das ich gerade
zusammenfalte und in meine Hosentasche stecken
will. Sofort kneift sie die Augen zusammen und schüttelt kaum merklich den Kopf. Unser Kunde ist zum
Glück zu nervös, um unseren Blickwechsel zu bemerken. Plappert ungestört weiter. Aber ich checke nicht,
was sie mir sagen will. Nur so viel, dass ich es wieder
auf den Tisch legen soll. Aber warum? Damit wir es am
Ende hier vergessen? Sie hat doch nicht wirklich Angst,
dass ich sie um ihren Anteil bescheiße?

Sie richtet ihre Aufmerksamkeit wieder auf den Kunden. Dabei schlendert sie aber unauffällig zu mir hinüber. Bevor ich schalten kann, sitzt sie auf meinem
Schoß. Eine Haarsträhne streicht über mein Gesicht
und hinterlässt ein wohliges Kribbeln.

„Du musst dir wirklich keine Sorgen machen, wir behandeln das absolut diskret. Wir wollen doch auch nur
ein bisschen Spaß haben." Ihre Stimme dringt nur gedämpft zu mir durch. Das Blut rauscht viel zu laut in
meinen Ohren.

Unser Kunde nimmt die Sektflasche aus dem Kübel
und öffnet den Korken. Lola nutzt die kurze Ablenkung.

„Gib. Mir. Den. Umschlag", zischt sie in mein Ohr und krallt ihre roten Nägel in meinen Oberschenkel. Ich schnappe nach Luft. Mein Gott, diese Frau. Was geht nur in ihrem Kopf vor? Ich zögere, ihr das Kuvert rüberzuschieben. Nicht, weil ich ihr nicht vertraue, sondern weil ich neugierig bin, was passiert. Sie hat sicher noch mehr Tricks auf Lager, um sich zu holen, was sie will.

Plötzlich schnellt ihre Hand nach hinten. Sie will blind danach greifen und es mir entreißen. Doch sie verfehlt den Umschlag. Ihre Hand landet mitten auf meiner steinharten Erektion. Fuck. Kann ich mich jetzt bitte in Luft auflösen?

Erschrocken reißt sie den Kopf herum und sieht mich mit großen Augen an. Ihre Lippen formen eine Frage. Sie weiß genau, was sie dort unten ertastet hat. Und ich kann es nicht länger verleugnen. Sie wird mir kaum abkaufen, dass ich eine Banane in der Hosentasche habe.

Ich zucke mit den Schultern. Jetzt hab ich's komplett versaut. Bevor ich ihr noch eine Entschuldigung zuflüstern kann, reicht der Mann uns zwei Gläser. „Auf eine spannende Nacht." Lola springt auf und stößt mit einem professionellen Lächeln mit ihm an. Ich dagegen würde immer noch gerne im Erdboden versinken.

„Wie warm mögt ihr es denn? Ich lasse euch schon mal Wasser ein."

Er tritt die kleinen Stufen hinauf und beugt sich zur Wanne hinunter. Dann dreht er den Hahn auf und greift nach einer kleinen, pinken Flasche. Ich will die Antwort Lola überlassen. Schließlich habe ich mich für heute schon genug blamiert. Es ist eine beschissene Entschuldigung, aber vielleicht versteht sie so wenigstens, dass ich sie respektiere und nicht bedrängen wollte.

Doch sie antwortet nicht. Ihre Mimik ist eingefroren. Ihre Hand, die das Sektglas umfasst, verkrampft plötzlich. Was geht denn jetzt ab?

Der Kerl kippt die halbe Flasche in die Wanne. Ölige Schlieren breiten sich auf der Oberfläche aus. Der widerlich süße Geruch des künstlichen Badezusatzes steigt mir in die Nase.

„Wir sollen … baden?", presst sie zwischen den Zähnen hervor. Sie bemüht sich nach wie vor um einen höflichen Ton, aber mich kann sie nicht täuschen. Irgendwas stimmt nicht.

4. Lola

„Nicht einfach nur baden. Ihr sollt es in der Wanne treiben. Bis das Wasser rausschwappt und es ordentlich spritzt und … na ja, du weißt schon."

Das kann nicht wahr sein. Warum ausgerechnet in der Badewanne? Warum nicht vor dem Kamin, auf der Couch oder meinetwegen sogar auf dem Balkon? Ich schließe für einen Moment die Augen und bemühe mich, ruhig zu atmen. Nicht durchdrehen. Alles ist gut. Das ist keine große Sache. Wenn er nur das Öl nicht hineingekippt hätte …

Fieberhaft suche ich nach einer passenden Antwort, doch Sam kommt mir zuvor.

„Sicher? Ich meine, wenn wir da drin sind, sieht man doch die Hälfte nicht. Wäre es zum Beobachten nicht woanders besser?"

Heißes Blut steigt in meine Wangen auf. Er hat es bemerkt. Ist es so offensichtlich, wie unwohl ich mich fühle? Will er mich in Schutz nehmen?

Wie auch immer. Ich muss mich zusammenreißen. Sofort. Der Kunde darf auf keinen Fall etwas mitbekommen.

„Nein. Ich hab das schon durchgedacht. Ich muss nicht alles im Detail sehen. Ich will es in der Wanne."

Das Wasser strömt aus einer breiten, goldenen Schiene aus der Wand wie aus einem Wasserfall. Ich werde nicht drum herumkommen. Natürlich könnte ich die Sache abbrechen. Nach Hause gehen und mich mit Miss Flauschig im Bett verkriechen. Dann würde ich allerdings für immer in der Gold-Kategorie feststecken. Und was noch viel schlimmer ist: Ich würde IHN verpassen.

Ich betrachte Sam aus dem Augenwinkel. Eine feine, dunkle Strähne hat sich aus seinen zurückgekämmten Haaren gelöst. Wie es wohl aussieht, wenn sie nass sind und ich mich an ihnen festkralle? Ich kann nicht leugnen, dass mir die Vorstellung gefällt. Vielleicht ist das mit dem Baden doch nicht so schlimm.

Selbst nach diesem unerwarteten Moment zwischen uns strahlt er noch so viel Ruhe und Gelassenheit aus. Langsam überträgt sie sich auf mich. Es gibt sowieso keinen Grund, so überzureagieren. Das existiert alles nur in meinem Kopf. Ihnen wird es nicht mal auffallen, wenn das Make-up sich löst. Wer sieht schon auf die Hüfte einer Frau, wenn er auch Brüste haben kann?

Ich straffe die Schultern und finde wieder in meine Rolle zurück. „Dreh es ruhig noch ein bisschen wärmer. Ich mag es heiß", rufe ich zur Wanne hinüber. Sam steht auf und stellt sich hinter mich.

„Alles in Ordnung?", raunt er in mein Ohr und ich vergesse für einen Moment zu atmen. Die Reaktion meines Körpers erschreckt mich.

„Klar, was sollte sein? Lass uns baden gehen", antworte ich etwas lauter und entferne mich von ihm. Raus aus dieser Situation. Doch lange werde ich nicht mehr davor fliehen können. Gleich wird es ernst.

Der stämmige Kerl nippt an seinem Sekt und rückt seine Brille zurecht. Ich kann ihm ansehen, dass er nur darauf wartet, dass Sam und ich endlich loslegen. Doch die Situation behagt mir noch nicht ganz.

Es ist nicht nur die Wanne, die mir Angst einjagt. Ich weiß nicht, wie ich mit Sam umgehen soll. Wie werde ich nur reagieren, wenn er mich berührt? Ich verstehe nicht, was sein Anblick mit mir macht. Es ist doch mein Job. Vielleicht ist aber auch genau das mein Problem. Mit den Jahren hat sich mein Blick auf Männer verändert. Ich habe gelernt, in jedem Mann etwas Erotisches zu sehen. Ihnen Eigenschaften anzudichten, die sie gar nicht besitzen. Es ist mittlerweile Gewohnheit geworden, meine Fantasien auf alle möglichen Typen zu projizieren und mich in eine andere Welt zu träumen. In meinem Alltag ist das auch bitter nötig. Wie sollte ich sonst einen alten, dicken Kerl verführen? Mittlerweile passiert das schon fast automatisch.

Das wird es sein. Meine Strategie hat sich verselbständigt. Und nachdem Sam mehr als attraktiv ist, weiß mein Kopf damit einfach nicht umzugehen. Ich bin es nur nicht gewohnt und mein Unterbewusstsein versucht trotzdem, ihn mir noch schmackhafter zu machen. Das ist alles. Kein Grund zur Panik.

Doch auch mit der Gesamtsituation fühle ich mich nicht wohl. Ich hatte noch nie Sex, während jemand zugesehen hat. Und ich weiß nicht, ob ich den Gedanken daran dabei verdrängen kann.

Der erwartungsvolle Blick des Kunden setzt mich noch zusätzlich unter Druck. Was sollen wir jetzt machen? Ziehen wir uns einfach aus und steigen miteinander ins Wasser? Will er uns Anweisungen geben oder sollen wir ihn ignorieren? Keine der Optionen erscheint mir richtig. Am liebsten würde ich ihn nach draußen schicken, um mit Sam alleine sein zu können. Aber nachdem er uns gebucht hat und der Grund ist, warum wir überhaupt hier sind, ist das natürlich unmöglich.

Unentschlossen trete ich von einem Fuß auf den anderen. Ich weiß nicht, was ich jetzt machen soll. Mich ausziehen? Aber das wäre so plump und ich würde mich dabei nicht wohlfühlen ...

Plötzlich greift Sam nach meiner Hand. Er scheint meine Gedanken gelesen zu haben, denn er ergreift die Initiative und zieht mich zu der Plattform mit der Wanne hinüber. Dann stellt er sich so dicht vor mich, dass sich unsere Körper beinahe berühren. Seine braunen Augen funkeln mich herausfordernd an. Mein Herz rutscht eine Etage tiefer. Das Blut rauscht so schnell durch meine Adern, dass mir schwindelig wird. Was macht er nur mit mir? Ich kann mich kaum zurückhalten, die letzten Zentimeter zwischen uns zu überwinden.

„Ich weiß nicht, wie es dir geht, aber ich kann es kaum erwarten, dich aus diesem Kostüm zu befreien."

Meint er das ernst? Vielleicht spielt er seine Rolle nur verdammt gut. Aber es ist zu spät. Mein Körper reagiert sofort auf sein Versprechen. Es ist ein Reflex. Bevor ich auch nur eine Sekunde darüber nachdenken kann, vergrabe ich die Hände in seinen Haaren.

Er leistet keinen Widerstand, als ich ihn zu mir heranziehe. In meinem Inneren baut sich ein unerträglicher Druck auf. Die Stoppeln seines Dreitagebarts streifen mein Kinn und meine Brust droht in tausend Teile zu zerspringen.

Endlich überwindet er die restlichen Millimeter zwischen uns. Seine Lippen legen sich sanft auf meine. Ich erwidere den Kuss. Doch es ist kaum auszuhalten. Mein Körper explodiert. Ein Kribbeln breitet sich von meiner Mitte aus und erfasst sämtliche Nervenenden. Ich weiß nicht, wie mir geschieht und kralle mich noch fester in seine Haare, damit es mich nicht von den Füßen reißt. Aber ich bin nicht bereit, aufzuhören. Ich will mehr.

Ich öffne meine Lippen einen Spalt. Sofort nutzt er die Gelegenheit und zieht sanft mit den Zähnen an meiner Unterlippe. Ich keuche auf. Verdammt, fühlt sich das gut an. Er macht das definitiv nicht zum ersten Mal.

„Ja, gib's ihm, du geile Sau!"

Ich zucke zusammen. Mit einem Schlag löst sich das Kribbeln in Luft auf. Der Ausruf des Mannes, der nur wenige Meter von uns entfernt steht, holt mich unsanft in die Realität zurück. Scham steigt in mir auf. Ich habe mich völlig gehen lassen. Für den Kunden mag das toll sein. Aber es könnte mich in Schwierigkeiten bringen. Hat Sam das gemerkt? Hat er gespürt, wie sehr der Kuss aus meiner Seele kam? Ich will mich ein Stück von ihm entfernen, doch er lässt es nicht zu. Er hält mich fest umschlossen und zwingt mich, ihn anzusehen.

Sofort ist das Kribbeln wieder zurück. Seine Pupillen sind vergrößert. In seinem Blick liegt die pure Lust. Spätestens jetzt weiß ich es. Er spielt es nicht. Genauso wenig wie ich. Eigentlich weiß ich es seit dem Moment, in dem ich seine Härte gespürt habe, als ich mich auf seinen Schoß gesetzt habe. Schon das muss ihn rasend gemacht haben.

„Lass ihn uns ignorieren. Bitte. Es ist doch scheißegal, ob er zusieht oder nicht. Ich will mir das nicht vermiesen lassen“, flüstert er. Dann fällt er erneut über mich her. Er hat recht. Mein Kopf ist ohnehin viel zu vernebelt, um noch etwas anderes wahrzunehmen als seine Berührungen.

Er wandert von meinen Lippen über mein Kinn zu meinem Hals. Als er mich dort küsst, zieht sich feine Gänsehaut bis zu meinen Fingerspitzen. Ich lasse mich tiefer in seine Arme sinken. Zum Glück hält er mich fest. Alleine könnte ich mich wahrscheinlich nicht mehr auf den Beinen halten. Doch mit den Küssen kann er von mir aus für immer weitermachen.

Er löst eine Hand von meinem Rücken. Als er von meinen Hüften bis nach oben zum Brustansatz streicht, zaubert er mir damit ein wunderbares Ziehen in den Unterleib.

Ich dränge mich gegen ihn. So fest, dass sich seine Erektion an meinen Bauch drückt. Er stockt und schnappt nach Luft, reißt sich aber schnell wieder zusammen. Mit einem Ruck hebt er mich hoch und setzt mich auf dem Rand der Wanne ab.

Als er sich von mir entfernt, fühlt sich meine Haut plötzlich eiskalt an. Ich will protestieren, mich wieder an ihn pressen und seine Wärme in mir aufsaugen. Andererseits habe ich auch nichts dagegen, dass er sein Hemd auszieht.

Ich beiße mir auf die Unterlippe. Was darunter zum Vorschein kommt, gefällt mir. Er wirft das Hemd zur Seite. Die festen Brustmuskeln spielen dabei unter seiner Haut. Dafür muss er eindeutig viel trainieren. Doch was mir noch besser gefällt, ist sein Bauch. Denn der erinnert mich nicht an ein fleischiges Waschbrett. Zwar zeichnet sich ein leichter Sixpack unter seiner

Haut ab, aber die Konturen sind sanft und natürlich. Ich strecke meine Hand aus und streiche mit einem Finger die feine Haarlinie von seinem Bauchnabel bis zum Hosenbund nach. Dort, wo ich entlangfahre, stellen sich alle Härchen auf.

„Stört dich die Hose? Du kannst es ändern."

Das lasse ich mir nicht zweimal sagen. Mit zittrigen Fingern öffne ich seinen Gürtel und ziehe langsam den Reißverschluss nach unten. Ich will unter den Bund greifen, um ihm die Hose auszuziehen, doch er schnappt sich meine Hand und hält sie fest.

„Findest du nicht, ich hätte vorher eine kleine Gegenleistung verdient? Es wäre nicht fair, nackt vor dir zu stehen, während du noch so viel anhast ..."

Ein Grunzen ertönt von rechts. Sofort fühle ich mich ertappt. O Mann, das verdirbt einem wirklich die Stimmung. Ich wende den Kopf und sehe, dass es sich unser Kunde mittlerweile auf der Couch bequem gemacht hat. Eine Hand liegt auf seinem Schritt und er starrt mit großen Augen zu uns hinüber.

„Weitermachen, bitte. Zieh dich aus, zeig uns deine Titten", ruft er, als er meine Reaktion bemerkt. Es widerstrebt mir, seiner Anweisung zu folgen. Ich weiß jedoch, dass ich gehorchen muss, wenn ich meine Beförderung und das Geld bekommen will. Außerdem gibt es da gerade noch etwas, das ich viel mehr will als die materiellen Belohnungen.

„Darf ich?" Sam geht vor mir in die Hocke und schiebt beide Hände unter den Saum meines Pullis. Diese Augen. Wie könnte ich ihm etwas verwehren, wenn er mich so ansieht?

Ich bin mir der Blicke des Mannes auf der Couch nur allzu bewusst, trotzdem gefällt mir der Gedanke, Sam gleich über meinen Körper streichen zu spüren.

„Ich bitte darum"

Er hebt den Stoff nicht an, sondern schiebt ihn vorsichtig nach oben. Seine Finger fahren über meinen Bauch, dann über den dünnen Stoff des weißen Spitzen-BHs. Ein Zittern durchfährt meinen Körper. Augenblicklich versteifen sich meine Brustwarzen und schicken einen unmissverständlichen Impuls zwischen meine Beine.

Mein Pulli fliegt quer durch den Raum. Sam steht nicht auf, sondern beugt sich nach vorne und bedeckt mein Dekolletee mit Küssen. Seine Lippen hinterlassen glühende Spuren auf meiner Haut. Quälend langsam arbeitet er sich nach unten vor, stoppt aber knapp unter meinem Bauchnabel.

Ich will protestieren, aber er kommt mir zuvor.

„Kommst du mit mir ins Wasser?"

Ich schlucke. Nein, ich will nicht. Aber ich kann mich nicht ewig davor drücken. Also nicke ich und nehme seine Hand, die er mir beim Aufstehen reicht. Blitzschnell legt er die andere an meine Hüfte und zieht mit einer einzigen Bewegung den Reißverschluss meines Rocks auf. Er fällt zu Boden und ich steige hinaus. Mein Lieblingsmoment. Doch nicht heute. Heute ist alles anders. Ich würde meinen Körper am Liebsten bedecken. Sams Körper ist perfekt. Erwartet er dasselbe von mir? Enttäuscht ihn, was er sieht oder kann ich mich auf das Urteil der anderen Männer verlassen? Ich traue mich nicht, ihn anzusehen. Deshalb drehe ich mich um und stelle das Wasser ab. Die Wanne läuft beinahe über.

Ich höre die Reibung des Stoffes, als er seine Hose abstreift. Doch bevor ich nachsehen kann, steht er bereits dicht hinter mir. Eine Hand legt er in meinen Nacken, die andere liegt am Verschluss meines BHs.

„Obwohl ich es schon schade finde, diese Kurven unter Wasser zu verstecken." Mit diesen Worten und einem geschickten Griff schiebt er die Häkchen auseinander und ich lasse zu, dass er mir die Träger von den Schultern zieht. Sein Atem geht immer schneller. Bedeutet das, er sagt die Wahrheit? Steht er wirklich auf meinen Körper?

Er umfasst von hinten meine Brüste. Ich stöhne auf. Nicht nur, weil er meine Brustwarzen langsam durch seine Finger wandern lässt und das Ziehen zwischen meinen Beinen damit verstärkt. Ich bin überrascht, seine nackte Erektion an meinem Rücken zu spüren. Ich hatte nicht erwartet, dass er seine Shorts gleich mit ausgezogen hat. Kein Zentimeter Stoff trennt uns mehr voneinander. Wenn ich mich nur noch ein kleines Stück nach vorne beugen würde …

Bei dem Gedanken ziehen sich sämtliche Muskeln in meinem Unterleib zusammen. Die süße Lust, die sich langsam in mir ausbreitet, vernebelt meine Sinne. Endlich werden die Zweifel in meinem Kopf leiser und leiser. Ich nehme nichts mehr wahr außer der quälenden Berührungen seiner Hände und der Nähe seines Körpers, mit dem er mich in dieser Position gefangen hält. Sicher weiß er, wie überflüssig das ist. Denn ich würde ohnehin nicht flüchten wollen. Im Gegenteil. Ich will nicht, dass er jemals wieder damit aufhört. Die Welt besteht nur noch aus seinen Berührungen und dem Kribbeln unter meiner Haut.

Ich weiß nicht, wie viel Zeit vergangen ist, als eine seiner Hände wieder in meinen Nacken wandert und er mich an den Haaren packt. Es könnte eine Minute vergangen sein, genauso aber zehn oder zwanzig. Doch es interessiert mich auch nicht. Alles, was ich will, ist, mehr zu bekommen. Mehr davon. Mehr von ihm. Oder vielleicht sogar etwas noch Intensiveres ...

Er wickelt meine Haare um sein Handgelenk. Ich muss den Kopf in den Nacken legen, damit es nicht wehtut. Er hat es geschafft. Er hat mich völlig unter Kontrolle. Nicht nur körperlich. Meine Libido ist ihm vollkommen ergeben, legt meine Vernunft lahm und schreit förmlich danach, von ihm benutzt zu werden.

„Mach weiter, bitte!", flehe ich und erkenne mich dabei kaum wieder. Bin nicht ich es, die die Männer leiden lässt? Wie schafft er es, alles um 180 Grad zu drehen?

„Nein. Erst, wenn du in die Wanne gestiegen bist. Ich will dich endlich ficken. Oder muss ich dich erst hineinwerfen?" Diese Worte aus seinem Mund lassen mein Herz gegen meinen Brustkorb hämmern.

Ich versuche, den Kopf zu schütteln, doch sein Griff ist zu fest. Er tritt neben mich. Zu gerne würde ich einen Blick auf seinen nackten Körper werfen, doch er weiß es zu verhindern. Vorsichtig, aber dennoch bestimmt zieht er mich mit sich, während er ins Wasser steigt.

Ich krabble über den Rand. Meine Füße tauchen in das warme Nass und plötzlich umspielt es meine Beine bis zu den Knien. Mit einem Mal spült es die Vorfreude davon und reißt mich aus meiner Ekstase.

Das leise Stöhnen zieht meine Aufmerksamkeit an. Ein unattraktiver Mann auf dem Sofa, ohne Hose, der mit beiden Händen sein krummes Geschlecht bearbeitet und mich dabei mit offenem Mund angafft. Das Wasser, in das ich gleich meinen ganzen Körper tauchen soll. Und dieser heiße Kerl, der mich innerhalb von wenigen Minuten alles vergessen lassen kann, obwohl ich noch nicht mal weiß, wer er ist. All das frisst sich in mein Bewusstsein und lässt mich sofort erzittern. Wie konnte ich das gerade ausblenden? Sie werden es bemerken. Sie werden mich schief ansehen. Der Kunde wird sich bei Domi beschweren und ihn fragen, wie er ihm so viel Geld für eine Frau aus der Tasche ziehen kann, die so unansehnliche Spuren auf ihrer Haut trägt. Sam wird über meine erbärmlichen Versuche, meine Narben zu verstecken, lachen und es im Club ausplaudern. Vorbei mit seinen bewundernden Blicken. Vorbei mit dem Kribbeln, das seine Finger auf meiner Haut hinterlassen. Jeder im Club wird über meine Vergangenheit Bescheid wissen und genauer hinsehen. Sie werden merken, dass ich viel zu fett für diesen Job bin und mich rausekeln.

Ich weiß nicht, ob er meine Panik bemerkt. Doch er lässt sich unerwartet lange Zeit damit, mich endgültig ins Wasser zu ziehen. Zu meinem Erstaunen hebt er die andere Hand und streicht zärtlich über mein Gesicht. Als ich zu ihm aufschaue, kann ich dieselbe Zärtlichkeit in seinem Blick lesen. Was ist passiert? Eben färbte noch das pure Verlangen seine Augen. Ein Stich durchfährt meine Brust.

Vielleicht habe ich ihn falsch eingeschätzt. Sollte ich ihm vertrauen? Letztendlich bleibt mir keine Wahl. Seine sanfte Geste dringt direkt in mein Herz vor und nimmt mir einen Teil meiner Angst. Endlich kann ich mich darauf einlassen, ohne in Tränen auszubrechen oder vor Scham zu erröten.

Sam muss mich nicht ziehen. Freiwillig sinke ich ins Wasser. Er lockert seinen Griff und gleitet mit mir nach unten. Die Wärme hüllt mich ein und beruhigt mich noch weiter. Es ist lächerlich, wie ich mich verhalte. Mir passiert doch nichts. Das existiert alles nur in meinem Kopf.

Obwohl in der Badewanne genug Platz für fünf wäre, schiebt er seine Beine unter mich. Ich folge dem Impuls und setze mich auf seinen Schoß. Unauffällig senke ich den Kopf und blicke an mir hinunter. Die ölige Schicht des Badezusatzes legt sich auf meine Haut. Doch nichts passiert. Alles sieht aus wie immer. Es wird Zeit, sich zusammenzureißen – und mich bei Sam zu revanchieren.

Ich beuge mich nach vorne und bedecke seinen Hals mit Küssen. Er streckt ihn mir sofort entgegen. Ich arbeite mich zu seinen Lippen vor, bis er mich wieder fester an sich drückt und unsere Zungen miteinander spielen. Ich halte den Druck kaum aus, der sich nach und nach in meinem Unterleib aufbaut. Sein schneller Atem und der süßliche Geschmack seiner Lippen treiben Wellen der Lust durch meinen Körper und lassen mich leise aufstöhnen. Immer wieder unterbreche ich unsere Küsse, um ihn zu betrachten und seinen Anblick in meinem Inneren abzuspeichern. Dieser Mann. Ich kann nicht glauben, dass er mich auch so sehr zu wollen scheint.

Während eines weiteren Kusses nehme ich all meinen Mut zusammen. Ich taste mich unter Wasser nach vorne und finde, was ich suche. Er stöhnt auf, als ich seine Härte umschließe und meine Hand langsam auf und ab bewege. Zufrieden beobachte ich das Flattern seiner Lider. Er krallt sich am Rand der Wanne fest und ich beschleunige meine Bewegungen.

Doch mein Körper fordert mehr. Ich schiebe meine Hüfte nach vorne und sende ihm damit ein unmissverständliches Signal. Sofort reißt er sich wieder zusammen und öffnet die Augen.

Plötzlich runzelt er die Stirn. „Was …?"

Scheiße. Bitte nicht. Ich folge seinem Blick und erstarre. Um mich herum ziehen sich bräunliche Schleier durchs Wasser. Wie konnte ich auch nur eine Sekunde lang hoffen, ich würde damit durchkommen? Warum habe ich nicht Nein gesagt? Ich habe alles zerstört. Und ich weiß nicht mal, wie ich ihn dazu bringen soll, mich nicht mehr so genau anzusehen. Tränen sammeln sich in meinen Augen.

„Es ist nicht das, wonach es aussieht. Das ist nur … na ja …" Obwohl ich nur flüstere, damit der Kunde es nicht hört, versagt meine Stimme mitten im Satz. Auf seiner Stirn zeichnet sich immer noch eine Falte ab. Natürlich ist er verwirrt. Wer wäre das nicht? Was hier passiert, sieht eher aus, als hätte ich in die Wanne gemacht. Wer denkt in dieser Situation schon an harmloses Make-up? Ich hätte ihn einweihen sollen. Aber wäre das dann überhaupt passiert? Hätte er dieser Anziehung zwischen uns nachgegeben und mehr daraus gemacht als einen seltsamen Auftrag? Oder hätte er mich nur für geisteskrank gehalten? Meine Unterlippe zittert. Nicht jetzt. Nicht heulen.

„Hey. Ist schon gut. Immer weiter machen. Bald haben wir es geschafft." Nun bin ich es, die verwirrt ist. Er zieht meinen Kopf zu sich und beginnt laut zu stöhnen. Ich verstehe, was er tut. Allerdings nicht, warum. Was soll das heißen? Stört es ihn wirklich nicht, mit mir in einer für ihn unergründlichen, braunen Flut zu sitzen? Oder war ich ihm die ganze Zeit schon egal und es ging nur um den Job und das Geld? Nun ist mir noch mehr zum Heulen zumute. Ich weiß allerdings auch nicht, was ich anderes tun soll, als mitzuspielen.

Ich bewege mich auf seinem Schoß auf und ab. Doch es ist ganz anders, als ich es mir noch vor einer Minute erhofft hatte. Zwischen meinen Beinen spüre ich nichts außer der Strömung des Wassers, das ich mit meinen Bewegungen verdränge. Ich lege den Kopf in den Nacken und will ebenfalls Laute der Lust simulieren. Allerdings werde ich abgelenkt. Das Grunzen kommt näher.

Ich werde schneller und stoße einen leisen Schrei aus. Auch wenn mir nicht danach ist – den Auftrag sollte ich nicht auch noch in den Sand setzen. Wenn er so nah hinter mir steht, muss es umso anregender und überzeugender aussehen.

Sam jedoch versteift sich zunehmends. Natürlich. Wie könnte er sich hier drin mit mir auch noch wohlfühlen?

Seine buschigen Brauen ziehen sich zusammen. Aber sein Unmut gilt nicht mir. Sein Blick geht an mir vorbei. Er schiebt mich zur Seite und ist im Begriff, aufzuspringen.

„Hey, stopp! Legen Sie den sofort wieder hin, das war nicht abgemacht! Halten Sie das etwa für angemessen?"

Erneut überrollt mich eine Welle der Panik. Was passiert hier? Ich schnelle herum.

Der Mann steht direkt hinter mir. Seine Augen sind geschlossen, sein Gesicht verzerrt und ich bin mir nicht sicher, ob er überhaupt mitbekommen hat, was Sam gesagt hat. Dann entdecke ich, was ihn so in Unmut versetzt hat und atme auf. Halb so wild. Er hat sich meinen Pulli geschnappt und reibt ihn an seinem besten Stück.

Sam schiebt sich an mir vorbei. Ihn scheint es wirklich wütend zu machen. Er will danach greifen, doch es fehlen einige Zentimeter, dass er den Pulli erreichen könnte. Ich lege ihm die Hand auf die Schulter, um ihn zurückzuhalten. Der Kerl hat für dieses Erlebnis einen Haufen Geld hingeblättert. Wenn er sich unbedingt mit meinem Pulli befriedigen will, begeistert mich das zwar nicht, aber ich lasse ihm seinen Spaß.

Außerdem ist es sowieso schon zu spät. Sam verzieht angewidert das Gesicht, als der Kunde sich vor uns krümmt und sich weiße Spritzer auf dem dunkelroten Stoff verteilen. Kopfschüttelnd steigt er aus der Wanne und wickelt sich sofort eines der Handtücher um die Hüfte, die daneben liegen.

„Das war jetzt dringend nötig, hm?“, brummt er und macht sich keine Mühe, seinen Unmut zu verbergen.

Oh Mann, wie unangenehm. Er muss sich doch nicht wegen mir mit dem Kunden anlegen. Außerdem fühle ich mich etwas verloren, so alleine im Wasser zurückgelassen. Einerseits bin ich froh, nicht länger Sams verwirrtem Blick ausgesetzt zu sein. Andererseits hätte ich mir ein anderes Ende für diesen Abend gewünscht. Noch dazu findet der Kunde langsam aber sicher in die

Realität zurück. Er ist so nah. Wenn er genauer hinsieht, wird auch er die braunen Schlieren bemerken.

„Komm raus. Wir sind hier fertig.“

Sam sammelt das zweite Handtuch ein und breitet es aus. Ich stehe auf und er legt es mir sofort um den Körper, als wolle er mich vor weiteren Blicken schützen.

Der nackte Mann vor uns kratzt sich verlegen im Nacken.

„Ich … weiß auch nicht, was ich dazu sagen soll. Es war zu verlockend.“ Er fuchtelt unbeholfen mit dem Pulli umher. „Ich werde ihn natürlich reinigen lassen. Oder bezahlen, je nachdem.“

Sam schnaubt. „Das hilft Lola jetzt aber herzlich wenig. Soll sie nackt auf die Straße gehen? Oder willst du, dass sie den Menschen auf dem Weg nach Hause dein Sperma präsentiert?“ Mit jedem seiner Worte sinkt der Kunde mehr in sich zusammen.

Auch wenn ich selbst von der Aktion genervt bin, kann ich nicht zulassen, dass er so mit dem Mann redet. So eine Kleinigkeit ist es nicht wert, unhöflich zu werden und damit nicht nur unseren Ruf, sondern auch den des Clubs zu riskieren.

„Es ist MEIN Pulli und ich habe auch einen Mund, mit dem ich selbst reden kann, danke.“ Ich bedenke Sam mit einem mahnenden Blick, bevor ich mich dem Kunden zuwende.

„Es ist alles gut. Hauptsache, ich konnte dich glücklich machen. Kein Grund, sich zu schämen. Behalte ihn ruhig als Andenken.“

Sam bleibt der Mund offen stehen. Damit hat er wohl nicht gerechnet. Aber er reißt sich zusammen und belässt es dabei.

Der Mann hält sich den Pulli schützend vor den Schritt und traut sich sogar wieder, mich anzulächeln.

„Danke ... das ... wenn ich noch irgendwas für dich tun kann ...“

„Na ja, etwas anderes zum Anziehen wäre ganz praktisch“, gebe ich zu.

„Oh ... da hab ich nichts hier. Ich komme direkt aus dem Büro und wollte gleich wieder nach Hause ... aber wenn du willst, kann ich schnell losfahren und dir irgendwo etwas besorgen.“

Ich winke ab. „Nicht nötig.“

Ich rubble mich schnell trocken und schlüpfe in meinen BH. Die anderen beiden sind zum Glück ebenfalls mit Anziehen beschäftigt. So kann ich auch in meinen Rock hüpfen, ohne dabei beobachtet zu werden.

„Hier. So kannst du ja nicht auf die Straße gehen.“ Sam reicht mir sein Hemd. Seine Geste lässt meinen Bauch wohlig warm werden. Trotzdem schiebe ich seine Hand zurück.

„Willst du wirklich mit nacktem Oberkörper durch die Hotellobby laufen? Danke, das ist lieb von dir. Aber ich komme zurecht.“

„Ein Mann ohne Hemd würde zumindest weniger auffallen als das.“ Er deutet mit dem Kinn in Richtung meiner Brüste. Sein Blick verliert sich am Ansatz der Spitze und ich kann erneut das Feuer in seinen Augen aufblitzen sehen. Sofort erinnert sich mein Körper an seine Berührungen und lässt mich beinahe aufstöhnen. Gott, warum musste es so enden? Es hätte noch so viel zu entdecken gegeben ...

„So geh ich auch nicht runter. Ich hab ja noch meinen Blazer.“ Ich wende mich ab, um nicht länger seinen

Blicken ausgesetzt zu sein, die mehr in mir auslösen, als mir lieb ist. Den Blazer streife ich mir über die Schultern und schließe ihn, so gut es geht. Dummerweise hat er nur zwei Knöpfe, die genau in der Mitte angebracht sind. Ungünstig. Normalerweise lasse ich ihn immer offen, deswegen habe ich noch nie darauf geachtet. Mein hoch sitzender Rock verdeckt die Haut unterhalb der Knöpfe. Der viel zu tiefe Ausschnitt lässt allerdings vermuten, dass sich nicht viel unter dem Jäckchen verbirgt. Aber es ist besser als nichts und wenn ich ihn oben zuhalte, wird niemandem etwas auffallen.

Wir verabschieden uns vom Kunden. Sam hat seine Professionalität wiedergefunden. Dennoch verliert er kein Wort zu viel und belässt es bei einem unterkühlten Händedruck. Der Kunde ist von seiner Standpauke immer noch eingeschüchtert. So wird ihm das Erlebnis sicher nicht in guter Erinnerung bleiben. Deshalb versuche ich, es mit meiner Verabschiedung wieder gut zu machen. Ich schließe ihn in meine Arme, drücke meine Brüste gegen seinen Oberkörper und hauche ihm einen Kuss auf die faltige Wange. „Wenn du Lust hast, mir irgendwann meinen Pulli wiederzugeben oder doch selbst ein bisschen mit mir zu spielen …“ Ich lasse die Andeutung im Raum stehen und beiße mir auf die Unterlippe. So schaffe ich es doch noch, ihn zum Strahlen zu bringen.

Als die Tür hinter uns ins Schloss fällt, lehne ich mich gegen die Wand und atme erleichtert auf. Wir haben es geschafft. Ich habe sogar das Bad überlebt. Es ist zwar nicht unbemerkt geblieben, doch Sam hat nur die braune Farbe gesehen, nicht mehr.

Plötzlich fällt es mir wieder ein. Der Umschlag.

„Rückst du jetzt wenigstens meinen Anteil raus oder willst du immer noch drum kämpfen?" Meine Stimme klingt barscher als beabsichtigt. Eigentlich wollte ich meiner Aussage eine Spur Ironie verleihen, aber vielleicht ist es so auch besser. Ich darf nicht zu leichtsinnig werden. Seine Berührungen haben mich bereits genug vom eigentlichen Grund meiner Anwesenheit hier abgelenkt. Und ich kann ihm nicht blind vertrauen, nur weil er mein Inneres zum Explodieren bringt. Ich kenne ihn nicht. Er könnte jede Sekunde abhauen und mit dem Geld verschwinden. Er könnte mich vor allen Kollegen im Club bloßstellen, wenn er von den Schlieren in der Wanne erzählt. Er könnte alles nur gespielt haben. Immerhin hat er denselben Job wie ich. Dabei lernt man schnell, zu überzeugen und die Version seiner selbst zu sein, die andere in einem sehen wollen.

Wie kommt man als Mann überhaupt auf die Idee, seinen Körper zu verkaufen? Gerade mit seinem Aussehen. Ihm hat es garantiert noch nie an willigen Frauen gemangelt. Warum arbeitet er dann nicht in einer seriöseren Branche? Wahrscheinlich ist er ein Player, der gerne mit den Frauen spielt und sich seiner Wirkung nur allzu bewusst ist …

Er zieht den Umschlag aus der hinteren Hosentasche und zählt stirnrunzelnd meine Scheine ab. „Denkst du wirklich, ich will dich um dein Geld bescheißen? Wie sollte das denn funktionieren, ohne dass Domi mich rauswirft und ich eine Klage am Hals hab? Außerdem hast du dir deinen Anteil mehr als verdient." Er streckt mir ein kleines Bündel entgegen.

„Wer weiß. Nimm es nicht persönlich. Ich vertraue in diesem Business niemandem mehr."

„Schlechte Erfahrungen, hm?“

Ich zucke mit den Schultern und stoße mich von der Wand ab.

„Oder einfach nur ein gesundes Maß an Vorsicht und Intelligenz.“

Während wir auf den Aufzug warten, fällt es mir schwer, mich nicht erneut von seiner Ausstrahlung in den Bann ziehen zu lassen. Ich würde die Situation gerne mit einem lockeren Spruch oder einem Witz auflockern, aber jedes Mal, wenn ich zu ihm hinübersehe, kommen mir andere Wörter in den Sinn. Sätze, die ich nicht aussprechen kann. Küss mich. Berühr mich. Nimm mich.

Auf der Fahrt nach unten schweigen wir uns an. Ich überlege währenddessen, wie ich mich von ihm verabschieden soll. All meine Sinne schreien nach einem Kuss. Mein Verstand sagt mir allerdings, dass das keine gute Idee ist. Ihm die Hand zu schütteln wäre aber genauso falsch. Eine kurze Umarmung? Oder doch lieber gar keine Berührung?

Die Lobby hat sich mittlerweile geleert. Außer dem Personal am Empfang ist nur ein Gast mit einem riesigen Koffer unterwegs. Sehr gut. So wird mein fehlender Pulli nicht auffallen.

„Wo hast du geparkt?“, fragt Sam auf dem Weg zum Ausgang.

„Nirgendwo. Ich bin mit der U-Bahn gekommen.“

Er hält mir die Tür auf. Ich bedanke mich mit einem knappen Nicken und trete nach draußen. Die kalte Nachtluft legt sich sofort um meine Glieder und lässt mich frösteln.

„Ich fahr dich nach Hause. So kannst du nicht alleine rumlaufen. Wenn du Glück hast, belästigt dich vielleicht niemand, aber erfrieren wirst du definitiv.“

„Lieb von dir, aber ich schaff das schon.“

Ein Windstoß fegt durch die Straße und wirbelt vertrocknete Blätter zu uns hinüber. Ich ziehe meinen Blazer fester um die Schultern. Obwohl ich versuche, mir nichts anmerken zu lassen, schlottern meine Knie.

Er stellt sich direkt vor mich, um mich vor der nächsten Böe abzuschirmen. Die Wärme seines Körpers strahlt auf mich ab. Ich muss mich zusammenreißen, nicht in seine Arme zu sinken.

„Bist du dir sicher?“ Er legt den Kopf schief und streicht mir eine Strähne aus dem Gesicht. Spätestens jetzt bin ich mir sicher. Er weiß ganz genau, was er tut.

Ich sehe zu ihm auf und begegne seinem besorgten Blick.

„Nein.“

Sein linker Mundwinkel zuckt verdächtig. Und plötzlich kommt es auch mir lächerlich vor, wie sehr ich mich dagegen wehre.

Zunächst kann ich mich zurückhalten, doch als ein breites Grinsen auf sein Gesicht tritt, muss ich laut losprusten.

Er schüttelt den Kopf und steigt in mein Lachen mit ein.

Dann legt er den Arm um meine Taille und führt mich die Straße hinunter.

5. Sam

Ich schwinge mich auf den Fahrersitz und drücke sofort den Knopf für die Sitzheizung. Oder hätte ich ihr doch lieber die Tür aufhalten sollen? Verdammt, sie lässt mich sogar meinen Anstand vergessen.

Die Beifahrertür öffnet sich. Alles, was ich aus meiner tiefen Position sehen kann, sind diese endlos langen Beine. Ihre Haut ist so seidig und glatt, dass das Licht der Straßenlaterne sich daran bricht und mir entgegenstrahlt. Wahnsinn. Als sie ein Bein in den Wagen hebt, kann ich beinahe unter ihren Rock spicken. Wenn sie so weitermacht, werde ich mich vergessen. Immerhin weiß ich, welch atemberaubende Kurven sich darunter verbergen.

Ich zwinge mich, wegzusehen. Es reicht. Ich war heute schon mehr als aufdringlich. Das hat sie nicht verdient. Denn nach allem, was ich heute von ihr kennenlernen durfte, zeichnet sich Lola durch mehr aus als nur durch ihren grandiosen Körper. Außerdem muss ich dieses Ding zwischen meinen Beinen endlich unter Kontrolle bekommen. Hätte ich nur nicht ... scheiße.

Ich würde meinen Kopf gerne gegen das Lenkrad schlagen. Wie war das, nicht belästigen? Tja, das habe ich mal wieder mühelos in den Sand gesetzt. Bevor ich reagieren kann, hat Lola den Pillenstreifen schon bemerkt, den ich vorhin achtlos auf den Beifahrersitz geworfen habe. Sie greift danach und nimmt ihn an sich. Dann lässt sie sich in den Sitz sinken und betrachtet ihn interessiert. Ganz toll mitgedacht, Sam.

Mein Blick wandert nach links aus dem Fenster. Für sie muss es aussehen, als wäre ich sehr interessiert an der Fassade des alten Wohnhauses. Doch ich muss mir einen Moment nehmen, um kurz durchzuatmen. Bleib gechillt. Wenn du Idiot sie in dein Auto einlädst und die Dinger rumliegen lässt, dann musst du auch die Konsequenzen tragen. Ist ja kein Drama. Vielleicht weiß sie auch gar nicht, was das ist und fragt nicht nach.

„Soso, blaue Pillen. Jetzt wird mir so einiges klar."

Mist. Zu früh gefreut. Der amüsierte Unterton in ihrer Stimme reicht leider nicht, um mich zu beruhigen.

Ich lasse den Motor an und bin plötzlich hochkonzentriert damit beschäftigt, mich anzuschnallen. Mein Kopf arbeitet auf Hochtouren. Was soll ich darauf antworten? Ich kann es nicht leugnen. Aber wenn ich es einfach im Raum stehen lasse, wird die Situation nur noch unangenehmer. Ich hab mir den Mist selbst eingebrockt. Also muss ich dazu stehen. Lügen geht gar nicht.

„Was wird dir denn klar?", frage ich unschuldig und setze zurück. Wenn ich fahre, habe ich wenigstens eine gute Entschuldigung, sie beim Reden nicht ansehen zu müssen.

„Du weißt genau, was ich meine." Sie lacht. „Läuft das bei euch so? Ich meine, nimmst du die immer? Das habe ich mich sowieso schon lange gefragt. Bei uns Frauen ist das ja nie ein Problem. Wenn wir nicht heiß auf den Kerl sind, macht das kaum einen Unterschied. Und ich kann mir nicht vorstellen, dass ihr nur knackige 20-Jährige bedient ...“

Sie hält mich also nicht für einen Freak. Im Gegenteil. Ihr lockerer Umgang mit dem Thema lässt mich ein wenig entspannen. Trotzdem muss ich einiges klarstellen.

„Du wirst mir wahrscheinlich nicht glauben ... aber heute war das erste Mal, dass ich sowas geschluckt habe.“ Ich spähe durch den breiten Rückspiegel zu ihr hinüber. Sie runzelt die Stirn. Natürlich. Ich würde mir das auch nicht abkaufen. Aber ich erzähl keinen Mist.

„Normalerweise brauche ich die nicht. Hab sie mir von einem Kollegen geliehen, der nimmt die regelmäßig. Ist also nicht unüblich in unserem Job. Aber ich hab’ andere Tricks, damit alles so funktioniert, wie ich will.“

„Ganz schön kryptisch.“

Meine verkrampften Hände, mit denen ich das Lenkrad umklammere, lockern sich etwas. Sie ist verdammt süß, wenn sie so neugierig ist. Unter anderen Umständen wäre dieses Gespräch verflucht unangenehm. Doch bei ihr habe ich das Gefühl, alles erzählen zu können. Sie arbeitet immerhin in der gleichen Branche. Wahrscheinlich weiß sie selbst die abgefahrensten Dinge zu berichten. Sie wird mich nicht für meine Methoden verurteilen.

„Oh, es ist ganz einfach. Man muss nur lernen, sich wegzubeamen. Die eigene Fantasie echter werden zu lassen als die Realität. Wenn man nicht so genau hinsieht und die richtigen Gedanken im Kopf hat, wird auch aus einer Frau mit Mitte 50 eine junge Sexgöttin.“ Noch während ich meine Strategie ausplaudere, wird mir bewusst, wie absurd das klingt. Erneut lachen wir gemeinsam.

„Du weißt, was ich jetzt hören will, oder?"

Plötzlich ist die Luft, die mir aus der Heizung entgegenpustet, nicht mehr angenehm wärmend. Sie ist viel zu heiß. Schweißperlen bilden sich auf meiner Stirn. Ein Blick in den Spiegel zeigt mir, dass meine Wangen rot anlaufen. Mein Körper ist ein mieser Verräter.

„Nein, was denn?" Ich klinge nicht besonders überzeugend.

„Erzähl mir davon. Was sind das für Fantasien? Wenn sie dich so sehr fesseln können, müssen sie unglaublich heiß sein."

Spielt sie mit mir? Interessiert es sie wirklich oder will sie mich nur schwitzen sehen?

„Das behalte ich lieber für mich. Betriebsgeheimnis, sozusagen."

Ich beobachte ihre Reaktion aus dem Augenwinkel, während wir an einer roten Ampel warten. Sie zieht einen Schmollmund, belässt es aber dabei. Schließlich schiebt sie mir den Pillenstreifen rüber und ich quetsche ihn wieder in die Mittelablage.

„Und warum hast du heute so was genommen? Hattest du Angst, dass es nicht klappt, wenn ein Mann dabei zusieht?"

„Quetscht du Fremde immer so schnell wegen ihrer Sexualität aus? Du bist ganz schön neugierig."

Sie lehnt den Kopf gegen das Fenster und grinst zu mir hinüber.

„Tja, damit musst du klarkommen. Wenn man den ganzen Tag mit Schwänzen zu tun hat, verliert man jegliches Schamgefühl."

Ich weiß nicht, ob mir die Vorstellung gefällt. Die plötzliche Enge in meiner Brust verwirrt mich. Also besser nicht weiter darauf eingehen.

„Um auf deine Frage zurückzukommen ... klar, die Situation war nicht das, was ich mir unter entspanntem Sex vorstellen würde. Aber daran lag es nicht. Domi hat mir nicht Bescheid gesagt, dass du hier sein würdest. Ich hatte Jeanny erwartet. Und bei ihr hätte selbst eine Tüte über dem Kopf nicht mehr geholfen." Ich setze den Blinker und folge ihrer Geste, mit der sie mir bedeutet, rechts abzubiegen. Dann fällt mir noch etwas ein. „Ich hoffe, wir führen hier ein vertrauliches Gespräch. Bitte quatsch das nicht weiter. Ich hab keine Lust auf Stress."

Sie ignoriert meine Bitte. Das Thema scheint sie noch zu sehr zu beschäftigen.

„Du findest Jeanny hässlich? Ich hätte nicht gedacht, das jemals aus dem Mund eines Mannes zu hören. Sie ist doch so ziemlich das gefragteste Mädchen und das kann man ihr nun wirklich nicht vorwerfen." Sie klingt plötzlich nicht mehr so amüsiert. Habe ich schon wieder Scheiße gelabert? Sind die beiden am Ende noch befreundet?

„Außerdem sehe ich ihr ziemlich ähnlich, finde ich ..."

Fuck. Hätte ich mal lieber die Klappe gehalten. Sie versteht das völlig falsch.

„Erstens finde ich sie schon hübsch. Ich hab' nie behauptet, dass es an ihrem Aussehen liegt. Und zweitens ..." Ich nehme all meinen Mut zusammen und lege meine Hand auf ihren nackten Schenkel. „... bist du noch mal um Meilen schöner als sie."

Sie senkt den Kopf und schweigt. Habe ich es tatsächlich noch mal geschafft, ihre schüchterne Seite heraufzubeschwören?

„Aber … dann verstehe ich nicht …“

„Lass es mich so sagen: Wir hatten unsere Differenzen. Mehr ist nicht wichtig.“

„Oha.“ Schlagartig richtet sie sich im Sitz auf. „Du warst das?“

Ich antworte nicht. Das fehlt mir gerade noch. Mit Lola will ich dieses Thema nicht noch mal durchkauen. Doch sie lässt nicht locker.

„DU bist der Kollege, der sie hat abblitzen lassen? Der Eisblock? Der selbstverliebte Schnösel? Der herzlose Player?“

Ich schnaube. Genau das wollte ich vermeiden. Ich weiß, welche Lügen Jeanny bei den Mädels über mich verbreitet hat. Völlig absurdes Zeug. Nun habe ich auch von Lola diesen Stempel aufgedrückt bekommen. Ganz toll. Würde mich nicht wundern, wenn sie mich gleich bittet, sie an der nächsten Ecke rauszulassen.

„War das ein Ja?“

Ich nicke knapp.

Doch zu meiner Überraschung streckt sie mir ihre Handfläche entgegen. Ich schlage mit einem lauten Klatschen ein.

„Ich wäre zu gerne dabei gewesen. Kann mir gar nicht vorstellen, wie sie reagiert hat.“

„Zuerst war sie ziemlich verunsichert. Dann wurde sie aber sehr schnell sehr wütend.“

Lola klopft mir auf die Schulter.

„Gut gemacht. Das hat sie sowas von verdient. Wenn ich schon immer ihre eingebildete Schnute sehe, könnte ich kotzen." Sie ahmt Jeannys Gesichtsausdruck perfekt nach. Ich verkrampfe mich so sehr vor Lachen, dass ich mich kaum mehr aufs Fahren konzentrieren kann.

„Sie ist also deine beste Freundin."

„O ja. Wir lackieren uns gegenseitig die Nägel, machen uns Zöpfchen und stehen stundenlang vor dem Spiegel, um uns selbst zu bewundern."

Sie fächert sich mit der flachen Hand Luft zu. Dann beugt sie sich zum Armaturenbrett.

„Ist zwar nett, dass du mich vor dem Erfrieren gerettet hast, aber ein Hitzschlag ist auch kein schöner Tod. Wo ist denn hier der Temperaturregler?"

Ich öffne das entsprechende Menü auf dem Touchscreen. Sie staunt nicht schlecht, als ich die Heizung mit einem Wischen herunterregele.

„Ganz schön viel Hightech. Wenn jetzt der Fußraum noch ein bisschen geräumiger wär, könnte ich mich an die Karre gewöhnen."

Sie rutscht in ihrem Sitz nach unten. Auch sie scheint sich immer mehr zu entspannen. Das ist gut. Sehr gut sogar. Ich überhole einen dahinschleichenden Mercedes und lasse mich von ihr auf eine größere Straße lotsen.

Plötzlich nehme ich eine Bewegung aus dem Augenwinkel wahr. Hm? Träum' ich? Ich wende den Kopf zu Lola und kann kaum glauben, was ich sehe. Sie knöpft ihren Blazer auf und streicht den Stoff zur Seite. Ihr weißer Spitzen-BH strahlt mir entgegen und gibt die herrliche Rundung ihrer Brüste frei. Mein Körper dreht völlig am Rad. Sofort sammelt sich wieder Blut zwischen meinen Beinen.

„Hey, die Straße ist da vorne. Wehe, du fährst irgendwo gegen."

Ertappt blicke ich wieder nach vorne. Doch die Vorstellung, nur die Hand ausstrecken zu müssen, um ihre halbnackten Brüste berühren zu können, lenkt mich ab.

„War das Berechnung? Die Heizung so weit aufdrehen, dass ich mich neben dir ausziehen muss?"

Ich schmunzle. „Ich wünschte, ich hätte so weit gedacht."

Sie blickt auf ihrer Seite aus dem Fenster und beobachtet die vorbeiziehende Stadt. Langsam wundere ich mich über die Route, die wir nehmen. Sie hat mir nicht genau verraten, wo sie wohnt, aber ich hab' nicht erwartet, dass es so weit vom Hotel entfernt liegt. Dafür hätte sie ziemlich lange mit den Öffentlichen fahren müssen. Wir nähern uns dem Stadtrand.

Sie tastet mit den Fingern das Fensterbrett ab und wird fündig. Das Fenster fährt ein Stück nach unten. Dann kramt sie in ihrer Handtasche.

Ich will sie nicht weiter beobachten. Und sie hat recht, ich sollte mich wirklich aufs Fahren konzentrieren. Ein Krankenhaus wär der beschissenste Ort, an dem dieser Abend enden könnte. Das leise Knistern neben mir macht mich allerdings neugierig.

Sie zieht die Plastikverpackung von einer Zigarettenschachtel. Ist das ihr Ernst? Und das, ohne zu fragen?

Offensichtlich schon. Sie steckt sich eine Zigarette in den Mund und bringt sie mit einem kurzen Aufblitzen ihres Feuerzeugs zum Glühen. Eine filigrane Rauchlinie steigt vom Stängel auf.

Mir fehlen die Worte. Lola. Was für eine Frau. Vor einer halben Stunde dachte ich noch, sie durchschaut zu haben. Nun beweist sie, dass ich mich getäuscht habe. Und wie. Was geht nur in diesem hübschen Kopf vor? Als wir vorhin miteinander nach oben gefahren sind, hatte ich ein zurückhaltendes, fast schon schüchternes Mädchen vor mir. Dann hat sie mir ihre professionelle Seite gezeigt – ist zwischen Selbstbewusstsein und Verunsicherung hin- und hergewechselt. Und jetzt dieses widersprüchliche Verhalten. Sie steckt voller Überraschungen. Nur, was davon ist die echte Lola?

Sie pustet den Rauch quer durchs Auto. Er kitzelt in meiner Nase. Ich hasse das Zeug. Aber ich will kein Spießer sein.

„Weißt du eigentlich, wie viel das Auto hier gekostet hat?"

Meine Andeutung geht spurlos an ihr vorbei. Sie blickt immer noch aus dem Fenster und nimmt einen weiteren Zug.

„Bestimmt genug, dass sein Wert nicht sinkt, wenn darin ein einziges Mal mit offenem Fenster geraucht wird. Das riechst du morgen gar nicht mehr. Versprochen."

Wäre sie eine andere Frau, hätte ich sie jetzt rausgeworfen. Bei ihr ist meine Faszination aber größer als der Ärger. Heute freue ich mich sogar, als wir auf eine weitere rote Ampel zurollen. Das bedeutet nämlich, dass ich sie noch mal in Ruhe ansehen kann.

Ihr Anblick lässt meine Fantasie kreisen. Ihr halbnackter Oberkörper, auf dem das Licht der Straßenlaternen dunkle Schatten zeichnet. Die entspannte Haltung und die Zigarette in ihrer Hand. Wir beide, ein krummes Geschäft und ein teurer Wagen. In diesem Moment würden wir das perfekte Verbrecherpaar abgeben. Diese geheimnisvolle Aura, die sie umgibt – wie macht sie das nur?

Die Ampel muss schon länger auf Grün stehen. Ich drücke aufs Gas und kann mich gar nicht entscheiden, welche Frage ich ihr zuerst stelle.

„Du hast vorhin gar nicht nach Rauch gerochen ... oder geschmeckt. Und ich habe dafür normalerweise ein feines Näschen. Wie hast du das gemacht?“

„Warum sollte ich nach Rauch schmecken?“

Ich ziehe die Brauen nach oben. Will sie mich verarschen?

„Naja, das bringt das Rauchen von Zigaretten normalerweise mit sich. Jetzt bist du an der Reihe, mir deinen geheimen Trick zu verraten.“

„Da gibt's keinen. Ich rauche nicht“, antwortet sie schulterzuckend und nimmt einen weiteren Zug von ihrer Zigarette.

Was? Sie meint es vollkommen ernst, so viel steht fest. Aber so sehr ich es auch versuche, ich verstehe ihr widersprüchliches Verhalten nicht. Und das nicht nur in Bezug auf das Rauchen. Ich traue mich nicht, noch weiter nachzuhaken. Sonst hält sie mich noch für einen stumpfsinnigen Idioten. Läuft ja bestens für mich.

Irgendwas muss mich allerdings verraten haben, denn nach zwei weiteren Zügen rollt sie mit den Augen und ergänzt noch was.

„Mann, du kannst mir schon glauben. Ich bin Nichtraucherin. Siehst du ja. Die waren bis eben noch zu.“ Sie wedelt mit der Plastikverpackung vor meinen Augen.

„Ich hab keinen Bock, mit 40 wegen Lungenkrebs zu verrecken. Aber so ein, zweimal im Jahr ist mir einfach danach. Um richtig zu entspannen. Und heute ist so ein Tag."

„Klingt ja fast so, als wäre es ein Joint. Aber schon gut, jetzt versteh' ich." Verdammt, warum finde ich das niedlich? Wenn ich ehrlich bin, ist vieles an ihr niedlich. Aber das reibe ich ihr besser nicht unter die Nase. Sie wirkt nicht wie der Typ Frau, der das als Kompliment verstehen würde.

Der Verkehr lichtet sich zunehmend. Sie lässt mich die Straße immer weiter geradeaus fahren, obwohl hier draußen nicht mehr viele Wohnstraßen abzweigen.

„Wenn wir nicht bald irgendwo abbiegen, fahren wir auf die Autobahn. Sind wir hier noch richtig? Wo genau wohnst du denn?"

„In Mitte."

Ihre Antwort überrascht mich nicht mal mehr. Im Gegenteil. Sie löst ein Prickeln in meinem Bauch aus. Jede Sekunde mit ihr fühlt sich an wie ein kleines Abenteuer.

„Cool. Da waren wir vor zwanzig Minuten."

„Langsam wirst du mir sympathisch. Ich glaube, ich habe dich falsch eingeschätzt. Du bist doch nicht so engstirnig wie die meisten Menschen."

Ich stoße ein kurzes Lachen aus.

„Da liegst du gar nicht so falsch. Wenn du mich weiter ahnungslos in irgendeine Richtung fahren lassen willst, bin ich dabei. Ich hatte schon schlechtere Gesellschaft." Darauf bekomme ich wieder keine Antwort. Es ist so leicht, sie in Verlegenheit zu bringen. „…

andererseits bin ich aber schon neugierig, wohin du mich entführst." Und das ist noch stark untertrieben.

Sie schnippt den Rest ihrer Zigarette aus dem Fenster und fährt es wieder hoch.

„Ich habe kein bestimmtes Ziel. Ich wollte nur auf die Autobahn, da, wo es nicht so voll ist. Wenn ich schon mal in einem Sportwagen sitze, will ich auch sehen, was er so drauf hat."

„Soso, eine Frau mit Vorliebe für Highspeed und Beschleunigung. Bist du dir sicher?"

Sie setzt sich auf.

„Was ist das denn für eine blöde Frage? Sonst hätte ich dich wohl kaum hierher gelotst."

Wenn sie wüsste. Ich habe meine Gründe, diese Frage zu stellen. Die letzte Frau, die ich auf eine Spritztour eingeladen habe, war zuerst auch Feuer und Flamme gewesen. Nachdem ich aber ernst gemacht und Gas gegeben habe, schlug ihre Freude in blanke Todesangst um. Hat Stunden gedauert, sie wieder zu beruhigen. Ein Glück, dass sie nicht die Bullen gerufen hat. Ich hoffe, Lola weiß, worauf sie sich einlässt.

Das blaue Schild zieht über unseren Köpfen vorbei. Erste Auffahrt nach rechts.

„Sag Bescheid, wenn es dir zu viel wird."

„Weißt du, wie neugierig du mich mit deinen Warnungen machst? Muss ja richtig abgehen, wenn du dich so um mich sorgst."

„Um dich? Ich will nur keine Kotze auf meinen teuren Polstern!"

„Arschloch!"

Ich werde mein Grinsen nicht mehr los. Es klebt wie festbetoniert in meinem Gesicht und trägt sicher nicht gerade dazu bei, mich intelligent aussehen zu lassen. Ist aber nicht weiter tragisch. Ihr geht es ja nicht anders.

Ich steuere die Auffahrt entlang und fädele in die rechte Spur ein. Wir haben eine gute Uhrzeit erwischt. Es ist nicht viel los auf der Autobahn.

„Vertraust du mir?"

„Ganz und gar nicht. Aber deinen Fahrkünsten schon."

Das reicht mir. Ich werfe einen Blick in den Rückspiegel und lasse noch zwei Autos vorbeiziehen. Schließlich kann ich hinter uns keine Lichter mehr erkennen.

Ich fahre auf die mittlere Spur. Das Auto wird immer langsamer, doch mein Herz beschleunigt seinen Takt, bis es beinahe meinen Brustkorb sprengt. So muss es sein. Ich will ihr den gleichen Kick geben, den sie mir vorhin durch ihre Berührungen geschenkt hat. Mir ist nur allzu bewusst, dass diese Aktion scheiß gefährlich ist. Aber ich mache das nicht zum ersten Mal. Ich weiß, dass ich die Fahrbahn hinter uns im Auge behalten muss. Solange ich aufmerksam bin, wird uns nichts passieren.

Ich bremse. Die Tachonadel senkt sich auf Null.

„Du bist völlig verrückt", haucht Lola und ich kann die Aufregung in ihrer Stimme mitschwingen hören, obwohl sie sich sichtlich bemüht, cool zu bleiben.

„Bereit?"

Ich schalte das Fahrwerk auf dem Bildschirm in den Sportmodus. Sie versetzt ihrer Handtasche einen Tritt und stopft sie unter den Sitz. Dann richtet sie sich auf und legt ihre Hand in die Einkerbung an der Tür. Sie öffnet den Mund, doch es dauert eine Sekunde, bevor sie spricht.

Hinter uns ist alles schwarz.

„Los."

Mein linker Fuß schnellt von der Kupplung. Mit dem rechten trete ich das Gaspedal durch, bis es klickt.

Die Beschleunigung drückt mich gewaltsam gegen den Sitz. Der Motor heult auf und der Wagen schießt nach vorne. Meine Hände können den Fliehkräften kaum standhalten und werden beinahe vom Lenkrad gezogen. Doch ich hab alles im Griff. Blitzschnell schalte ich und zähle im Kopf mit. Eins, zwei, drei ... der Tacho springt über die 100. Die Bäume fliegen an uns vorbei. Die Spurstriche werden immer länger, bis sie schließlich zu einer durchgezogenen Linie verschwimmen. Je schneller der Wagen über die Straße brettert, desto mehr Adrenalin schießt durch meine Adern. Ein strahlendes Grinsen breitet sich auf meinen Lippen aus. Geiler als Sex. Mein Körper kann dem Druck der Beschleunigung kaum etwas entgegensetzen. Nur meine Füße und meine Hand auf dem Schalthebel arbeiten unbeirrt weiter. Wie von selbst treibe ich die Technik an ihr Limit.

Wir schießen an den Autos vorbei, die uns gerade noch überholt haben. Binnen Sekunden sind sie im Rückspiegel verschwunden.

250. 260. 270. Es fühlt sich an, als würden wir durch einen Tunnel brettern. Nichts ist mehr greifbar. Die Welt verzieht sich zu abgefahrenen Schemen und Schatten. Der Geschwindigkeitsrausch nimmt mich voll ein. Es gibt nur noch unsere Fahrspur, die Pedale und die Tachonadel, die unaufhörlich weiter steigt.

280.

Langsam löse ich meinen Fuß vom Gaspedal. Sofort bremst uns der Luftwiderstand ab. Es reicht. Für heute habe ich mein Glück genug herausgefordert. Ich weiß, was nur eine falsche Bewegung oder ein übersehener Gegenstand auf der Fahrbahn bei diesem Tempo bewirken können. Und ich will es auf keinen Fall am eigenen Leib erfahren.

Mein Herz beruhigt sich aber nicht so schnell wie der Motor. Es sprintet weiter, mein Atem geht flach. Doch ich kann nicht aufhören zu strahlen. Was für ein Abend. Und das alles mit dieser unglaublichen Lady. Glückshormone schießen schneller in meinen Kopf als das Benzin durch die Leitung.

Als wir mit 150 dahincruisen, wage ich einen kurzen Blick auf den Beifahrersitz.

Lolas Gesichtsausdruck ist das perfekte Spiegelbild meiner eigenen Gefühle. Sie hat sich nicht mal festgehalten. Tiefenentspannt lehnt sie in den Polstern und fährt sich durchs Haar. Ihr Zimtduft weht zu mir hinüber. Als sich unsere Blicke treffen, beginnt sie zu kichern. Es hat ihr also gefallen.

Los, tu was.

Der Kick verleiht mir neuen Mut. Ehe ich darüber nachdenken kann, liegt meine Hand wieder auf ihrem Bein. Aber diesmal sieht sie nicht schüchtern aus dem Fenster. Sie schenkt mir das bezauberndste Lächeln der Welt. Dann verschränkt sie ihre Finger mit meinen und mein Herz steht einen Augenblick still.

Dreißig Minuten später kurven wir durch die Straßen in Mitte. Die sind immer noch völlig überfüllt. Seit wir von der Autobahn abgefahren sind, überlege ich fieberhaft, was ich zu ihr sagen soll, wenn wir vor ihrer Wohnung stehen. Ich habe Angst, dass der Abend hier endet. Ich will sie nicht gehen lassen. Andererseits will ich mich nicht aufdrängen. Ich kann sie nicht zu mir nach Hause einladen. Es soll kein billiger One-Night-Stand werden. Ich will sie kennenlernen – aber wenn wir beide alleine in meinem Wohnzimmer stehen, könnte ich mich nicht zurückhalten. Wer weiß, was sie dann von mir denkt. Aber würde sie überhaupt mehr wollen als einen schnellen Quickie? Kann ich sie nach ihrer Nummer fragen? So eine beschissene Situation.

„Lass mich da vorne bitte raus."

Sie zeigt auf eine freie Parkbucht an einer großen Kreuzung. Die Ecke überrascht mich. Als Escort hat sie ordentlich Kohle, da bin ich mir sicher. Doch der heruntergekommene Altbau macht auf mich nicht gerade den Eindruck, als würden erfolgreiche Menschen darin wohnen. Die Nähe zur Hauptstraße ist sicher auch nicht angenehm. Puh. Ein echt hässliches Viertel.

„Da wohnst du?", frage ich ungläubig.

„Nein. Ich habe gesagt, da sollst du mich rauslassen. Ich laufe das restliche Stück."

Meine Laune sinkt schlagartig in den Keller. Ich hab' gehofft, sie würde mich fragen. Mich zu sich nach Hause einladen, damit ich nicht diesen beschissenen Anstand wahren muss. Sicher sein, dass sie den Abend auch noch nicht enden lassen will. Aber das scheint nicht ihr Plan zu sein. Habe ich ihre Zeichen so missverstanden?

„Ich kann dich auch direkt nach Hause fahren. Ist gar kein Problem."

„Nein, danke. Ich steige hier aus."

Ich fahre in die Parklücke und nehme all meine Kraft zusammen, um mir meine Enttäuschung nicht anmerken zu lassen.

Sie hat es ernst gemeint. Sie vertraut mir nicht. Oder sie kann mich nicht leiden. Aber egal, was sie sich dabei denkt: Sie will auf jeden Fall nicht, dass ich weiß, wo sie wohnt.

Sie zieht ihre Tasche unter dem Sitz hervor und überprüft noch mal die Knöpfe ihres Blazers. Als sie zu mir hinübersieht, hat sie ein Lächeln auf den Lippen. Aber es erreicht ihre Augen nicht.

„Danke fürs Mitnehmen. Komm gut heim."

In meinem Kopf fliegen so viele Gedanken durcheinander, dass ich keinen davon zu fassen bekomme. Was soll ich darauf sagen? So habe ich mir das Ende dieser Fahrt nicht vorgestellt. Was geht nur in ihr vor? Ich kann sie nicht nach ihrer Nummer fragen. Wenn sie mir nicht mal ihre Adresse verraten will, wird sie auch dazu nein sagen. Scheiße!

„Du auch. Vielleicht sieht man sich mal im Club."

„Ja … vielleicht."

Sie öffnet die Tür und steht auf. Verdammt. Was mache ich jetzt? Ich kann sie nicht einfach so gehen lassen. Ich muss es doch wenigstens probieren. Irgendwie. Doch je mehr ich mich zum Nachdenken zwinge, desto mehr fühle ich mich wie gelähmt.

Die Tür fällt mit einem dumpfen Geräusch ins Schloss. Ich hebe die Hand, um ihr noch mal zuzuwinken. Aber sie dreht sich nicht mehr um. Fuck. Mit schnellen Schritten eilt sie die Straße hinunter und verschwindet schließlich in den Schatten der Großstadt.

6. Sam

Ich nippe an meinem Kaffee und starre auf die zuckende Schnauze von Artemis, der den Kopf auf meinem Schoß abgelegt hat. Sein Schnarchen bläst mir fast die Ohren weg. Am liebsten würde ich mich neben ihn legen. Die Augen schließen und in eine andere Welt davondämmern. Eine Welt, in der mich nicht die ganze Zeit diese Gedanken quälen.

„Sam? Hast du mir die letzten fünf Minuten überhaupt zugehört?"

Ich zucke zusammen. Mist. Ich richte mich auf und sehe schuldbewusst zu Helena hinüber. Sie hat mich ertappt. Und es war nicht mal Absicht.

Die feinen Fältchen um ihre Augen ziehen sich glatt, als sie herzlich lächelt. Sie lehnt sich auf ihrem Sessel zurück. Ich weiß, dass sie mir nie böse sein könnte. Trotzdem hab' ich ein schlechtes Gewissen. Sie hat es nicht verdient, dass ich hier wie ein Zombie herumhänge und nicht mal mitbekomme, dass sie mit mir geredet hat. Ich stütze den Ellbogen auf mein freies Knie.

„Ehrlich gesagt, nein. Aber wenn du es noch mal wiederholen willst, bin ich ganz Ohr."

Sie winkt ab und stellt ihre Kaffeetasse auf den Stoffuntersetzer.

„Warum solltest du einer alten Frau zuhören, wenn in deinem Kopf viel wichtigere Dinge vorgehen?"

Ich schüttle den Kopf und wiederhole den alten Satz zum tausendsten Mal.

„Hör doch auf damit. Mit 54 ist man noch nicht alt. Und du weißt, dass es mich immer interessiert, was du zu sagen hast."

Sie lacht und streicht sich eine graue Locke aus dem Gesicht.

„Ach, da werde ich ja gleich ganz rot. Heb dir das lieber für deine hartnäckigen Kundinnen auf. Ich brauche keine Schleimereien von dir."

Ich erwidere nichts. Sie weiß genau, dass ich es ernst meine. Ich hör' ihr immer gern zu. Auch heute würde ich mich lieber von ihren Erzählungen ablenken lassen. Nur mein Kopf hat andere Pläne.

„Erzähl mir von ihr."

Ich beuge mich nach vorne und runzle die Stirn. Woher weiß sie, woran ich denke? Ist es so offensichtlich oder habe ich mich vorhin irgendwie verraten?

Allerdings will ich mich gar nicht dagegen wehren. Wenn es jemanden gibt, dem ich mich anvertrauen kann, dann ist es Helena. Ich seufze und reibe mir die Stirn.

„Was willst du hören? Ich weiß nicht viel über sie."

„Offensichtlich aber genug, um deine Gedanken in Besitz zu nehmen."

Sofort muss ich grinsen. „Wahrscheinlich ist es genau das. Ich habe noch nie so eine vielseitige Frau kennengelernt. Sie ist undurchschaubar. Aber daran wird sich auch nichts ändern. Ich weiß nichts von ihr, außer ihrem Vornamen. Ich habe keine Nummer, keine Adresse ... sie will mich nicht wiedersehen."

Artemis wälzt sich herum und streckt mir seinen runden Bauch entgegen. Ich kraule ihn, während Helena sich noch etwas aus der Kanne nachgießt. Sie strahlt eine unerschütterliche Ruhe aus. Langsam werden auch meine kreisenden Gedanken ruhiger.

„Was macht dich da so sicher? Wenn sie so undurchschaubar ist, hast du vielleicht auch das nicht richtig verstanden. Vielleicht ist sie schüchtern ... oder sie will erobert und umgarnt werden und du hast dich nur nicht genug ins Zeug gelegt."

„Ist doch scheißegal, woran es liegt. Fakt ist, ich habe es verbockt. Ist wahrscheinlich auch besser so."

Helena erwidert nichts mehr. Ich kann die Frage lesen, die ihr ins Gesicht geschrieben steht. Sie stellt sie aber nicht. Will mir die Entscheidung überlassen, ob ich darüber reden möchte oder nicht. Sie würde mich nie zu etwas drängen. Aber ich will mich ihr trotzdem anvertrauen. Genau das macht unsere Freundschaft aus: Sie versteht mich, verurteilt mich nicht und hat mir schon so manche Situation durch ihre Lebenserfahrung erleichtern können. Warum sollte ich jetzt also alles in mich reinfressen? Ich seufze leise und gebe mir einen Ruck.

„Wer will schon einen Kerl, der jeden Tag seine Zeit an andere Frauen verkauft? Mit ihnen schläft, sie in den Armen hält? So ein richtiges Arschloch? Lisa hat mir bewiesen, dass es nicht funktioniert. Und ich kann es ihr nicht mal verübeln." Die Erwähnung meiner Ex-Freundin lässt Helena kurz auflachen. Ich lasse mich aber nicht beirren und quatsche weiter: „Deshalb ist es besser, es gar nicht so weit kommen zu lassen. Ich will mich nicht verlieben. Außerdem könnte ich das andersherum auch nicht. Ich könnte die Frau, die ich liebe, nicht mit so vielen Männern teilen, jeden Tag wieder. Es würde mich innerlich zerfressen."

Helenas Lachen ist verstummt. Sie legt den Kopf schief.

„Sie ist eine Kollegin?"

Ich nicke.

„Das ist doch wunderbar. Wer könnte deinen Job besser verstehen? Du weißt doch selbst am besten, dass die meisten dieser Begegnungen nichts zu bedeuten haben und rein professioneller Natur sind. Und wer redet hier denn gleich von einer Beziehung? Ich will mich nicht zu sehr einmischen. Hör auf dein Herz. Allerdings sieht selbst ein Blinder, was es zu dir spricht."

Ich schiebe Artemis sanft von meinem Schoß und stehe auf. An Helena vorbei schlendere ich zum Fenster und blicke nachdenklich die Einfahrt des Anwesens hinunter. Bisher habe ich mich immer auf Helenas Rat verlassen können. Seit dem Tag vor zwei Jahren, als sie mich zum ersten Mal gebucht hat, nur um mit mir einen Kaffee zu trinken, weiß ich, was ich an ihr habe. Sie versteht mich. Auch ohne Worte. Sie war seitdem an so vielen meiner Entscheidungen beteiligt. Und ich habe nie etwas bereut. Aber diesmal könnte sie falsch liegen. Sie kennt Lola nicht. Sie hat nicht gesehen, was ich gesehen habe – die Kälte in ihren Augen, als sie sich von mir verabschiedet hat. Außerdem ist es zu spät. Ich werde nicht jeden Abend im Club verbringen und darauf hoffen, dass sie irgendwann zufällig auftaucht. Das ist nicht mein Ding. Und selbst, wenn Helena recht hat und Lola sich wünscht, von mir erobert zu werden: Ich würde uns beide in eine krass komplizierte und riskante Situation bringen. Egal, wie man es dreht und wendet: Es macht keinen Sinn.

Trotzdem zieht sich mein Herz bei diesem Gedanken zusammen. Autsch.

Helena steht ebenfalls auf und setzt sich neben mir auf das hölzerne Fensterbrett. Nachdenklich dreht sie die Kaffeetasse in ihren Händen.

„Wohin willst du, Sam? Wohin willst du mit deinem Leben?"

Ihre Frage öffnet das Loch in meiner Magengrube. Das blöde Ding kenne ich nur zu gut. Ich muss mich am Fensterbrett abstützen, um dem Sog nicht nachzugeben, der davon ausgeht und mich zu verschlingen droht. Ich bin mittlerweile Profi darin, die Gedanken an meine Zukunft zu verdrängen. Bis ins hinterste Eck meines Bewusstseins. Doch das funktioniert nicht, wenn Helena mit mir darüber reden will. Lügen ist keine Option.

„Ich weiß es nicht", murmle ich und atme tief durch. „Aber das muss ich auch nicht. Ich lass' mich überraschen. Irgendwann werde ich es wissen."

Sie legt ihre Hand auf meinen Rücken. Ihre Stimme klingt plötzlich viel sanfter als zuvor.

„Mach es nicht wie ich. Lass dich nicht nur durchs Leben treiben. Sonst wachst du eines Morgens auf und stellst fest, dass du alt bist. Dass du nie die Möglichkeit hattest, deinen Träumen zu folgen, während alle anderen sich ihre Lebenswünsche erfüllen – weil es keine Träume gab. Und das ist noch nicht mal das Schlimmste daran."

Sie kneift die Lippen zusammen. Als ich zu ihr hinuntersehe, liegt Schwere in ihrem Blick. Ich erschrecke.

Tiefe Falten ziehen sich über ihre Stirn. Mit einem Mal sieht sie tatsächlich alt aus.

„Ich habe mir all das hart erarbeitet. Dieses Anwesen, die teuren Klamotten und den Schmuck und die Millionen auf meinem Konto. Nur habe ich mich kein einziges Mal gefragt, ob es überhaupt das ist, was ich will. Ich habe nicht auf mein Herz gehört, mich treiben lassen und das Leben so genommen, wie es kam. Natürlich habe ich viel Zeit und Mühe in die Firma investiert. Und darüber hinaus vergessen, mich selbst zu finden. Sieh mich an. Ich sitze auf einem Haufen Geld, mit dem ich nichts mehr anzufangen weiß. Glücklich bin ich deswegen aber nicht. Ich buche einen jungen Mann, damit das Haus sich wenigstens ein paar Stunden in der Woche mit Leben füllt. Damit ich jemanden zum Reden habe.“

Mit jedem ihrer Worte vergrößert sich das Loch in meinem Bauch. Sie soll aufhören. Ich will es nicht wissen. Sie erzählt Mist. Das hat doch alles nichts mit mir zu tun.

„Die Gewissheit, dass sich daran nie wieder etwas ändern wird, zerfrisst mich an manchen Tagen beinahe. Vielleicht werde ich ein paar oberflächliche Bekanntschaften schließen können. Aber ich kann es nicht rückgängig machen. Ich kann nicht in die Vergangenheit reisen und eine Familie gründen, Kinder bekommen, einen Partner finden, der mich durch jede Lebensphase begleitet.“

Der Boden dreht sich unter meinen Füßen. Mit aller Kraft versuche ich, den tieftraurigen Unterton ihrer Stimme zu ignorieren. Die Bedeutung ihrer Worte nicht in mein Bewusstsein vordringen zu lassen. Das fehlt mir gerade noch. Nicht jetzt. Doch die Barrikaden, die ich in meinem Inneren hochziehe, sind nicht stark genug.

„Aber dir steht noch die Welt offen. Vielleicht willst du ja auch etwas ganz anderes als ich. Vielleicht würde dich dieses Haus glücklicher machen als mich oder du willst dir eine erfolgreiche Karriere aufbauen, an der du bis zu deinem Lebensende arbeiten kannst. Vielleicht kommst du mit der Einsamkeit besser zurecht als ich oder magst es sogar, alleine zu sein. Aber du musst dir bewusst werden, was du willst. Ich sehe schon seit zwei Jahren dabei zu, wie du dich treiben lässt, ohne Ziel und ohne Vorstellung und Erwartung an das Leben. Hast du jemals von einem Goldgräber gehört, der auf eine Ader gestoßen ist, ohne danach gesucht zu haben?"

„Es reicht. Ich hab's verstanden", presse ich zwischen den Zähnen hervor. Warum will dieses beschissene Loch nicht wieder verschwinden? Ich konzentriere mich auf meine Atmung.

Helena schenkt mir ein sanftes Lächeln. Sofort breitet sich die Wärme von ihrer Hand auf meinem Rücken über den ganzen Körper aus. Krass, welche Rolle sie mittlerweile in meinem Leben eingenommen hat. Auch wenn andere darüber lachen würden, dass ich mit einer Frau Mitte fünfzig befreundet bin: Ihre Sorge ist echt. Sie meint es gut mit mir. Sie hat sich extra für mich überwunden. Ihre tiefsten Sorgen und Gefühle offenbart. Nun bin ich es ihr schuldig, zumindest über ihre Worte nachzudenken.

„Gehen wir noch eine Runde mit Artemis? Ich halte auch die Klappe, versprochen."

Ich nicke knapp und Helena leert ihre Tasse mit einem Zug. Frische Luft und ein wenig Bewegung werden meine Gedanken hoffentlich vertreiben.

Ich rufe Artemis zu mir und er folgt mir schwanzwedelnd in den Flur. Während ich ihm sein Halsband anlege, streift sich Helena einen dicken Mantel über. Dann nimmt sie ihre Brieftasche von der Ablage. Oh Mann, wird sie das jemals checken?

„Lass das. Müssen wir das denn jedes Mal wieder ausdiskutieren?"

„Wenn du dich in Zukunft nicht mehr so zierst und es einfach annimmst, können wir gerne auf die Diskussionen verzichten."

Sie kramt einige Scheine hervor und streckt sie mir entgegen. Ich stehe auf und schiebe ihre Hand zurück.

„Mir wäre es lieber, wenn wir uns auf eine Freundschaft ohne diesen finanziellen Mist einigen könnten. Ich komme nicht deswegen zu dir, das weißt du doch. Und ich will es nicht jedes Mal im Hinterkopf haben. Dieses schlechte Gewissen macht mich fertig."

Sie schüttelt den Kopf. „Nimm es. Was soll ich denn damit? Ich habe diese riesige Villa, ein tolles Auto und muss nie wieder einen Finger krümmen. Kein Grund, ein schlechtes Gewissen zu haben, du nimmst mir nichts weg. Da kann ich dir doch dieses Geschenk machen."

Blitzschnell steckt sie das Geld in meine Jackentasche. Ich seufze. Sie gibt einfach nicht nach. Trotzdem kann ich ihr nicht böse sein. Ich gebe Artemis Ziehen an der Leine nach und verlasse hinter ihm und Helena das Haus.

Am selben Abend sitze ich im Diamond Club auf dem hintersten Hocker der Bar. Von hier aus habe ich alle Gäste im Blick, falle aber selbst kaum auf. Die Beleuchtung am Ende des Tresens ist erbärmlich. Mein Unbehagen steigt dennoch von Minute zu Minute.

Der Club ist heute gut besucht. Die Männer tummeln sich an der Bar und auf den roten Sofas, um die Mädchen zu begaffen. Zwei tanzen aufreizend in knapper Bekleidung an den beiden Stangen in der Mitte des Raumes. Über ihnen funkelt ein prächtiger Kronleuchter, dessen Diamanten in der roten Beleuchtung glitzern, als wären sie in Blut getaucht. Eine Blondine mit viel zu kurzem Rock lässt auffällig ihre Clutch fallen. Natürlich nur, um sich direkt vor einem Gast zu bücken und ihn auf ihren String glotzen zu lassen. Die meisten aber streifen zwischen den Männern hindurch und werfen sich dem Nächstbesten an den Hals. Ich weiß genau, warum ich mich hier normalerweise nicht aufhalte. Das sind richtige Schlampen. Auch wenn ich noch nie einen schöneren Nachtclub gesehen habe, erinnert mich das Verhalten des Publikums an einen billigen Puff. Es widerspricht dem Motto unserer Agentur. Und den Vorstellungen, die Domi mir von unserem Job immer wieder vermitteln wollte: Wir verkaufen unsere Zeit an einen anderen Menschen, nicht unseren Körper.

Aber er kann nichts dafür, dass sich diese Einstellung in den letzten Monaten unter den Mädels immer mehr verflüchtigt. Es sind die neuen Escorts selbst. Niemand schreibt ihnen vor, sich hier so anzubiedern. Sie könnten einfach auf die Aufträge warten, die Domi ihnen zuteilt. Aufträge, für die sie sich oft nicht einmal ausziehen müssen. Ihre widerliche Gier nach noch mehr Kohle scheint allerdings stärker zu sein als ihre Würde.

Ich erschaudere und nehme einen Schluck von meinem Bier. Nein, hier fühle ich mich nicht wohl. Es war ein Fehler, hierherzukommen. Eigentlich wollte ich nach Lola Ausschau halten. Jetzt, nachdem mir die Atmosphäre dieses Clubs wieder bewusst geworden ist, hoffe ich aber, sie hier nicht zu finden.

Hat sie neulich was über ihren Job gesagt? Ich kann mir nicht vorstellen, dass sie eines dieser billigen Flittchen ist. Ihr Auftreten hatte so viel Niveau und Klasse. Aber was weiß ich schon über sie?

Ich mustere jede Frau im Club genau. Einige bekannte Gesichter sind dabei. Lola ist aber nicht hier. Mein Blick trifft den einer Blondine. Unangenehm. Ich senke den Kopf und starre in mein Glas.

Soll ich aufatmen, weil Lola gerade keinem Kerl ihren Körper verspricht?

Helenas Worte am Nachmittag gehen mir nicht aus dem Kopf. Auch, wenn ich mich nicht mit ihr vergleichen will, hatte sie doch in einem Punkt recht: Ich muss anfangen, mein Leben in die Hand zu nehmen. Es nicht nur an mir vorbeiziehen lassen. Deshalb habe ich mich schließlich auch entschieden, hierherzukommen und mein Glück herauszufordern.

Lolas Abwesenheit wirbelt noch mehr Gedanken in mir auf. Denn wenn ich sie hier nicht treffen kann, werde ich sie nie wieder sehen. Domi nach ihrer Nummer zu fragen, wäre unmöglich. Er wüsste sofort, was läuft. Er würde sie mir nicht geben, im Gegenteil. Wenn ich Pech habe, schmeißt er mich dann noch raus, weil ich gegen seine Nr.1-Regel verstoßen wollte.

Es ist zum Kotzen. Ich hebe mein Glas und winke dem Barkeeper damit.

„Noch ein Bier, bitte!"

„Zwei. Du gibst mir doch sicher eins aus, oder?"

Eine Hand legt sich auf meinen Hinterkopf und lange Finger versenken sich in meinen Haaren. Sofort versteifen sich all meine Muskeln. Fuck, das hat mir gerade noch gefehlt.

Genervt drehe ich mich um und blicke in das strahlende Gesicht der Blondine. Ihre blitzweißen Zähne reflektieren das Licht, sodass ich beinahe geblendet werde.

Wir kennen uns noch nicht. Das erklärt einiges.

„Du musst neu sein", rufe ich ihr über die laute Musik hinweg entgegen.

Sie beugt sich zu mir und gewährt mir dabei einen Blick in ihren viel zu tiefen Ausschnitt.

„Ja, woher weißt du das? Bist du oft hier?"

Ich stehe von meinem Hocker auf und weiche einen Schritt zurück. Bevor sie noch auf die Idee kommt, sich auf meinen Schoß zu setzen.

„Nein. Ich arbeite hier. Freut mich, dich kennenzulernen."

Ihre Mundwinkel zucken verdächtig. Innerhalb von Sekunden nehmen ihre Wangen denselben Rotton an wie mein Lambo. Ich muss mir ein Grinsen verkneifen. Ihr Missgeschick ist ihr sichtlich peinlich. Sie fängt sich aber schnell wieder.

„Willst du trotzdem mit mir anstoßen? Auf neue Geschäftsbeziehungen und so." Sie zwinkert mir zu und kommt wieder näher. Mist. Ich dachte, das reicht, um sie loszuwerden. Doch es scheint sie nach dem ersten Schock gar nicht zu stören, dass ich ihr Kollege bin. Sie flirtet trotzdem noch mit mir.

Der Barkeeper schiebt zwei Bier zu uns hinüber. Ich greife nach meinem Glas, proste ihr zu und ziehe es beinahe in einem Zug leer. Irritiert beobachtet sie mich.

„Viel Spaß und Erfolg heute Abend. Man sieht sich." Ich lasse mein Glas an der Bar stehen und flüchte ohne ein weiteres Wort ins Gedränge des Clubs.

Sie folgt mir nicht. Sehr gut. Ich habe mich mal wieder erfolgreich als seltsamen Spinner verkauft. Die effektivste Strategie, um Idioten loszuwerden.

Ich schlängle mich durch die Gäste, bin aber unentschlossen, was ich tun soll. Ich könnte auf gut Glück ein paar Mädchen ansprechen und hoffen, dass sie Lola kennen. Allerdings weiß ich schon im selben Moment, in dem mir dieser Gedanke kommt, dass es eine miese Idee ist. Das würde sich schneller rumsprechen als eine Syphilis-Infektion. Mir bleibt also nichts anderes übrig als erfolglos wieder nach Hause zu gehen.

Ich verlasse den Innenraum des Clubs und betrete durch die Hintertür die Garderobe, um mir meine Jacke zu holen. Das Dröhnen der Musik verfolgt mich, bis ich am Tresen vorbeilaufe und Lilly zum Abschied zunicke.

Ich strenge mich an, aber verdammt, ich schaffe es nicht, die Enttäuschung zurückzudrängen. Es ist lächerlich, dass ich überhaupt gehofft habe, sie im Club anzutreffen. Warum sollte sie ausgerechnet heute hier sein? Da müsste ich schon hier campen, um ihr mit viel Glück irgendwann zu begegnen.

Ich will die Tür aufschieben und den Diamond Club verlassen, stocke aber in der Bewegung. Die Spiegelung des Empfangstresens im Glas bringt mich auf eine Idee.

Ich lasse die Tür wieder zufallen und drehe um.

„Hey Süße … kannst du mir einen kleinen Gefallen tun?"

Lilly blickt vom Monitor auf und runzelt die Stirn.

„Seit wann bin ich denn deine Süße, Liebling? Soll ich jemanden für dich umbringen?"

Ich schmunzle und schüttle den Kopf. Perfekt, sie ist heute gut drauf. An vielen Tagen überwiegt ihre Schüchternheit und ich habe Schwierigkeiten, sie aus der Reserve zu locken. Darüber muss ich mir nun schon mal keine Gedanken machen.

„Ich brauche deine schlaue Liste. Kannst du mir eine Nummer raussuchen?"

Ihr Blick wird noch skeptischer. Sie streicht sich eine blonde Strähne aus dem Gesicht und verschränkt die Arme vor der Brust. „Das kommt ganz darauf an … welche und warum?"

Ich lehne mich an den Tresen. Lässig bleiben. Nicht, dass sie Verdacht schöpft. „Ist das denn so wichtig? Die von Lola. Wir waren neulich zusammen gebucht. Sie hat was dort vergessen. Ich würde es ihr gerne wiedergeben."

„Soso." Ich sehe ihr an, dass sie mir nicht glaubt. Mist. „Dann bring es doch einfach mir oder Domi. Wir geben es ihr, wenn wir sie wieder sehen." Der Anflug eines Grinsens huscht über ihr Gesicht. Sie weiß ganz genau, was ich will.

„Das geht nicht, weil …" Ja, warum eigentlich nicht? Hätte ich mir mal lieber vorher überlegt, wie ich das am besten angehe. So wird das nie was. Lilly widmet sich wieder ihrem Bildschirm und tut so, als wäre ich gar nicht mehr da. Na gut, Strategieänderung. Ich kenne sie gut genug, um ihren Wink zu deuten.

„Ach verdammt, ja, ich will einfach nur ihre Nummer. Um sie kennenzulernen. Wir haben uns echt gut verstanden.“

Triumphierend schiebt sie die Maus beiseite und kichert leise.

„Das ist süß. Aber warum hat sie dir dann nicht selbst ihre Nummer gegeben?“

Ich beschließe, bei der Wahrheit zu bleiben. „Ich hab sie nicht danach gefragt.“

Sie muss ja nicht erfahren, dass das nur ein Teil der ganzen Geschichte ist.

Lilly reibt sich mit einer Hand den Nacken. Ihr Blick huscht zu der Schublade, in der sie ihre Liste aufbewahrt.

„Ich würde dir ja echt gerne helfen, aber ich darf nicht. Du kennst die Regeln. Ich will nicht rausfliegen.“

Das ist die Antwort, die ich befürchtet hatte. Aber ich bin nicht bereit, kampflos aufzugeben. Sie ist meine letzte Möglichkeit, irgendwie an Lola heranzukommen.

„Bitte. Domi erfährt davon nichts. Ich wäre ziemlich blöd, irgendwem zu erzählen, dass ich dich nach Lolas Nummer gefragt habe. Und du wirst ebenfalls schweigen. Kein Ärger. Nur ein glücklicher Sam … und hoffentlich auch eine glückliche Lola.“

Sie seufzt. „Ich weiß nicht. Was, wenn sie das nicht will? Sie wird mir den Kopf abreißen. Oder mich am Ende verpfeifen.“ Sie überlegt einen Moment. „Nein, das wird sie nicht. Aber ob ich meinen Kopf behalten darf, da wäre ich mir nicht so sicher."

Trotz der ernsten Situation amüsiert mich ihre Aussage. Ja, das klingt nach Lola.

„Aber sie wird nicht erfahren, woher ich ihre Nummer habe. Ich werde mit aller Kraft abstreiten, dass sie von dir kommt."

Sie sieht immer noch nicht überzeugt aus. Langsam macht sich Verzweiflung in mir breit. Irgendwie muss ich sie doch knacken können!

Die wildesten Fantasien schießen mir durch den Kopf. Ich könnte sie ablenken und unter einem Vorwand vom Empfang weglocken ... oder warten, bis sie aufs Klo geht und mich dann heimlich zur Schublade schleichen ...

Eine letzte Strategie bleibt mir allerdings noch. Durch den täglichen Kontakt mit Frauen habe ich auch gelernt, dass sie beinahe immer funktioniert: Gnadenlose Ehrlichkeit, gepaart mit einer Prise Romantik.

„Komm schon. Ich muss sie wiedersehen. Ich liege seit Tagen nachts wach, weil sie mir nicht aus dem Kopf geht. Immer, wenn ich die Augen schließe, sehe ich ihre blauen Augen in der Dunkelheit leuchten, ihre weichen Lippen, die ..."

Lilly hebt abwehrend die Hand. „Schon gut, ich hab's verstanden."

Sie gibt sich ganz cool. In ihrer Mimik kann ich aber lesen, dass ich damit den richtigen Punkt bei ihr getroffen habe.

Sie steht auf, beugt sich über den Tresen und checkt links und rechts den Gang. Dann öffnet sie hektisch die

Schublade und zieht ihre Liste hervor. Ich würde am liebsten in die Luft springen.

„Danke, du bist die Beste. Hast was bei mir gut, versprochen. Und das ist nicht nur eine Floskel."

In Rekordtempo kritzelt sie mir eine Nummer auf ein grünes Post-It und schiebt sie mir zu.

„Lass das niemanden sehen", zischt sie. Ich nicke und lasse den Zettel sofort in meine Hosentasche wandern. Plötzlich kann ich es kaum erwarten, nach Hause zu kommen, um ihr zu schreiben.

Die Glückshormone lassen mich übermütig werden. Ich beuge mich nach vorne, nehme ihr Gesicht zwischen beide Hände und drücke ihr einen dicken Kuss auf die Wange. Lilly ist eben nicht nur niedlich, sondern auch die liebste Person auf diesem Planeten.

„Heb dir das lieber für Lola auf." Sie schiebt mich von sich, lacht aber. „Erzählst du mir dann, wie es gelaufen ist?"

Ich nicke, hoffe aber, dass sie es bis zu unserer nächsten Begegnung vergessen hat.

Der Heimweg fühlt sich an, als würde ich schweben. Mein Körper ist plötzlich wieder leicht. Die drückende Schwere, die mich die letzten Tage begleitet hat, ist wie weggepustet. Helena hatte recht. Ich hätte mich wahrscheinlich ewig gefragt, was wohl passiert wäre, wenn ich nicht den Mut gehabt hätte, nach Lolas Nummer zu forschen. Jetzt kann es mein Gewissen nicht mehr belasten. Ich kann sie anrufen. Ihr schreiben. Auch wenn ich mir noch nicht sicher bin, ob sie sich darüber freuen wird.

Zuhause kicke ich in Windeseile meine Schuhe von den Füßen, werfe die Jacke unachtsam auf den Boden und setze mich aufs Bett. Vorsichtig ziehe ich den Zettel aus der Tasche und falte ihn auseinander. Dann lege ich ihn vor mich auf die weiße Bettdecke. Allein der Anblick der Nummer lässt mein Herz verrücktspielen. Jetzt gibt es keine Ausreden mehr.

Meine Finger sind plötzlich steif, als ich die Nummer zu meinen Kontakten hinzufüge. Ich tippe ihren Namen ein und wechsle sofort zu WhatsApp. Hoffentlich hab' ich mich nicht verschrieben.

Ihr Profilbild erinnert mich daran, dass sie die schlaflosen Nächte und das Risiko wert ist. Ich streiche mit dem Finger die Konturen ihres Gesichts nach. Sie hält ein Champagnerglas in die Höhe und grinst frech in die Kamera. Mir wird heiß und kalt zugleich. Sie ist immer noch der Wahnsinn.

Bevor ich mich zu sehr in ihrem Anblick verliere, schließe ich ihr Profil wieder und öffne das Textfeld. Der blaue Strich darin blinkt herausfordernd auf. Ich starre auf unseren leeren Chatverlauf. Verdammt, was soll ich schreiben? „Hi, ich bin's, Sam, ich hab dich gestalkt und deine Nummer herausgefunden" wird wohl kaum gut ankommen.

Ich reibe mir die Stirn und lasse mich nach hinten in die Kissen sinken. Dann schließe ich die Augen.

Es macht nichts, wenn mir nicht sofort etwas einfällt. Jetzt hab' ich alle Zeit der Welt.

In Gedanken lasse ich unseren gemeinsamen Abend noch einmal wie einen Film ablaufen. Ich höre ihre tiefe, sinnliche Stimme, rieche ihren Zimtduft und spüre ihre samtigen Lippen auf meinen.

Und plötzlich ploppen die richtigen Worte wie von selbst auf.

Ich greife nach meinem Handy und tippe den Text in einem Zug hinunter. Ich will ihn nicht noch mal durchlesen. Sonst kommen mir doch noch Zweifel. Wird schon. Festentschlossen drücke ich auf Senden.

7. Lola

Schweren Herzens klicke ich mich durch eine weitere Anzeige. Die Bilder versprechen einen romantischen Bungalow, dessen von Palmen gesäumter Weg direkt zu einem weißen Sandstrand führt. Auf dem Werbefoto liegt dort eine Frau in der Sonne und lacht einem dunkelhäutigen Mann mit Sombrero und weißem Hemd entgegen, der ihr einen Cocktail reicht. Die klischeehafte Darstellung lässt mich erschaudern. Doch angesichts der Beschreibung des Luxushotels und der kulturreichen Umgebung gerate ich ins Träumen.

Es kommt mir vor wie eine Ewigkeit, seit ich das letzte Mal im Urlaub war. Dabei liegt meine Bali-Reise mit Tiffy gerade einmal zehn Monate zurück. So schön das Land und der Trip auch waren, ich würde ihn nicht wiederholen wollen. Nach wenigen Tagen sind wir so aneinandergeraten, dass wir uns den Rest der Reise fast nur noch gestritten haben. Deswegen habe ich sie nun nicht weniger lieb, allerdings hat es mir gezeigt, dass wir nicht dafür gemacht sind, so lange aufeinanderzusitzen. Sie scheidet als Begleitung für den nächsten Trip also aus.

Alleine kann ich mir einen Urlaub nicht vorstellen. Ich kenne es zwar von Freunden, die alleine fremde Länder erkunden und von der besten Zeit ihres Lebens sprechen, wenn sie zurückkommen. Aber ich könnte das nicht. Ich habe schon genug mit meiner Einsamkeit in dieser Wohnung zu kämpfen. Wie sollte es dann erst in einer anderen Kultur aussehen?

Ich öffne ein weiteres Angebot und lese die blumige Beschreibung des Hotels. Vielleicht habe ich als Diamond auch mal Glück und werde für eine Reise gebucht. Das kommt in dieser Kategorie gar nicht so selten vor. Allerdings passiert das meistens nur den Mädchen, die von ihrem superreichen Stammkunden mitgenommen werden. Bis ich soweit bin, kann es noch ewig dauern.

Das Vibrieren des Handys reißt mich aus meinen Gedanken. Dankbar um die Ablenkung greife ich danach und sehe eine fremde Nummer über der Nachricht aufleuchten. Wer soll das sein? Ich spüre einen Stich in meinem Brustkorb, weil mir sofort wieder der letzte Samstag in den Sinn kommt. Hätte er mich nach meiner Nummer gefragt, wenn ich ihn zuvor nicht zurückgewiesen hätte? Ich bin immer noch hin- und hergerissen. Einerseits wünscht sich mein Herz, er wäre mit zu mir gekommen, andererseits bin ich mir der Konsequenzen aber deutlich bewusst. Es war gut, ihm nicht noch näher zu kommen.

Ich wische nach links und die Nachricht öffnet sich.

Hey Lola,
du hast jetzt zwei Optionen:
1. diese Nachricht sofort löschen und vergessen,
dass ich dir geschrieben habe
2. dich morgen Abend mit mir zu einem unvergesslichen Erlebnis treffen. Diesmal garantiert ohne neugierige Blicke – und nein, nicht das, was du denkst ;)
Also bis morgen! Sam

Ich quietsche auf. Miss Flauschig, die sich neben mich aufs Sofa gekuschelt hat, hebt den Kopf und sieht mich erschrocken an. Eine Gefühlslawine überrollt mich. Freude, Aufregung und das Kribbeln, das sich auf meine Lippen legt, mischen sich mit Unglauben und Skepsis.

Er will mich wiedersehen. Ich habe es mir nicht eingebildet. Er hat die besondere Energie auch gespürt, die mich bei jeder Berührung beinahe zum Zittern gebracht hat. Aber woher hat er meine Nummer?

Ich bin völlig durch den Wind und habe nicht die geringste Ahnung, wie ich darauf reagieren soll. Mein Körper schreit danach, Option 2 zu wählen. Verdammt, ich will ihn wiedersehen. Jede Faser in mir sehnt sich nach seinen Händen, seinen Lippen, dem bittersüßen Kratzen seiner Bartstoppeln auf meiner Haut ... die Vorstellung, zu Ende führen zu können, was wir letztes Mal begonnen haben, lässt die Muskeln in meinem Unterleib verrücktspielen. Sofort presse ich schamerfüllt meine Beine aneinander. Ich will nicht, dass das passiert, wenn ich an Sam denke.

Mit Vernunft und Verstand betrachtet, ist ein Treffen mit ihm zu vereinbaren die dümmste Variante, auf seine Nachricht zu reagieren. Ich habe ihn nicht ohne Grund auf Abstand zu halten versucht. Schon alleine sein Job ist ein Warnsignal für mich. Wie kommt man als Mann auf die Idee, sich an eine Frau zu verkaufen? Weil man möglichst viele Frauen ins Bett kriegen will? Er muss sich seines anziehenden Aussehens mehr als nur bewusst sein, sonst wäre er nie auf diesen Job gekommen. Oder etwa doch nicht? Ich könnte dasselbe nicht von mir behaupten. Allerdings ist es für mich noch mal ein gewaltiger Unterschied, ob ein Mann oder eine Frau sich für diesen Job entscheidet.

Was mir noch größere Bedenken bereitet, ist seine Motivation dahinter. Ist er jemand, der gerne mit Frauen spielt und sie ausnutzt, nur um seine eigenen Triebe zu befriedigen? Fällt es ihm deswegen so leicht, auch noch Geld dafür zu verlangen? Doch egal, was es ist, das ihn dazu gebracht hat – einen Partner, der ebenfalls Escort ist, würde ich nie wollen.

Andererseits war seine Nachricht ja auch kein Heiratsantrag. Er will sich mit mir treffen, nicht mehr und nicht weniger. Solange ich einen kühlen Kopf bewahre und mir im Klaren darüber bin, was alles hinter seiner Fassade stecken könnte, kann nichts passieren. Und was spricht schon gegen eine unverbindliche Affäre? Warum sollte ich die Gelegenheit nicht nutzen, wenn ich mich aus unerklärlichen Gründen so zu ihm hingezogen fühle? Außerdem bin ich verdammt neugierig, was er unter einem unvergesslichen Erlebnis versteht. Er ist definitiv kein Langweiler, das hat mir unsere kleine Spritztour in seinem Sportwagen klargemacht. Ich würde mir also einen spannenden Abend entgehen lassen.

Mit zittrigen Fingern tippe ich eine 2 in das Nachrichtenfeld und sende sie ohne weiteren Kommentar an Sam.

Ich gleiche die Adresse noch mal mit der auf meinem Handy ab. Auf den ersten Blick erinnert mich das rote Backsteingebäude eher an einen Industriebetrieb. Auch die Straße ist wie ausgestorben. Seit fünf Minuten ist mir niemand mehr entgegengekommen – sehr ungewöhnlich für Berlin. Ein angesagter Club oder ein schickes Restaurant ist es also definitiv nicht. Will sich Sam wirklich hier mit mir treffen? Doch die Hausnummer, die er mir geschickt hat, stimmt mit der auf dem riesigen Bau überein. Na ja, was soll's. Er wird mich schon nicht umbringen oder gefangen nehmen.

Ich betrete das Grundstück und entdecke den Eingang. Eine der beiden schweren Türen steht offen und ich kann einen Blick ins Innere erhaschen. Ein dunkler Teppich führt zu einer Sitzecke, deren abgewetzte Möbel mich sofort an einen Jugendtreff denken lassen. Ich streiche meine Haare zurecht, die der Wind durcheinandergewirbelt hat und stecke dann meinen Kopf durch die Tür.

Entgegen meinen Erwartungen ist der Raum nicht leer. Einige Menschen versammeln sich um hölzerne Stehtische und schlürfen an einem Cocktail. Zwei Männer im Anzug eilen mit Tabletts voller Häppchen zwischen ihnen hin und her. Es scheint sich um eine Art Foyer zu handeln, denn von dem Raum zweigen weitere Türen ab. Aber was erwartet mich hier? Eine Galerie oder doch ein Restaurant? Ich wage mich einen Schritt hinein und lasse meinen Blick über die Gäste schweifen.

Mein Hals zieht sich zusammen, als ich Sam entdecke. Er kommt mir bereits entgegen und hat ein schiefes Grinsen auf den Lippen. Verdammt, hat er letztes Mal auch schon so gut ausgesehen? Dieses Mal trägt er keinen Anzug, sondern ein dunkelblaues Hemd zu einer ausgewaschenen Jeans. Eine Hand steckt lässig in der Hosentasche, mit der anderen fährt er sich durch die Haare, die heute locker in seine Stirn fallen und nicht akkurat nach hinten gekämmt sind.

Als er nur noch Zentimeter von mir entfernt ist, strömt mir der Duft eines männlichen Duschgels, vermischt mit seiner ganz persönlichen Note, entgegen. Plötzlich schrumpfe ich in mir zusammen. Die Eindrücke, die von ihm ausgehen, überwältigen mich und lassen mich sofort verunsichert zu Boden blicken. Was macht er nur mit mir? Meine Knie drohen wegzuknicken. Doch er schließt mich zur Begrüßung in die Arme und ich kann mich einen Moment lang an ihm festhalten. Seine Berührung flutet mich mit neuer Energie, sodass ich mich wieder aufrichten und sammeln kann.

„Du siehst wunderschön aus. Schade, dass ich dich gleich nicht mehr sehen werde."

Irritiert blicke ich zu ihm auf. Seine braunen Augen funkeln amüsiert, als er meine Verwirrung bemerkt.

„Was hast du denn mit mir vor? Wo sind wir hier?"

„Lass dich überraschen." Er zwinkert und ein wohliger Schauer läuft mir über den Rücken.

Sofort taucht einer der Kellner neben uns auf, nimmt meinen Mantel entgegen und reicht uns ein Glas mit rotem Inhalt. Ich umschließe es mit beiden Händen und bin froh, etwas zum Festhalten zu haben. So muss ich mir schon nicht überlegen, was ich mit meinen Armen anstelle, während ich mit Sam herumstehe.

Wir stoßen an. Der Aperitif ist süß, aber stark und hinterlässt eine brennende Spur in meiner Kehle. Hoffentlich schafft es der Alkohol, meine Nervosität einzudämmen. Verunsichert lächle ich Sam zu, doch mir fällt nicht ein, wie ich ein Gespräch beginnen könnte. Kein Satz erscheint mir bedeutungsvoll, kein Spruch kreativ genug. Aber irgendwas muss ich sagen. Ich will nicht, dass er sich in meiner Gegenwart langweilt.

Ich öffne den Mund, schließe ihn jedoch gleich wieder. Hitze steigt in meine Wangen auf und ich drehe das Glas in den Händen.

Sam beobachtet mich amüsiert. Na toll. Jetzt mache ich mich auch noch lächerlich.

„Deswegen musste ich dich wiedersehen", sagt er, als ich abermals den Mund aufklappe.

„Um zu beobachten, wie ich einen Karpfen imitiere?"

„Nein. Weil ich mich gefragt habe, welche Lola hier wohl auftauchen würde. Die Schüchterne, die Professionelle oder die Toughe."

„Klingt, als würdest du uns für schizophren halten", antworte ich, jedoch nicht ohne ein herausforderndes Grinsen.

Er zuckt mit den Schultern.

„Ich finde euch alle spannend. Eins muss ich dir lassen: Du bist wirklich nicht leicht zu durchschauen. Aber ich komme der Lösung des Rätsels heute noch näher. Versprochen."

Ich komme nicht mehr dazu, zu antworten, denn ein weiterer Mann im Anzug betritt den Vorraum und klatscht in die Hände.

„Es kann losgehen. Bitte lassen Sie Ihre Getränke hier und folgen Sie mir. Gehen Sie vorsichtig und achten Sie auf die Menschen vor und hinter Ihnen, damit sich niemand verletzt." Die anderen Gäste sammeln sich in einer Traube um ihn herum. Sam nimmt mir mein Glas ab und schiebt mich ebenfalls in seine Richtung. Im Gegensatz zu ihnen habe ich aber nach wie vor nicht die geringste Ahnung, wovon der Mann redet. Vorsichtig sein? Verletzungsgefahr? Was hat Sam sich da nur einfallen lassen?

Als alle versammelt sind, öffnet er die Tür hinter sich, die tiefer ins Innere des Gebäudes führt. Ich kann nichts erkennen, denn der Raum dahinter ist stockdunkel. Gespannt beobachte ich unseren Führer, doch anstatt endlich das Licht anzuschalten, verschwindet er allen voran im Dunkeln. Irritiert blicke ich zu Sam auf.

„Da sollen wir rein? Was wird das, eine abgedrehte Fetischparty?"

Doch Sam legt nur einen Finger an die Lippen.

Ich reihe mich zwischen die anderen Menschen ein, die sich in einer Schlange aufstellen. Er bleibt direkt hinter mir und legt mir einen Arm um die Taille. Ich genieße die Wärme seiner Berührung. Am liebsten würde ich mich mit dem ganzen Körper an ihn schmiegen. Ich halte mich jedoch zurück. Dafür kenne ich ihn noch nicht gut genug und ich will erst abwarten, wie er diesen Abend gestaltet, wenn ich nicht sofort die Initiative ergreife.

Wir laufen einige Schritte in den Raum hinein, bis die Dunkelheit uns umschließt und das Licht aus dem Foyer nicht mehr ausreicht, um den Weg auszuleuchten.

„Zu Ihrer Rechten finden Sie einen Handlauf mit einem Seil. Halten Sie sich daran bitte fest, dann können Sie sich nicht verirren. Immer dem Seil folgen, jeder in seinem eigenen Tempo", höre ich die Stimme des Anzugkerls aus weiter Ferne. Dem Echo nach zu urteilen ist der Raum, in dem wir uns befinden, riesig und leer. Ich würde zu gerne wissen, was wir hier treiben und wohin er uns führt.

Ich ertaste das Seil neben mir und umschließe es fest. Dann setze ich vorsichtig einen Fuß vor den anderen. Langsam müssten sich meine Augen an die Dunkelheit gewöhnt haben. Trotzdem kann ich nichts erkennen, egal, wie sehr ich mich anstrenge. Selbst die Konturen der Frau vor mir sind verschwunden. Als wäre ich blind.

Eine gespenstische Stille kehrt ein. Nur vereinzelte Schritte und das Kratzen der Haut auf dem Seil sind noch zu hören.

Mit jedem Schritt verändert sich meine Wahrnehmung. Ich spüre die Wärme, die Sams Körper ausstrahlt, direkt hinter mir, obwohl er mich nicht berührt. In meinem Kopf legt sich ein Schalter um. Von einer Sekunde auf die andere kann ich ihn und die Menschen um mich herum überdeutlich atmen hören und mein Tastsinn hilft mir, jeden Zentimeter des Bodens auszumessen. Das Rauschen des Blutes in meinen Ohren wird immer lauter. Wo dieser Weg wohl hinführt? Kann mir wirklich etwas passieren, wenn ich einen falschen Schritt mache?

Langsam verändert sich der Boden unter meinen Füßen. Ich steige auf kleine Erhebungen, die unter meinem Gewicht leise knacken. Als ich erkenne, was es ist, steigt mir auch der torfige Geruch in die Nase. Rindenmulch. Was macht das hier im Gebäude? Allmählich dämmert mir jedoch, was dahinterstecken könnte.

„Aufpassen, da geht es hoch!", ruft die Frau vor mir nach hinten. Sie muss schon ein ganzes Stück voraus sein, dennoch werde ich noch langsamer, aus Angst, zu stolpern und unter Sams Füße zu geraten.

Zentimeter um Zentimeter taste ich mich mit pochendem Herzen nach vorne, immer tiefer hinein in das schwarze Nichts.

Plötzlich spüre ich eine Berührung an meiner Hüfte. Ich zucke zusammen.

„Schhh … nicht stehen bleiben." Sams kratzige Wange streift mein Ohr, als er mir kaum hörbar zuzischt. Augenblicklich stellen sich alle Härchen an meinem Körper auf. Seine Hand wandert tiefer, die andere legt er mir in den Nacken. Er führt mich mit sanftem Druck weiter nach vorne und ich lasse es geschehen. Meine Nerven sind bis zum Zerreißen gespannt. Die Dunkelheit hat meinen Tastsinn so sehr geschärft, dass seine Berührung beinahe unerträglich intensiv ist. Zwei Finger rutschen vom Rocksaum hinunter auf meine nackte Haut. Dann schiebt er sie darunter. Ich sauge Luft zwischen den Zähnen ein. Oh. Will er das wirklich tun, hier, mit all den Menschen vor und hinter uns?

Er zieht eine prickelnde Spur hinauf bis zum Bund meines Höschens. Ich vergesse, meine Füße zu bewegen, doch Sam schiebt mich immer weiter nach vorne. Es ist unmöglich, noch einen klaren Gedanken zu fassen. Plötzlich ist alles andere egal – die Menschen, das Risiko zu stolpern und sogar meine Bedenken, weil ich ihn kaum kenne.

Er drückt sanft auf meine empfindlichste Stelle. Ich beiße mir auf die Zunge, um nicht laut aufzustöhnen. Trotzdem will ich nicht, dass er aufhört. Noch nie hat sich eine so simple Berührung so gut angefühlt.

Er streicht zwischen meinen Beinen entlang. Jeder Millimeter meiner Haut beginnt zu glühen. Ungläubig sehe ich an mir herunter, in der irrationalen Angst, ich könnte wirklich anfangen zu leuchten und den anderen Gästen so verraten, was wir hier treiben. Natürlich erkenne ich nichts. Doch ich kann meinen Atem kaum noch kontrollieren. Er bringt mich um den Verstand. Sehnsüchtig strecke ich mich seinen Fingern entgegen. Sein Atem spielt mit den Haaren an meinem Hinterkopf. Mein Gehör ist so geschärft, dass ich ein kaum merkliches Zittern darin ausmachen kann.

Meine Ekstase wird jäh unterbrochen. Fuck! Ich stoße gegen das Hindernis, vor dem die Frau mich gewarnt hat und verliere das Gleichgewicht. Innerlich bereite ich mich schon darauf vor, mit den Knien auf dem Boden aufzuschlagen. Sam ist jedoch schneller. Die Hand in meinem Nacken schnellt nach vorne und er reißt mich an der Schulter zurück.

„Danke", flüstere ich. Mein Herz rebelliert gegen den Schock und die ungewohnten Eindrücke.

Sam zieht seine Hand unter meinem Rock hervor. Ich packe sie und will protestieren. Er kommt mir allerdings zuvor.

„Nicht jetzt. Ich will nicht schuld sein, wenn du dir dein hübsches Näschen brichst."

Nicht jetzt. Will er es später also fortsetzen?

Er schiebt meine Hand zur Seite, umfasst aber schützend meine Hüfte. Ich brauche einen Moment, um mich wieder zu sammeln. Dann ertaste ich mit dem Fuß eine Stufe und steige vorsichtig hinauf. Eins, zwei, drei, vier. Doch die Treppe führt ins Leere. Was soll das? Nur ein schmaler Streifen, den ich für einen Holzbalken halte, zweigt davon ab. Zögerlich steige ich darauf. Mein erster Impuls ist es, mich mit beiden Händen am Seil festzuklammern. Ich gebe ihm jedoch nicht nach, sondern balanciere Schritt für Schritt nach vorne. Der Gedanke, jede Sekunde abrutschen und ins Ungewisse stürzen zu können, lässt mich schaudern. Meine Sinne lassen sich leicht täuschen. Aber ich bin nicht dumm.

Ich habe keine Verzichtserklärung oder Ähnliches unterschreiben müssen. Egal, was für eine Veranstaltung das hier ist, es kann nicht gefährlich sein. Niemand könnte verantworten, dass sich jemand dabei verletzt. Da bin ich mir sicher.

Obwohl ich den Kick genieße, kann ich meine Neugierde nicht zügeln. Ich hebe einen Fuß vom Balken und strecke ihn vorsichtig neben den Balken. Nichts. Doch als ich zögerlich in die Knie gehe, spüre ich sofort den weichen Untergrund neben dem Balken, vielleicht dreißig Zentimeter unter mir.

„Was machst du da?"

Triumphierend richte ich mich wieder auf. Blitzschnell winde ich mich aus Sams Griff, lasse das Seil los und strecke die Arme zur Seite. Mir ist durchaus bewusst, dass ich mich trotzdem verletzen könnte, wenn ich abrutsche. Doch es reizt mich, meine Sinne in dieser absoluten Dunkelheit herauszufordern.

Ich beschleunige meine Schritte. Ohne Sams schützende Hände oder das Seil zum Festhalten renne ich den Balken entlang und lasse ihn hinter mir. Meine Intuition siegt über meinen Verstand und jagt mir einen Schauer über den Rücken. Bist du völlig durchgedreht? Du wirst kilometertief fallen, scheint mir die Dunkelheit zuzuflüstern. Aber ich lasse mich nicht davon beeindrucken. Ein breites Grinsen zieht sich über mein Gesicht. In diesem Moment fühle ich mich unbesiegbar.

Ich gerate noch mal ins Straucheln, als ich das Ende erreiche und wieder festen Boden unter den Füßen habe. Mein Atem geht stoßweise, aber ich bin überglücklich. Es ist schon viel zu lange her, dass ich zum letzten Mal etwas so Aufregendes unternommen habe.

Sam schließt erst zu mir auf, als ich Kieselsteine unter meinen Fußsohlen ertaste.

„War meine Streicheleinheit so unangenehm, dass du gleich vor mir weglaufen musst?"

Ich schüttle energisch den Kopf, bis ich merke, dass er das ja gar nicht sehen kann. „Vielleicht habe ich ja nur Angst, mich nicht mehr zurückhalten zu können und uns durch mein Stöhnen zu verraten ..."

Ich höre seinen Atem stocken, als er leise lacht. Die Vorstellung scheint ihm zu gefallen, auch wenn er versucht, es nicht zu zeigen. Trotzdem belässt er es nun bei einer Hand in meiner Taille.

Der Untergrund verändert sich immer wieder. Stein wird zu etwas Weichem, dann laufe ich auf glattem Boden. Schließlich lässt mich ein Geräusch aufhören. Es ist ein regelmäßiges Ticken. Es setzt für einige Sekunden aus, denn beginnt es von neuem. Obwohl ich noch nie bewusst darauf geachtet habe, erkenne ich es sofort. Es ist das Ticken einer Fußgängerampel.

Nun wird mir auch endgültig bewusst, was der eigentliche Sinn dieser Erfahrung ist. Sofort macht sich ein beklemmendes Gefühl in mir breit und vermischt sich mit meinem schlechten Gewissen, so viel Freude daraus gezogen zu haben. Dieser Pfad simuliert das Erleben eines Blinden. Jetzt, da ich mit der linken Hand die Ampel und mit meinem Fuß die Kante eines vermeintlichen Bürgersteigs ertaste, fühlt es sich plötzlich nicht mehr an wie Spaß. Obwohl hier natürlich keine Autos fahren, spüre ich die Unsicherheit, die jemanden ohne Sehvermögen wohl den ganzen Tag verfolgen muss. Ohne meine Augen bin ich völlig aufgeschmissen. Ich muss mich nur auf das Ticken der Ampel verlassen.

Ich warte eine Schaltung ab, bis ich die nachgebaute Straße betrete. Doch ich bin zu langsam, weil ich jeden Zentimeter mit den Füßen erkunde. Bevor ich das andere Ende erreiche, verklingt das Ticken. Aus einem der Lautsprecher neben mir dröhnt ein Aufprall. Das Scheppern des Blechs lässt mich erschrocken aufspringen und ich stürme nach vorne, bis ich die andere Seite erreiche. Mein Herz klopft mir bis zum Hals. Ich war noch nie so dankbar für meine Sehkraft, meine Ohren und meinen Tastsinn wie in diesem Moment. Bis gerade eben dachte ich noch, ich könnte auch ohne meine Augen zurechtkommen. Doch dieses Erlebnis zeigt mir, wie sehr ich mich getäuscht habe. Ich wünsche mir nichts sehnlicher als eine Taschenlampe, oder einen Stuhl, auf den ich mich setzen und ausruhen kann. Aber warum hat Sam mich hierhergebracht? Wollte er mir das hier zeigen? Oder erwarten mich gleich noch mehr Überraschungen?

Meine Frage beantwortet sich schneller als erwartet. Bereits wenige Meter nach der Ampel endet das Seil. Unsicher taste ich mich an der dahinterliegenden Wand entlang. Nach einer Kante stoße ich auf eine Tür. Sie steht offen. Ich betrete den nächsten Raum, der ebenfalls stockdunkel ist, Sam direkt hinter mir. Nun habe ich endgültig die Orientierung verloren. Die

Stimmen, die von allen Seiten an meine Ohren dringen, verwirren mich.

Schritte nähern sich.

„Herzlich willkommen. Ich bin Nico und ich bin heute Ihr Kellner. Würden Sie diesen Stock nehmen? Wir wollen ja nicht, dass Sie jemanden umrennen oder sich irgendwo anstoßen. Zu welcher Tischnummer darf ich Sie begleiten?"

Obwohl meine Beklemmung noch nicht vollständig abgeklungen ist, juble ich innerlich. Wir werden hier essen. Das ist sicher amüsant. Ich werde mein Besteck nicht finden oder meine Klamotten komplett ruinieren, ohne es zu merken. Sam hat nicht übertrieben. Damit schenkt er mir ein Erlebnis, das ich so schnell wohl nicht mehr vergessen werde.

„Nummer acht, glaube ich. Ein Tisch für zwei", antwortet Sam.

„Na dann folgen Sie mir."

Ich lache leise. „So geübt bin ich nach den paar Minuten Parcours auch noch nicht."

„Ich auch nicht. Aber solange wir am Ende am selben Tisch rauskommen, ist alles gut. Sonst könnte ich mir später noch eine Ohrfeige einhandeln."

Seine Versprechung lässt das Blut zwischen meinen Beinen pulsieren. Ich kann mich kaum noch auf die Schritte des Kellners vor uns konzentrieren. Er navigiert in beachtlichem Tempo durch den Raum, während mein Stock immer wieder gegen ein Hindernis stößt. Ich treffe damit sogar das Bein eines anderen Gasts, der bereits auf seinem Platz zu sitzen scheint, und entschuldige mich hastig.

„Hier sind wir"

„Äh ... danke."

Er lacht und etwas scharrt über den Boden.

„Wenn Sie wollen, helfe ich Ihnen noch mit dem Stuhl. Aber passen Sie auf, dass Sie sich nicht daneben setzen."

Ich spüre eine kühle Hand auf meiner Schulter, dann die Sitzfläche in meinen Kniekehlen.

Langsam lasse ich mich nieder und habe es tatsächlich geschafft, ohne hinzufallen. Ich atme auf.

Sam lehnt die Hilfe dankend ab und schafft es alleine, sich zu setzen.

Der Kellner nimmt unsere Getränkewünsche auf, dann verschwindet er im Nichts. Mit dem Stuhl unter mir und dem Tisch vor mir fühle ich mich wieder viel sicherer. Auch wenn die Atmosphäre sehr ungewohnt ist und ich überhaupt nicht einschätzen kann, wie weit die anderen Gäste von uns entfernt sitzen. Nein, hier drin werde ich keine verfänglichen Themen ansprechen. Das Gehör unserer potentiellen Mithörer ist sicher genauso geschärft wie meines. Aber das gefällt mir. So kann ich mehr über Sam erfahren, fernab von unserem Job und den körperlichen Aspekten, auf die sich unser Kontakt bisher beschränkt hat. Vielleicht merke ich dann von selbst, dass wir nicht zusammenpassen und er mich gar nicht interessiert – oder genau das Gegenteil ...

„Wie bist du auf diese Idee gekommen? Warst du schon mal hier? Ich glaube ich hatte noch nie so ein ausgefallenes Date ... und das will was heißen bei unserem Job."

„Ach ja, es ist also ein Date?"

Ich beiße mir auf die Unterlippe. Ich sollte mehr nachdenken, bevor ich spreche. Das habe ich gar nicht so gemeint. Oder doch?

Er lacht angesichts meines verlegenen Schweigens.

„Ich steh nicht so auf 0815. Und ich war mir ziemlich sicher, dass du ähnlich tickst. Warum sollte ich dich ins Kino oder in eine Bar einladen, wenn wir stattdessen was Aufregendes erleben können?"

Seine Denkweise gefällt mir. „Also willst du mir erzählen, du hast das ganz ohne Hintergedanken gebucht?" Ich lasse eine süße Verheißung in meiner Stimme mitschwingen.

„Wie war das noch mal … jeder interpretiert das in die Worte seines Gegenübers hinein, was er gerne hören würde. Und ich hab nie irgendwelche Hintergedanken angedeutet", antwortet er mit gespielter Unschuld.

Er ist gut. Doch er kann mich nicht mehr länger verunsichern. Seine Berührungen auf dem Weg in diesen Raum haben mir klar gemacht, dass er dasselbe will wie ich. Die Anwesenheit der anderen Gäste hindert mich jedoch daran, weiter darauf einzugehen.

Der Kellner kehrt zurück und stellt uns zielsicher unsere Getränke vor die Nase – Rotwein für Sam und Weißwein für mich. Ich bedanke mich, doch es irritiert mich, dass er dafür nicht mal den Tisch abtasten musste. Denn ich finde das Glas erst nach einer kurzen Suche, als ich mit dem Finger dagegenstoße.

„Wie macht er das? Hat er ein Nachtsichtgerät?", flüstere ich Sam zu, als er sich wieder entfernt hat. Und wenn er eines hat, hatte unser Führer vorhin dann auch eines? Hat er gesehen, was Sam und ich im vermeintlichen Schutz der Dunkelheit getrieben haben?

Peinlich berührt hebe ich das Glas an und versuche zu trinken.

„Nein. Aber er ist es gewohnt. Die Kellner hier sind blind."

„Oh", ist alles, was ich dazu herausbringe. Sofort überkommt mich wieder das schlechte Gewissen, weil ich so unbedarft und naiv mit diesem Thema umgehe. Ich habe es nicht so gemeint. Nicos zielsichere Navigation durch den Raum und sein selbstbewusstes Auftreten hätten mich nie darauf schließen lassen, dass er blind ist. Hoffentlich hält Sam mich nicht für taktlos.

Doch er scheint zu bemerken, dass ich mich für meine Aussage schäme. „Ist es nicht faszinierend, wie gut er klarkommt? Er kann wie jeder andere Kellner bedienen. Ohne die Tische umzurennen, etwas zu verschütten oder daneben zu stellen. Und wir sind absolut aufgeschmissen, sobald das Licht ausgeht. Wahrscheinlich kommt er im Alltag sogar besser klar als ich." Er meint es nicht ganz ernst, dennoch interessiert mich, worauf er anspielt.

„Womit kommst du denn nicht klar? Zu viel Geld, um es auszugeben? Könnte man zumindest denken, wenn man dein Auto so sieht."

„Das ist natürlich auch ein ernstzunehmendes Problem. Aber nein. Ich dachte da eher an das Chaos in meiner Wohnung. Oder mein Talent, dreimal wegen Milch einkaufen zu gehen und dreimal ohne Milch zurückzukommen."

Ich schmunzle in mein Glas. Irgendwie niedlich. Bisher hat er gar nicht den Eindruck auf mich gemacht, als wäre er so chaotisch.

„Das beantwortet schon mal die Frage, warum du Single bist."

„Einerseits das, andererseits aus Überzeugung. Dir brauch ich ja nicht erzählen, wie kompliziert das mit meinem Job ist."

Es ist so schwer, seine Stimmung einzuschätzen, wenn ich die Reaktion in seiner Mimik nicht lesen kann. Single aus Überzeugung? Hatte ich mit meinen Vermutungen doch recht und er spielt lieber mit den Frauen oder verbirgt sich eine tiefe Enttäuschung dahinter? Doch den angesprochenen Grund kann ich besser nachvollziehen, als mir lieb ist. „Zweieinhalb Wochen", antworte ich. Er versteht mich sofort.

„Das toppe ich locker. Mein Rekord liegt bei drei Tagen. Letztes Mal habe ich es allerdings sogar ein Jahr geschafft, bevor sie abgehauen ist."

Ich nicke, obwohl er es nicht sehen kann.

„Tut mir leid. Ich wollte keine alten Wunden aufreißen. Nach einem Jahr muss es wirklich wehtun."

„Ach, schon gut", hallt seine Stimme im Glas wider, das er gerade an die Lippen gesetzt haben muss.

„Warum sollte man an etwas festhalten, wenn es offensichtlich nicht passt? Wenn sie mich geliebt und verstanden hätte, wär sie geblieben. So weiß ich wenigstens, woran ich bei ihr war." Er ist wirklich nicht traurig. Selbst im Dunkeln strahlt er so viel Stärke und Selbstbewusstsein aus, dass ich mich neben ihm geborgen fühle.

Ein Räuspern neben dem Tisch unterbricht uns. Ich habe Nico gar nicht bemerkt.

„Darf ich Ihnen das Essen servieren?"

Wir stimmen zu und das Porzellan klimpert leise vor mir auf dem Tisch. Ich staune erneut über seine Präzision, als ich den Teller ertaste und dieser genau mittig vor mir steht.

„Was ist es denn?", frage ich nach. Es duftet köstlich und die Gewürze verraten einen orientalischen Einschlag.

„Das dürfen Sie selbst herausfinden. Wäre doch langweilig, wenn ich es verrate. Guten Appetit."

Sam weiß es ebenfalls nicht, also lasse ich mich auf den Spaß ein.

Allerdings hätte ich es mir nicht so kompliziert vorgestellt, im Dunkeln zu essen.

Vergeblich suche ich meine Tischhälfte nach Besteck ab. Sam klimpert dagegen schon mit etwas herum.

„Wo hast du das Besteck her?"

„Ich weiß es nicht. Das lag da. Links vor mir."

Meine Finger wandern nach links, aber da ist nichts. Plötzlich lacht Sam. Es ist so ansteckend, dass ich sofort mitlache, denn die Situation ist einfach zu absurd.

„Ich glaube, ich hab deins genommen. Hier liegt noch mal was neben meinem Teller. Sorry. Achtung, hier kommt es!"

Mit einem Scheppern landet etwas neben mir auf dem Boden. Mein Lachen wird noch lauter. Wir stellen uns an wie die größten Idioten. Endlich fällt der letzte Rest Unsicherheit von mir ab. Denn nun spüre ich deutlich, dass wir denselben Humor haben und auf einer Wellenlänge sind.

Als ich das Messer mühsam aufgehoben habe, stelle ich mich der nächsten Herausforderung: Das Essen in meinen Mund zu befördern. Zweimal fahre ich mit der

Gabel über den Teller. Doch als ich sie in den Mund stecke, ist sie beide Male leer. Ich kann gar nicht mehr aufhören zu lachen. Meine Bauchmuskeln fangen schon an zu brennen, als Sam endlich einen triumphierenden Laut ausstößt. „Ich hab was gefunden! Ich glaube, es ist ein Stück Fleisch."

Ich beiße erneut auf das blanke Metall. Langsam wird es mir zu blöd. Zeit für einen Strategiewechsel. Das Besteck lege ich zur Seite und erfühle mit den Händen den Inhalt meines Tellers. Ich spüre Reiskörner zwischen meinen Fingern, zwei cremige Häufchen und tatsächlich auch Fleisch. Am Rand ertaste ich ein Stück Brot. So ist es viel einfacher. Ich greife beherzt in den Reis und vermische ihn mit der Creme. Das blöde Besteck kann bleiben, wo es ist.

„Ich hoffe, du hast nichts gegen Frauen, die sich auch mal die Finger dreckig machen. Oder besser gesagt die ganzen Hände." Ich schiebe mir den Reis aus der Handfläche in den Mund und hebe dann das Fleischstück an, um davon abzubeißen. Die Geschmäcker entfalten sich so intensiv auf meiner Zunge, dass ich genüsslich seufze.

„Du isst wohl mit den ... ah, verdammt!" Ich sehe zwar nicht, was passiert ist, doch ich kann nicht anders als zu grinsen. Wenn sie hier Nachtsichtkameras versteckt haben, können sie danach die perfekte Comedyshow aus unseren verzweifelten Essversuchen zusammenschneiden.

„Alles in Ordnung?", frage ich aber sicherheitshalber nach.

Zur Antwort höre ich Sam sein Besteck niederlegen.

„Das siehst du dann später, ob mein Gesicht blutverschmiert ist oder nicht. Ich hab mir die blöde Gabel in die Nase gestochen.“

Ich pruste ein paar Reiskörner quer über den Tisch. Hoffentlich habe ich ihn nicht getroffen. Doch die Vorstellung ist einfach zu lustig. Vor allem, weil es mir kein bisschen besser ergeht als ihm.

„Zu blöd zum Essen, hm? Soll ich dich füttern?“

„Versuch es doch. Schaffst du sowieso nicht. Entweder es fällt vorher runter oder ich beiß dir den Finger ab.“

Mit dieser Antwort hätte ich nicht gerechnet. Aber ich nehme die Herausforderung an. „Ich bin geschickter, als du denkst.“

Ich tunke das Brot in die Creme. Dann beuge ich mich über den Tisch, strecke die andere Hand aus und taste vorsichtig nach seinem Gesicht. Wir zucken beide zusammen, als ich seine Wange streife. Sofort taucht vor meinen Augen die Kontur seines breiten Kiefers auf und mein Herz zieht sich zusammen.

„Das ist aber nicht mein Mund.“

„Das ist auch nichts zu essen, sondern meine Hand.“

Er dreht sein Gesicht und plötzlich spüre ich seine Lippen auf meinem Handrücken. Er gibt mir einen sanften Kuss darauf. Die Feuchte seiner Lippen bleibt dort haften, sodass ich ihre Berührung noch spüre, als er seine Finger in meinen verschränkt. Am liebsten würde ich jetzt zu ihm hinüberrutschen und einen richtigen Kuss einfordern.

„Nichts da. Das ist Schummeln“, kommentiert er meinen Versuch, sein Gesicht abzutasten.

Na gut. Er will es nicht anders.

Ich hebe das Brot an und strecke es dorthin, wo ich seinen Mund vermute. Natürlich ist er dort nicht. Ich drücke das Brot samt Dip gegen einen undefinierbaren Teil seines Gesichts. Sofort brechen wir wieder in Gelächter aus. Eine kleine Träne stiehlt sich dabei aus meinem Augenwinkel. Wann hatte ich zum letzten Mal an einem Abend so viel Spaß?

„Cool. Willst du mir vielleicht noch Wein über den Kopf gießen? Würde ja zur blutigen Nase und dem Essen auf meiner Wange passen."

„Du solltest inzwischen gemerkt haben, dass solche Vorschläge in meiner Gegenwart gefährlich sind."

Ich widme mich wieder meinem Essen. Es ist viel zu lecker, um es weiterhin auf dem Tisch oder in Sams Gesicht zu verteilen.

Wir schaffen es sogar, währenddessen eine normale Unterhaltung zu führen. Ich erzähle ihm von meinen schönsten Reisen, er packt eine weitere Anekdote über Jeanny aus. Allerdings landet noch der ein oder andere Bissen auf meinem Rock und in meinem Ausschnitt.

Als Nico schließlich abräumt, verwickelt ihn Sam in ein Gespräch. Es fällt ihm erstaunlich leicht, mit dem Kellner innerhalb von Sekunden auf einer freundschaftlichen Ebene zu landen. Ich lausche fasziniert, während er ihm Fragen zu seiner Erblindung stellt, die ich mich niemals zu formulieren getraut hätte. Doch Nico freut sich über sein Interesse und erzählt uns bereitwillig von seinem Alltag und den Herausforderungen, denen er sich täglich gegenüber sieht. Schnell wird mir klar, wie engstirnig ich an das Thema herangegangen bin. Deshalb schweige ich mehr, als mich am

Gespräch zu beteiligen. Ich will auf keinen Fall durch Naivität auffallen.

Unweigerlich frage ich mich allerdings auch, wie Sam das macht. Seine Ausstrahlung und seine sympathische, lockere Art wirken nicht nur auf mich, sondern sogar auf einen Fremden, in völliger Dunkelheit. Hat er sich das durch seinen Job selbst beigebracht? Oder war er schon immer so tiefenentspannt und offen? Die Frauen müssen vor seinem Schlafzimmer Schlange stehen. Und dessen ist er sich bestimmt auch bewusst.

An das Dessert, unverkennbar ein Schokoladensoufflee, wage ich mich sogar mit einem Löffel heran. Genüsslich schiebe ich mir einen Bissen des weichen Kerns in den Mund.

„Freust du dich schon, hier rauszukommen und wieder sehen zu können?", fragt Sam, der scheinbar aufgegessen hat.

„Ja und nein. Klar bin ich hier ziemlich aufgeschmissen. Aber vielleicht werde ich in Zukunft sogar manchmal das Licht ausmachen zum Abendessen. Oder zum Musik hören. Alles ist so viel intensiver. Da kann man viel besser genießen und den ganzen unwichtigen Mist ausblenden."

„Soso", antworte er kaum hörbar. Er verschiebt seinen Stuhl.

Plötzlich liegt seine Hand auf meinem Arm. Er muss um die Ecke gerutscht sein und nun an der Tischseite neben mir sitzen. Seine Finger wandern sanft meinen Arm nach oben, bis zum Hals. Dort streicht er meine Haare zurück. Das Kribbeln an dieser empfindlichen Stelle ist beinahe unerträglich. Mein Körper wird von einem wohligen Zittern erfasst.

„Das ist doch glatt einen Versuch wert … du denkst, es ist wirklich ALLES intensiver?“

Seine Hand gleitet von meinem Hals hinab zu meinem Ausschnitt und verschwindet unter meinem Top. Ich klammere mich an meinem Stuhl fest. O Gott. Will er das wirklich tun? Hat er sich nicht gemerkt, wie ich auf Berührungen dort reagiere? Hat er es für ein Schauspiel gehalten?

Er streift nur über meinen BH, doch der Reiz ist stark genug, dass sich alles darunter zusammenzieht. Die erhärteten Spitzen meiner Brüste drücken schmerzhaft gegen den Stoff und recken sich gierig seinen Fingern entgegen. Ich bin völlig machtlos dagegen. Das Einzige, das ich noch zu kontrollieren versuche, ist mein Atem, der beinahe schon stoßweise geht. Doch auch das wird zunehmend schwerer, während er weiter über den Stoff fährt.

„Nicht“, bringe ich gerade noch zwischen den Zähnen hervor. Er muss aufhören. Wenn das jemand bemerkt, fliegen wir nicht nur in hohem Bogen raus, sondern haben vielleicht sogar eine Anzeige am Hals. Und ich bin mir nicht sicher, wie lange ich noch durchhalte, ohne aufzustöhnen oder auf meinem Stuhl zusammenzubrechen. Ich verstehe es nicht. Ich bin es doch gewohnt, dass mich jemand dort berührt. Warum fühlt es sich mit Sam an, als wäre es das erste Mal?

„These bestätigt, würde ich sagen.“ Ich kann das Schmunzeln in seiner Stimme hören. Doch er ignoriert meine Bitte.

Er schiebt auch das letzte Stück Kleidung beiseite, das ihn noch von meiner nackten Haut trennt. Seine Berührung schickt elektrisierende Impulse durch meine

Nervenbahnen. Ich kann nicht mehr stillhalten. Ich will ihn wegstoßen. Gleich wird es jemandem auffallen. Merkt er nicht, wie sehr er mich quält? Aber nein, eigentlich will ich nicht, dass er aufhört. Im Gegenteil. Ich will so viel mehr. Aber ich weiß, dass das hier drin unmöglich ist. Die Erkenntnis schmerzt fast noch mehr als meine pulsierenden Brüste unter seinen kreisenden Fingern. Es fühlt sich an wie ein gelogenes Versprechen.

In meinem vernebelten Kopf setzt sich ein anderer Gedanke fest. Warum sollte ich ihm die Kontrolle überlassen? Es ist unfair, wenn nur ich leiden muss.

Ich nutze den letzten Rest meiner Widerstandskraft, um sein Bein zu ertasten, und finde schnell die Stelle, die ich gesucht habe. Seine Hand hält plötzlich inne.

„Revanchieren kannst du dich später." Er lässt von mir ab. Ich nutze den Moment, um tief durchzuatmen und wieder klarer im Kopf zu werden. Es gelingt mir jedoch nicht, denn was ich unter meinen Fingern spüre, lässt meine Fantasie Verrückt spielen.

„Lola ..." Er sträubt sich, stößt mich aber nicht von sich. Ich verstärke den Druck auf die Härte unter seiner Jeans und lasse meine Hand langsam auf und ab wandern. Ich grinse in mich hinein. Jetzt weiß er, wie ich mich fühle. Doch ich bringe damit nicht nur ihn dazu, schneller zu atmen. Ich kämpfe auch gegen meine eigene Lust und den Drang, die letzten Zentimeter zwischen uns zu überwinden und diese nervigen Klamotten loszuwerden. Wann habe ich mir zuletzt so sehr gewünscht, mit jemandem zu schlafen?

Sam unterbricht mich schlagartig. Er packt meinen Arm und zieht ihn nach oben. Ein Schreckenslaut entfährt mir. Was soll das? Sein Stuhl scharrt auf dem Boden und auch ich werde gezwungen, aufzustehen.

„Wir gehen." Mein rasendes Herz quittiert seine plötzliche Dominanz mit einem Stolpern. Und ich denke nicht mal daran, ihm zu widersprechen. In diesem Moment würde ich mich von ihm überallhin verschleppen lassen – solange er nur sein Versprechen einlöst.

Er ruft Nico, der uns auf seinen Wunsch hin hinausführt. Ich lasse mich bereitwillig hinterherziehen. Als sich vor uns die Tür zum Foyer öffnet, brennt sich das Licht stechend in meine Netzhaut. Sofort kneife ich die Augen zusammen.

Sam scheint sich schneller an seine wiedergewonnene Sehkraft zu gewöhnen als ich. Er kramt aus der Hosentasche einen Schein hervor und drückt ihn Nico in die Hand. Er sieht völlig anders aus, als ich ihn mir im Dunkeln vorgestellt habe. Seine sanfte Stimme ließ mich auf einen zierlichen, kleinen Mann schließen, doch nun steht ein Kerl mit beinahe zwei Metern vor mir. Er trägt ein freundliches Lächeln auf den Lippen, während er sich von Sam und mir verabschiedet. Seine Augen starren jedoch ins Leere.

Bevor ich noch etwas zu ihm sagen kann, drängt Sam mich jedoch zur Garderobe und sobald ich meine Jacke übergestreift habe, hinaus in die Kälte.

Er hat mich nicht mal gefragt, ob ich mitkommen will. Trotzdem bin ich mir sicher, dass er mich zu seinem Auto führen und mit nach Hause nehmen wird. Es kommt mir nicht in den Sinn, zu widersprechen. Im Gegenteil. Aufregung und Vorfreude beschleunigen meine Schritte und lassen mich jegliche Zweifel vergessen. Egal, was ihn antreibt. In diesem Moment will er mich genauso sehr wie ich ihn. So sehr, dass jeder Meter, den wir zurücklegen, zu einer quälenden Ewigkeit wird, die uns von diesem Moment trennt.

Umso mehr überrascht es mich, als er an der Straße neben dem Gebäude stehen bleibt und sich zu mir umdreht. Ein dunkles Grinsen umspielt seine Mundwinkel. Sofort werden meine Knie weich.

„Was ist?"

Seine braunen Augen blitzen auf. Er öffnet die Lippen. Doch statt einer Antwort kommt er plötzlich auf mich zu und drückt sie auf meine. Sein Körpergewicht lässt mich nach hinten stolpern. Ich stoße gegen die kalte Backsteinwand. Ich keuche auf vor Schreck. Er drückt mich fest dagegen und zieht mich in einen Kuss, der ein Feuerwerk auf meinen Lippen hinterlässt. Ich weiß nicht mehr, wie mir geschieht. Ohne die kalten Steine in meinem Rücken würden meine Knie endgültig nachgeben. Ich schlinge meine Arme um ihn, um Halt zu finden und erwidere seinen Kuss. Nichts könnte diesen Moment noch perfekter machen. Seine Leidenschaft lässt meine Gefühle überschäumen und ich fühle mich plötzlich wieder wie ein Teenager. Scheißegal, ob uns hier jemand sieht. Scheißegal, dass die Wand an meinem Rücken so kalt ist, dass ich morgen vielleicht mit einer Blasenentzündung aufwache. Scheißegal, dass er mein Kollege ist. Alles, was zählt, sind das perfekte Zusammenspiel unserer Lippen und unsere pochenden Herzen, Brust an Brust.

Als er sich neben mir abstützt und sich vorsichtig von mir löst, will ich protestieren, doch mein Kopf ist zu benebelt, um einen vernünftigen Satz formulieren zu können.

„Ey …", bringe ich nur hervor und will ihn wieder näher zu mir heranziehen. Er schüttelt allerdings kaum merklich den Kopf und hält meinen fordernden Händen stand. Sein dunkler Blick sinkt direkt in meinen Magen, der sich daraufhin zusammenzieht. Wie kann man nur so unendlich tiefe Augen haben?

„Das war nur mein Häppchen für unterwegs … den Rest gibt es zuhause." Sein Atem bildet weiße Wölkchen zwischen uns. Langsam durchdringt die Wärme seines Körpers meinen Mantel. Ich will nicht, dass er mich loslässt, und noch mehr will ich endlich beenden, was wir beim letzten Mal begonnen haben. Er beugt sich nach vorne und haucht mir einen Kuss auf die Lippen, in dem plötzlich so viel Zärtlichkeit liegt, dass ich erschaudere. Dann löst er sich von mir und verschränkt seine Finger in meinen. Hand in Hand laufen wir zu seinem Auto, das er eine Straße weiter geparkt hat. Einen Moment lang flackern erneut die Zweifel in mir auf. Habe ich es ihm zu einfach gemacht? Doch ich schiebe sie blitzschnell wieder beiseite, als er mir die Beifahrertür öffnet und mir ein verwegenes Lächeln schenkt.

8. Lola

Sam lässt mir keine Sekunde Zeit, mich in seiner Wohnung umzusehen. Kaum fällt die Tür hinter uns ins Schloss, schiebt er eine Hand in meine Haare und zieht mich an sich. Meine Haut glüht in der freudigen Erwartung auf die Einlösung seines wortlosen Versprechens. Nur wenige Zentimeter trennen mich noch von dem, wonach ich mich den ganzen Abend gesehnt habe. Dennoch traue ich mich nicht, das letzte Stück zwischen uns zu überwinden. Seine dunklen Augen scheinen in mein Innerstes zu schauen und ich blinzle – einerseits, weil ich die Intensität seines Blicks kaum ertrage – andererseits, um sicherzugehen, dass ich nicht träume.

Die Stoppeln seines Dreitagebarts streifen mein Kinn. Dann begegnen sich unsere Lippen und ich kann das Zittern meiner Knie kaum kontrollieren. Alles um uns herum löst sich in einen Rausch auf, der durch meinen Körper strömt und meinen Atem verkürzt. Seine Zunge spielt geschickt mit meinen Sinnen und ich schiebe die Hände in seinen Nacken, damit er nie damit aufhört.

Ohne uns voneinander zu lösen, stolpern wir durch das Zimmer. Er drängt mich durch eine Tür und drückt mich auf der anderen Seite erneut gegen die Wand. Als er mir schließlich doch seine Lippen entzieht, fühle ich mich schmerzhaft an die Situation von vorhin erinnert. Will er mich schon wieder vertrösten?

Er legt seine Wange an meine. Sein feuchter Mund streift mein Ohr.

„Ich warte schon seit einer Woche darauf, dich endlich ficken zu können. Aber so intensiv habe ich es mir nicht mal in meinen Träumen ausgemalt."

Ein lustvolles Ziehen durchfährt meinen Körper.

„Ich auch nicht. Aber ich könnte mich daran gewöhnen", erwidere ich und ziehe ihn wieder an meine Lippen. Ich koste jede wertvolle Sekunde aus, in der er mir dieses unbeschreibliche Prickeln auf die Haut zaubert. Seine Hände streichen über meinen Körper, von meinen Brüsten bis zum Ansatz meiner Hose und zurück. Ich würde ihm gerne die gleiche Freude bereiten, bin jedoch unter seinen Berührungen unfähig, mich zu bewegen. Sie nehmen meine Sinne voll ein und lassen meine Glieder in Wellen erzittern. Ich erschrecke vor der Reaktion meines eigenen Körpers, doch gleichzeitig will ich nie wieder etwas anderes erleben. Was hier passiert, ist mit nichts zu vergleichen, das ich jemals erlebt habe. Meine Nervenenden scheinen selbst unter seinen kleinsten Berührungen zu glühen.

Unsere Klamotten fliegen durch das Schlafzimmer und ehe ich einen klaren Gedanken fassen kann, stehen wir uns nackt gegenüber. Seine Brust hebt und senkt sich im selben, schnellen Takt wie meine. Ich folge meinem Instinkt. Langsam gehe ich vor ihm in die Knie und lasse seine Härte in meinen Mund gleiten. Ein leises Stöhnen entweicht ihm, das mich bekräftigt, weiterzumachen. Ich will mich für die unglaublichen Momente an unserem ersten, gemeinsamen Abend revanchieren. Außerdem kann ich nicht leugnen, dass ich Männer sowieso gerne auf diese Art und Weise verwöhne – die Reaktion zu beobachten ist aufregender als selbst berührt zu werden. Ich umkreise seine Spitze mit der Zunge und lasse ihn immer wieder tief in meinen Mund gleiten. Sams angeregtes Keuchen jagt mir einen wohligen Schauer über den Rücken.

Er wickelt meine Haare wie einen Griff um seine Hand und beginnt, meinen Kopf sanft, aber bestimmt zu führen. Mein Herz drückt schmerzhaft gegen meinen Brustkorb und ich spüre die Feuchte zwischen meinen Beinen zunehmen. Mein Körper ist mehr als bereit für ihn. Mein Kopf ist es schon lange. Es kommt mir dumm vor, dass ich mich dagegen gewehrt habe. Wie konnte ich auf diese Gefühlsexplosion verzichten wollen?

Plötzlich zieht er sich aus meinem Mund zurück und nutzt seinen festen Griff, um mich aufs Bett zu ziehen.

Er drückt meinen Kopf seitlich auf die Matratze und ich lande mit dem Bauch nach unten. Ich bin dankbar für seine Führung. Sie nimmt mir die Nervosität und zaubert ein kribbelndes Ziehen unter meinen Bauchnabel.

Das Reißen einer Verpackung und die anschließende Stille lassen Hitze in mir aufsteigen, die sich schubweise bis in meine Mitte vorarbeitet. Ich recke meinen Po nach oben, spreize die Beine und hoffe, dass er die Aufforderung versteht. Doch natürlich tut er das.

Unendlich langsam dringt er in mich ein und füllt mich vollständig aus. Ein Stöhnen dringt aus meiner Kehle und ich muss mich in der Bettdecke festkrallen, um nicht aufzuschreien. Das Pulsieren in meinem Unterleib wandelt sich schlagartig in das lustvollste Ziehen, das ich jemals gespürt habe. Spätestens jetzt bin ich mir sicher, dass ich nie wieder mit einem anderen Mann schlafen werde können, ohne an diese Nacht zurückzudenken. Was ist es nur, das meinen Körper bei ihm verrücktspielen lässt?

Jeder einzelne seiner schneller werdenden Stöße lässt mich keuchen und steigert die unbändige Lust, die sich in mir aufbaut. Während er immer heftiger schnauft, kann ich meine Laute nicht mehr kontrollieren. Mein Kopf ist ausgeschaltet. Ich gebe mich voll und ganz hin und genieße jede Sekunde, in der er mich diese Ekstase spüren lässt.

Sein Griff in meinem Nacken versteift sich zunehmend und auch ich kann das Zucken meiner Muskeln nicht mehr kontrollieren. Wie kann das sein? Ich werde doch nicht etwa …

In diesem Moment lösen sich die Wellen in meinem Unterleib in ein letztes, krampfendes Ziehen auf, das mir jegliche Sinne raubt. Die Welt um mich herum dreht sich, steht Kopf und rutscht nur langsam wieder in die richtige Position.

Ich kann kaum glauben, was gerade passiert ist. Sams warmer Körper, der sich an meinen schmiegt, und sein leises Atmen an meinem Ohr machen mir jedoch bewusst, wie real unsere Verbindung in diesem Moment ist. Ich war auf einiges vorbereitet – jedoch nicht darauf, dass er mich danach wie selbstverständlich zudeckt und in seine Arme schließt. Regel Nummer zwei: Küsse und Kuscheleinheiten sind tabu. Gilt das für die Männer in unserer Agentur nicht? Macht er das mit jeder Kundin und denkt deswegen nicht mehr darüber nach? Oder ist es für ihn mehr als eine unverbindliche

Affäre? Mein verräterisches Herz stolpert bei dem Gedanken. Nein, hör auf damit, blödes Ding. Ich sollte das hier gar nicht zulassen. So schön die letzte Stunde mit ihm auch war, nun ist es Zeit, unsere Zweisamkeit zu beenden, bevor ich mich noch an seine schützende Nähe gewöhne. Es würde nur Ärger mit sich bringen – denn diese Nähe würde nie mir alleine gehören.

Die Kommode an der Wand verschwimmt vor meinen Augen. Stattdessen sehe ich Sam vor mir, im Bett eines kleinen Hotelzimmers, wie er eng umschlungen mit einer attraktiven Blondine Zärtlichkeiten tauscht. Ihre schwitzigen Körper, die sich aneinanderreiben, seine geweiteten Pupillen, ihre gigantischen Brüste, die sich ihm entgegenstrecken …

Hektisch schüttle ich den Kopf und schlage die Bettdecke zurück. Genau deswegen kann ich nicht zulassen, dass er sich mehr nimmt als meinen Körper. Ich setze mich auf und schiebe meine Beine aus dem Bett.

„Was ist los?", fragt Sam und reibt sich die schläfrigen Augen.

Ich deute auf den Wecker auf dem Nachttisch. Eine bessere Ausrede fällt mir so schnell nicht ein.

„Es ist spät. Wird Zeit, dass ich nach Hause komme."

Er legt den Kopf schief und runzelt die Stirn. „Du willst nach Hause? So spät, bei der Kälte? Ich dachte, ich hätte deutlich gemacht, dass du hierbleiben kannst."

Er wirft die Bettdecke wie ein Netz um mich und zieht mich wieder zurück. Unwillkürlich lache ich auf, obwohl ich eigentlich ernst bleiben und mir Gedanken darüber machen sollte, wie ich hier wegkomme, ohne ihn zu verärgern.

„Vergiss es. Komm her. Vor morgen früh stehst du nicht mehr auf."

„Das wäre ungünstig … gibt es denn eine Bettpfanne für Notfälle?", frage ich mit gespielter Unschuld.

Er seufzt. „Mist, ich wusste, ich hab was vergessen. Da muss ich wohl für dich eine Ausnahme machen. Entfernung in 10 Meter Umkreis vom Bett ist genehmigt."

So gerne ich auch weiter mit ihm scherzen würde, ich kann nicht zulassen, dass er mich doch noch weich kriegt.

Ich sehe ihm in die Augen, die im schmalen Schein der Nachttischlampe noch dunkler wirken als sonst. Sofort kribbelt es in meinem Nacken.

„Ich muss wirklich gehen. Miss Flauschig wartet auf mich, sie hatte noch kein Abendessen. Und wenn sie auf ihr Frühstück morgen früh um sieben auch noch verzichten müsste, würde sie mich tagelang nicht mehr ansehen."

Seine Mundwinkel zucken. „Hast du dir das gerade ausgedacht oder hast du wirklich ein Haustier, das Miss Flauschig heißt?"

„Wer sagt, dass es ein Haustier ist und nicht meine Mitbewohnerin?", erwidere ich, strecke ihm die Zunge heraus und schwinge mich abermals aus dem Bett.

„Sie ist eine wunderschöne, fluffige Maine Coon. Aber wenn sie nicht pünktlich ihre Lachs-Häppchen bekommt, wird sie zum Tiger."

„Verstehe. Ich will nicht schuld sein, wenn sie verhungert. Nächstes Mal also lieber bei dir."

Ich will mir gerade meine Socken überstreifen, die ich vor dem Bett gefunden habe, halte jedoch in der Bewegung inne. Nächstes Mal? Für ihn steht also schon fest, dass wir uns wiedersehen? Innerlich schreie ich vor Aufregung und Freude, doch ich werde es ihm auf keinen Fall zeigen.

Ich schlüpfe in meine restlichen Klamotten, während er sich durch die Haare wuschelt und langsam aus dem Bett kriecht. Er trägt ein so zufriedenes Lächeln auf den Lippen, dass sich sofort eine wohlige Wärme in meiner Brust ausbreitet. Mist, warum muss er es mir so schwer machen? Ich wende meinen Blick schnell wieder ab, damit er die Verunsicherung darin nicht lesen kann.

Vorsichtig tappe ich zur Schlafzimmertür und ertaste den Lichtschalter für das angrenzende Wohnzimmer. Sam schiebt sich an mir vorbei und geht voraus, um mir noch mal den Weg zu zeigen. Wahrscheinlich hätte ich wirklich nicht alleine nach draußen gefunden, denn ich war vorhin viel zu abgelenkt, um mir irgendwelche Details seiner Wohnung einzuprägen. Umso aufmerksamer betrachte ich nun Sams Reich. Die Einrichtung ist schlicht, aber stilvoll. Deko suche ich hier vergeblich. Stattdessen erkenne ich eine abenteuerliche Konstruktion neben dem Sofa, die ich nicht einordnen kann. Auf dem großen, ovalen Tisch davor sammeln sich einige leere Flaschen, Zeitschriften und allerhand Krimskrams. Er hat also nicht gelogen. Auch die Klamotten über dem Stuhl am Esstisch lassen darauf schließen, dass er nicht allzu viel Zeit mit Aufräumen verschwendet.

Mein Blick fällt auf die Regalbretter über dem Fernseher. Darauf stapeln sich so viele DVDs und Blurays, dass es mich beinahe wundert, dass die Bretter sich nicht durchbiegen. Eine Berührung würde wahrscheinlich reichen, um das abenteuerliche Konstrukt zum

Einsturz zu bringen. Ich bleibe stehen und begutachte seine Schätze aus der Nähe.

„Du stehst auf alte Krimis? Sind das so richtige Schwarz-Weiß-Streifen?"

Sam, der schon längst bemerkt hat, dass ich seine Sammlung bestaune, tritt hinter mich und schlingt die Arme um meine Taille.

„Du hast es erfasst … je farbloser, desto besser. Der Filmdreh damals war eine Kunst für sich. Ich liebe die Geschichten, die Atmosphäre, die Einfachheit dieser Filme. Damals war alles noch mit so viel Liebe gemacht, kein Einheitsbrei wie heute in den Kinos." Er küsst meine Wange.

„Ich weiß, damit kann man heute niemanden mehr beeindrucken. Aber für mich werden das immer die besten Filme bleiben und ich werde sie mir immer wieder ansehen, selbst wenn ich irgendwann jeden einzelnen Dialog mitsprechen kann."

Mit seinen Schwärmereien trifft er einen Nerv in mir. Plötzlich fühle ich mich noch viel stärker mit ihm verbunden. Warum müssen wir auch noch so verdammt ähnliche Interessen haben? Ich kann nicht anders, ich muss es mit ihm teilen.

„Ich weiß genau, was du meinst. Ich höre gerne klassische Musik. Viel lieber als dieses Pop-Gedöns, das den ganzen Tag im Radio auf und ab läuft." Ich werfe einen prüfenden Blick über die Schulter. „Wehe, du lachst!"

Er hebt abwehrend die Hände. „Warum sollte ich lachen? Ganz im Gegenteil. Wir sind doch keine 14 mehr. Frauen mit eigenem Geschmack und einer eigenen Meinung waren mir schon immer am Liebsten. Und das ergänzt meine alten Filme ja perfekt. Wir können sofort gemeinsam in eine Zeitmaschine steigen und ein paar Jahrzehnte zurückspulen.“

Ich seufze. „Dann würde ich aber nur ein paar Stunden zurückreisen wollen, um diesen Abend zu wiederholen.“

Ich beiße mir sofort auf die Unterlippe. Mist. Das hätte ich nicht sagen dürfen.

„Dazu brauchen wir keine Zeitmaschine.“ Er dreht mein Gesicht sanft zu sich. Sein Kuss ist mehr als nur eine Zärtlichkeit. Er fühlt sich an wie ein Versprechen.

„Und jetzt ab mit dir, bevor ich es mir anders überlege und dich in meine Höhle zurückschleife.“ Seine weichen Lippen machen es mir unendlich schwer, meine Flucht fortzusetzen. Doch ich weiß, dass ich mich nicht auf die Sehnsüchte meines Körpers verlassen sollte. Also stapfe ich mit weichen Knien in den Flur, fische meine Heels aus dem Berg abgewetzter Turnschuhe hinter der Tür und verabschiede mich mit einem letzten Kuss.

9. Lola

Er hebt mich mit einem Ruck hoch, trägt mich zum Bett und legt mich auf der weichen Decke wieder ab. Dann spüre ich seinen verschwitzten Körper über mir und stoße ein erwartungsvolles Keuchen aus. Lass mich nicht warten. Seine dunklen Augen leuchten auf, dann verschwindet sein Kopf zwischen meinen Beinen. Vorsichtig schiebt er sie auseinander. Zuerst spüre ich seine Bartstoppeln an der empfindlich weichen Haut. Ich kralle meine Finger in die Bettdecke und strecke ihm mein Becken entgegen. Bitte, mach weiter.

Er spielt mit meinem Verlangen. Sanft streift er mit seinen Lippen über meine Mitte. Ich erzittere, als eine Welle der Lust durch meinen Körper zieht. Ich will ihn an mich ziehen, seine Nähe voll auskosten, ihn auf mir und in mir spüren. Doch er wehrt meine Hände ab und öffnet die Lippen. Seine heiße Zunge gleitet über meine empfindlichste Stelle und ich beiße mir auf die Lippen, um nicht aufzuschreien. Plötzlich hält er in der Bewegung inne. Ich nutze die kurze Verschnaufpause, um wieder Herr über meinen Körper zu werden, doch meine Brust zittert, als ich die angestaute Luft ausstoße. Warum hört er auf?

Ich zucke zusammen. Zähne. Ein ziehender Schmerz durchzuckt mich, als er unvorsichtig an mir zu nagen beginnt. Ah! Was soll das?

Ich reiße die Augen auf und schnelle nach oben. Der Blick nach unten fühlt sich an wie ein Schlag auf den Kopf. Es dauert einige Sekunden, bis ich mich aus meiner Trance befreien und die Situation erfassen kann. Als ich den Kunden entdecke, der zwischen meinen Beinen kniet, mischen sich Scham und Verwirrung unter den Schmerz seiner Bisse. Wie konnte ich nur so abdriften? Wie konnte ich mir auch nur eine Sekunde vorstellen, dieser Kerl wäre Sam?

„Das tut weh! Lass das!", presse ich hervor und ziehe den Typen an den Haaren von mir herunter. Er blickt irritiert zu mir auf.

„Sei doch nicht so empfindlich! Ich hör ja schon auf", brummt er.

„Empfindlich? Ich kann gerne genauso fest in deine Eier beißen, dann sehen wir mal, wer hier empfindlich ist." Die Kälte meiner Worte überrascht mich selbst. Was ist nur los mit mir? Ich muss mich zusammenreißen. Das ist ein Kunde, der viel Geld für seinen Spaß hingelegt hat, und ich verhalte mich gerade nicht besser als die verbitterte Ehefrau, die vermutlich zu Hause auf ihn wartet. Ich muss wieder einen klaren Kopf bekommen. Doch das ist nach dieser verwirrenden, lebensechten Fantasie gar nicht so leicht.

Unschlüssig sitze ich auf dem Hotelbett und starre auf den Kunden, der mit zusammengekniffenen Augenbrauen auf meine nächste Reaktion wartet. Vor mir flackern jedoch immer noch die Bilder von letzter Nacht auf. Ich schüttle den Kopf. Das reicht.

Ich springe auf und stürme nackt zum Badezimmer.

„Tut mir leid, ich bin gleich wieder da. Gib mir eine Minute."

„Was …“, setzt er noch an, doch ich ziehe blitzschnell die Tür hinter mir zu und schneide ihm den Satz ab.

Ich drehe den Wasserhahn auf und spritze mir mit beiden Händen kaltes Wasser ins Gesicht.

Es hilft mir jedoch nicht, die Gedanken an Sam zu vertreiben. Ich werfe mir im Spiegel einen vorwurfsvollen Blick zu. Was ist nur los mit mir? Das ist mir noch nie passiert. Und es darf sich auch nicht wiederholen. Mist. Egal, wie sehr ich mir den Kopf zerbreche, fällt mir nur eine einzige Lösung ein. Eine, die mir ganz und gar nicht gefällt.

Gestern bei unserer Verabschiedung hat er gefragt, wann wir uns wiedersehen. Ich habe ihm erzählt, ich hätte diese Woche keine Zeit mehr. Wenn ich ihm jetzt schreibe, vermittelt das einen völlig falschen Eindruck. Entweder er hält mich für aufdringlich und verzweifelt oder er denkt, ich würde mehr von ihm wollen und es nicht mal einen Tag ohne ihn aushalten. Ich schnaube leise, als mir die Ironie meiner Gedanken bewusst wird. Ist es nicht genau so? Ich scheine es wirklich nicht mal einen Tag ohne ihn auszuhalten. Das sind ja brillante Aussichten.

Verärgert greife ich nach meiner Tasche unter dem Waschtisch und ziehe mein Handy hervor. Ein einziges Mal noch. Dann nehme ich wirklich mal eine Woche Abstand von ihm. Bestimmt habe ich ihn dann schon fast wieder vergessen und kann über diese Träumereien lachen. In Rekordtempo tippe ich eine Nachricht, drücke auf senden und schmeiße es wieder zurück in die Tasche. Seine Antwort kann ich nicht abwarten. Ich kann den Auftrag nicht komplett versauen. Auch wenn der Kerl, der draußen im Bett auf mich wartet, eindeutig ein Idiot ist.

Ich stoße mich vom Waschbecken ab und streiche meine Haare wieder zurecht. Es hilft ja nichts. Ich drehe mich um und kehre ins Hotelzimmer zurück. Bringen wir es hinter uns.

Als ich dreißig Minuten später das Hotelzimmer verlasse, gilt mein erster Blick meinem Handy. Doch auf dem Bildschirm erscheint keine neue Nachricht. Sofort überrollt mich eine Welle der Enttäuschung. Ich habe mich umsonst lächerlich gemacht. Er hat keine Lust, mich zu sehen. Oder er ist gerade selbst arbeiten ... ich schüttle den Gedanken schnell ab und stürme die Treppe zur engen Lobby des Billighotels hinunter.

Dabei stolpere ich über die Kante des ausgeblichenen Teppichs, der sich von einer Stufe gelöst hat, und kann mich gerade noch am Geländer festklammern. Fluchend stapfe ich weiter. Heute ist wirklich nicht mein Tag.

Eine Reisegruppe tummelt sich am Empfang und versperrt mir den Weg zum Ausgang. Mit beiden Ellenbogen bahne ich mir einen Weg zwischen den Menschen hindurch. Ich ernte einige böse Blicke, die ich jedoch ignoriere. Der Abend kann kaum noch beschissener werden und blamiert habe ich mich durch meine verzweifelte Nachricht an Sam sowieso schon. Was kümmern mich da ein paar empörte Touris?

Endlich erreiche ich die zerkratzte Glastür und quetsche mich nach draußen. Die kalte Nachtluft erfrischt meine Lungen und ich stoße einen leisen Seufzer aus. Die Anspannung fällt schlagartig von mir ab, wodurch sich die Schwere in meinem Herzen jedoch verstärkt. Was fange ich nun mit dem angebrochenen Abend an? Ich ziehe erneut mein Handy aus der Tasche und mache mich auf den Weg Richtung U-Bahn. Die Chancen, dass Tiffy heute noch Zeit für mich haben wird, stehen nicht gut, aber ich muss sie wenigstens fragen. Ablenkung und Unterhaltung sind genau das, was ich gerade brauche – keine totenstille Wohnung und eine schlaflose Nacht, in der ich mir immer wieder die quälende Frage stellen werde, was Sam wohl gerade treibt. Gepaart mit der Vorstellung, wie er meine Nachricht triumphierend seinen Kumpels zeigt, sie gedankenlos zur Seite swiped und alle gemeinsam über die aufdringliche Tussi lachen … Blitzschnell scrolle ich durch meine Kontakte und tippe auf Tiffys Namen.

Plötzlich taucht ein Schatten in meinem Augenwinkel auf. Was …? Eine Berührung an meiner Seite lässt mich unkontrolliert zusammenzucken. Mein Handy fliegt in hohem Bogen durch die Luft. Scheiße. Ich reiße die Hände nach vorne, um es zu fangen, bin allerdings zu langsam. Denn jemand hat schneller reagiert als ich. Ich lasse meinen Blick von der gepflegten Männerhand, in der mein Handy gelandet ist, hinaufwandern.

Mein Herz setzt einen Schlag aus. Augenblicklich verliere ich mich in den Tiefen der dunklen Augen, die mir amüsiert entgegenblitzen.

„Erst rennst du vor mir weg und dann willst du mich noch abwerfen? Ich dachte nicht, dass du das ‚Treffen‘ so wörtlich meinst." Sam drückt mir das Telefon in die Hand und ich löse mich aus meiner Schockstarre.

„So wie du mich erschreckt hast, kannst du froh sein, dass du nicht auch noch gemerkt hast, was du dir ‚abholen‘ sollst. Ich hätte dir fast eine gescheuert.“

„Wäre nicht das erste Mal.“ Er zuckt mit den Schultern und zieht mich an sich. Was meint er damit? Hat er schon so viele Frauen verletzt, dass er an Ohrfeigen gewöhnt ist? Ich will nachhaken, doch bevor ich den Mund öffnen kann, versiegelt er meine Lippen mit einem Kuss. Mein Kopf ist wie leergefegt und ich muss all meine Energie darauf verwenden, mich auf den Beinen zu halten. Dennoch zittern meine Knie unkontrolliert, während mir sein männlicher Duft in die Nase steigt.

„Ich muss dich aber enttäuschen“, flüstert er gegen meine Lippen und löst sich langsam von mir. Ich kann nur über seine Worte schmunzeln. Er ist tatsächlich gekommen und hat mir diesen magischen Kuss geschenkt. Was sollte mich jetzt noch enttäuschen?

„Du hast deine Pillen vergessen und deswegen wird das heute nichts?“, necke ich ihn und lege den Kopf schief.

„Das wird mir für immer nachhängen, hm?“ Er zieht den Reißverschluss seiner Jacke noch etwas höher und greift nach meiner Hand. „Aber du hast recht. Ich will die Nacht mit dir außerhalb des Betts verbringen.“

Ich weiß nicht, ob ich enttäuscht oder aufgeregt sein soll. Allein seine Anwesenheit bringt mein Blut bereits in Wallung und lässt Erinnerungen an die letzten Nächte wieder aufflammen. Warum will er das nicht wiederholen? Außerdem ist es keine gute Idee, so viel Zeit mit ihm außerhalb des Betts zu verbringen. Ich kann nicht zulassen, dass sich eine vertraute Atmosphäre zwischen uns aufbaut. Die letzten Tage waren bereits zu viel. Trotzdem fällt mir kein Argument ein, das mich nicht wie eine Schlampe dastehen lassen würde. Ich verschränke meine Finger mit seinen und lasse mich von ihm die Straße entlang führen. Er mustert mich aus dem Augenwinkel. „Kein Protest?" „Habe ich denn eine Wahl? Ich krieg schon noch, was ich will, mach dir da mal keine Sorgen. Verrate mir lieber, was du vorhast, damit ich mir einen Plan ausdenken kann."

„Ich will mit dir tanzen. Ich kenne da einen netten, kleinen Club in Friedrichshain. Die spielen zwar nicht Satie und Chopin, aber du wirst es lieben." Ich stoße ihm scherzhaft mit dem Ellbogen in die Seite. „Ey, ich lebe nicht hinterm Mond. Ich bin durchaus auch offen für andere Musik ... und ich sehe ein, dass krasse Dancemoves zu Klaviermusik ziemlich idiotisch wirken."

„Bei mir schon. Aber du würdest sogar dabei noch verdammt heiß aussehen." Sein direktes Kompliment bringt meine Wangen augenblicklich zum Glühen. Ich finde plötzlich keine lässigen Worte mehr, um zu kontern. Stattdessen murmele ich ein kleinlautes „Danke" und wechsle das Thema, bevor er mich weiter in Verlegenheit bringen kann.

„Wo steht dein Auto?"

„Zuhause in der Garage."

Ich blicke skeptisch zu ihm auf. Er verzichtet freiwillig auf sein Auto? Bisher hatte ich den Eindruck, er würde jede Gelegenheit nutzen, um damit eine Runde drehen zu können.

„Der edle Herr ist mit den Öffentlichen unterwegs? Ist was kaputt oder geht es dir nicht gut?"

Er lacht auf. „Du denkst, ich bin mir zu fein, um mit der U-Bahn zu fahren? Wie habe ich das denn geschafft?"

Sofort ist mir meine Frage unangenehm. Ich halte ihn nicht für einen Snob. Im Gegenteil.

„Für fünf Minuten Fahrt und zwanzig Minuten Parkplatzsuche hole ich mein Auto nicht aus der Garage. Oder wenn ich vorhabe, was zu trinken. Ich will uns später nicht gegen eine Mauer fahren."

Ich versuche, mir Sam betrunken vorzustellen, doch ich finde kein passendes Bild. Der souveräne und erwachsene Eindruck, um den er stets bemüht zu sein scheint und den er mit seinen Anzügen und den zurückgekämmten Haaren erweckt, macht es mir unmöglich, ihn lallend und torkelnd vor mein inneres Auge zu projizieren. Ein verstohlenes Grinsen legt sich auf meine Lippen. Meine anfänglichen Zweifel an seinem Plan lösen sich in Luft auf. Ob ich heute eine andere Seite von ihm kennenlerne? Während ich neben ihm die Stufen zur U-Bahn hinuntersteige, kann ich es kaum erwarten, ein paar Drinks mit ihm zu leeren. Wer weiß, welche Geheimnisse noch hinter seiner Fassade stecken?

Sam hat nicht zu viel versprochen. Als wir den Club über einen Hinterhof betreten, klappt mir beinahe der Mund auf. Von außen ist das Gebäude so unscheinbar, dass sich wohl niemand hierher verirrt, der nicht genau weiß, was sich dort befindet. Doch diese Exklusivität macht sich im Inneren sofort bemerkbar. Das Interieur ist einheitlich in schwarz gehalten. Nicht nur die Sofas und Hocker hinter der Bar, sondern sogar der

Holzboden und die Wände sind tiefdunkel. Doch die unzähligen Lampen an der Decke, um die sich nietenförmige Spiegel reihen, bringen die Hochglanzflächen der Bar und der Tanzfläche zum Schimmern und verleihen dem Club ein edles Ambiente. Sam führt mich über zwei Stufen zu einer Sitzinsel im hinteren Teil. Die schmalen Streifen verspiegelten Glases, die dort an der Wand angebracht sind, funkeln mir bereits von weitem entgegen.

„Setz dich", ruft Sam mir über den dröhnenden Bass hinweg entgegen und deutet auf die Couch in der Ecke.

Ich lasse mich darauf nieder und angle mir sofort die Karte vom kleinen Glastisch vor uns. Sam setzt sich neben mich und legt wie selbstverständlich einen Arm um meine Schultern. Damit bringt er mich jedoch völlig aus dem Konzept. Ich zwinge mich, mir nichts anmerken zu lassen und ruhig weiter zu atmen. Hochkonzentriert studiere ich die Karte. Doch meine eigentliche Frage beantwortet sich nicht. Dort sind keine Preise aufgeführt.

„Die Drinks hier kosten doch bestimmt ein Vermögen." Ich deute mit einer Geste auf den Raum und die Menschen vor uns. „Sicher, dass ich mir das leisten kann? Sieht aus wie ein Millionärsclub."

„Was du vorhin im Hotel in dein Täschchen gesteckt hast, dürfte für eine Alkoholvergiftung reichen. Aber das bleibt schön, wo es ist. Du bist natürlich eingeladen. Mach dir um die Kohle keine Gedanken."

Ich mache mir nicht die Mühe, zu protestieren. Seine bestimmte Geste in Richtung der Karte zeigt mir, dass er sowieso nicht nachgeben würde. Außerdem gefällt mir seine zuvorkommende Art und ich bin es ohnehin nicht gewöhnt, meine Drinks selbst zu bezahlen.

Als eine Bedienung neben unserem Tisch auftaucht, staune ich allerdings doch. Ich bin in einem Club noch nie bedient worden. Ich entscheide mich spontan für einen „Gold Punch", ohne zu wissen, was mich erwartet, während Sam einen Cuba Libre bestellt.

Ich kuschle mich in seinen Arm und lasse meinen Blick durch den Raum schweifen, als wir auf die Drinks warten. Auf der Tanzfläche winden sich bereits unzählige Körper im Takt der Musik unter den blinkenden Lichtern. Ich tippe ebenfalls mit dem Fuß im Rhythmus. Die Aussicht, gleich mit Sam zu tanzen, Körper an Körper mit ihm gemeinsam im Beat zu versinken, lässt mich unruhig auf dem Sofa hin- und herrutschen. Doch ich traue mich nicht, seine Hand zu nehmen und ihn auf die Tanzfläche zu ziehen. Noch nicht. Die vielen Menschen, von denen jeder tanzt, als hätte er in seinem Leben nichts anderes gemacht, verunsichern mich. Ich tanze nicht oft. Ich will nicht alle Blicke auf mich ziehen, indem ich mich blamiere und den Umstehenden auf den Füßen herumtrample. Dazu brauche ich erst meinen flüssigen Mutmacher.

Doch als die Bedienung unsere Drinks vorbeibringt, greift Sam zielsicher aufs Tablett, nimmt den golden schimmernden Cocktail an sich und schiebt mir die Cola zu. Ich blicke stirnrunzelnd zu ihm hinüber und deute auf meine Bestellung.

Er umfasst das Glas mit beiden Händen und zieht es noch weiter von mir weg. „Den musst du dir erst verdienen", sagt er und zwinkert mir zu. Ich muss sofort den Blick abwenden, weil mein Herz aus dem Takt gerät. Seine Aussage verwirrt mich jedoch. Meint er das, was ich denke?

„Ich bin ja für viel zu haben … aber Sex in der Öffentlichkeit?"

Er lacht auf. „Ich bin nicht exhibitionistisch veranlagt, keine Sorge. Lass uns ein kleines Spiel spielen."

Ich atme auf und nicke eifrig. Ein bisschen Spaß lenkt mich hoffentlich von dem Gedanken ab, später von Sam und all diesen Menschen beim Tanzen beobachtet zu werden.

„Wahrheit oder Wahrheit. Abwechselnde Fragen. Für jede Antwort gibt es einen Schluck. Für nicht beantwortete Fragen darf sich der andere eine kleine Strafe ausdenken." Seine dunklen Augen funkeln mir herausfordernd entgegen. Doch ich zögere. Der Gedanke, ihn alles fragen zu können und eine ehrliche Antwort zu bekommen, reizt mich. Andererseits schießen mir sofort einige Fragen durch den Kopf, die ich ihm nicht beantworten will. Aber ich will kein Langweiler sein – immerhin hat er mir die Möglichkeit gelassen, zu schweigen, wenn es zu intim wird.

„In Ordnung, aber ich fange an. Und ich warne dich gleich: Meine Fragen könnten unangenehm für dich werden."

„Schieß los … ich hab nichts zu verbergen."

Ich brauche nicht lange, um die vielen Fragen in meinem Kopf zu sortieren. Eine drängt sich sofort in den Vordergrund. Etwas, das mich schon seit Tagen beschäftigt. Doch bisher habe ich mich nicht getraut, ihn zu fragen. Die Antwort könnte mir nicht gefallen. Ich starre auf meinen Drink zwischen seinen Händen.

„Warum machst du diesen Job?"

Er schiebt das Glas beiseite, lehnt sich zurück und legt den Kopf in den Nacken. Sekunden vergehen, in denen er nur die funkelnden Nieten an der Decke begutachtet. Der Bass hämmert im Sekundentakt gegen meine Brust und lässt meine Unruhe wachsen. Warum denkt er so lange nach? Ich befürchte schon, er könnte gar nicht mehr antworten, als er mich endlich wieder ansieht.

„Was willst du hören? Dass ich ein sexsüchtiges Arschloch bin? Oder dass ich ganz unschuldig reingerutscht und nicht mehr rausgekommen bin?"

Verwundert schüttle ich den Kopf. „Die Wahrheit. Ich hab keine Erwartungen. Ich will dich nur besser kennenlernen."

Er seufzt, stützt die Ellbogen auf den Beinen ab und reibt sich das Gesicht. Seine Stirn wirft tiefe Falten. „Ich glaube, zum ersten Mal habe ich darüber nachgedacht, als ein Kumpel mir erzählt hat, dass er damit angefangen hat. Da war ich gerade 19 und wusste nicht, wohin mit mir." Ein schwaches Lächeln huscht über seine Lippen. „Schnelles Geld schien mir verlockender als eine Ausbildung oder ein jahrelanges Studium. Und zugegeben, ich bin ziemlich naiv an die Sache rangegangen."

Ich kann mir nur zu gut vorstellen, was er damit meint.

„Du dachtest, du kriegst massig Kohle für geilen Sex mit jungen, hübschen Frauen?"

Er reibt sich verlegen den Nacken, doch sein Grinsen wird größer.

„Durchschaut. Als ich mich dann bei einer Agentur beworben habe und der Chef mir klargemacht hat, dass ihre Buchungen zu 90% von Männern über fünfzig ausgehen, bin ich rückwärts wieder aus dem Laden raus.

Hab mir die Idee aus dem Kopf geschlagen. Die Vorstellung war dann nicht mehr so verlockend."

„Hey, machst du dich gerade über meinen Job lustig?", necke ich ihn und schiebe die Unterlippe vor.

„Da gibt es einen kleinen Unterschied … du bist eine heterosexuelle Frau. Ich habe definitiv keine verborgenen Neigungen in diese Richtung."

Zur Besänftigung beugt er sich nach vorne und haucht mir einen sanften Kuss auf die Wange. Die Stelle beginnt sofort zu pulsieren und ich bin kurz davor, wie ein kleines Mädchen zu kichern. Er kann wirklich süß sein, wenn er will.

„Jedenfalls bin ich einige Monate später auf Domi und den Diamond Club gestoßen. Ich war sofort Feuer und Flamme. Du kennst Domi ja – er hat mir das Ganze noch etwas schöngeredet. Wie viele hübsche Frauen bei ihm Kunden wären und wie viel Spaß die Arbeit machen würde. Und die Kohle sprach natürlich auch für sich. Also hab ich nicht lange nachgedacht und unterschrieben – und bin dann einfach dabei geblieben."

„Und wie viele hübsche, junge Frauen sind es wirklich?", hake ich nach, doch er schüttelt den Kopf.

„Ich hab deine Frage beantwortet. Jetzt bin ich dran."

Er fordert mit einer Geste seinen Drink ein. Ich gebe mich geschlagen und schiebe ihn zu ihm rüber. Als er ihn zurück auf den Tisch stellt, hat er bereits das halbe Glas geleert. Das wird also noch ein lustiger Abend. Sehnsüchtig spähe ich nach meinem eigenen Drink, den er nach wie vor vor mir bewacht.

„Eigentlich würde ich die Frage gerne zurückgeben. Aber es gibt was, das mich noch mehr interessiert."

Er legt eine Pause ein und streichelt sanft über mein Bein, das nur von einer dünnen Strumpfhose bedeckt wird. Obwohl ich weiß, dass er nur ein wenig mit mir spielt, steigt Nervosität in mir auf. Hoffentlich nicht diese Frage.

„Hast du Freunde außerhalb der Branche?"

Der erste Moment der Erleichterung, dass er ein anderes Thema gewählt hat, mischt sich schnell mit neuerlicher Sorge. Warum fragt er das? Hält er mich für so unsozial? Doch ich will ihn nicht anlügen.

„Nein", presse ich zwischen den Zähnen hervor und strecke die Hand nach meinem Cocktail aus. Doch er gibt sich mit meiner Antwort nicht zufrieden und zieht ihn noch weiter weg von mir.

„Ich hab dir auch mit mehr als einem Wort geantwortet."

Selbst schuld, will ich erwidern. Doch sein verständnisvoller Blick und das sanfte Streicheln seiner Hand erweichen mich schließlich. Wer würde es besser nachvollziehen können als er?

„Keiner will mit einer Nutte befreundet sein. Könnte ja ansteckend sein oder dem eigenen Ruf schaden."

Er umschließt meine Hand und drückt sie. „Sag sowas nicht. Du bist keine Nutte. Du kannst dir die Männer selbst raussuchen und wirst von ihnen auf Händen getragen wie eine Prinzessin. Niemand zwingt dich dazu. Fühlt sich das etwa so für dich an?"

Er hat Recht. Ich fühle mich nicht wie eine einfache Prostituierte. Trotzdem ändert das nichts daran, was meine ehemaligen Freunde von mir halten ... und erst recht nicht, wie meine Mutter mich sehen würde.

„Nein. Aber dafür hab ich ja Tiffy. Da muss ich mich nicht rechtfertigen. Deswegen trauere ich auch niemandem aus meinem früheren Leben hinterher."

Er drückt mir meinen Cocktail in die Hand. Endlich. Ich tue es ihm gleich und leere das Glas fast in einem Zug. Die fruchtige Flüssigkeit hinterlässt ein Brennen in meiner Kehle. Das Zeug muss ganz schön stark sein.

„Soso, ein neues Leben gleich", murmelt er, doch ich ignoriere es. Ich habe keine Lust, ihm meine ganze Lebensgeschichte anzuvertrauen. Sowas erzählt man einer unverbindlichen Affäre nicht.

„Lief da wirklich nichts mit Jeanny?", stelle ich stattdessen meine nächste Frage.

Seine Augen weiten sich. „Vertraust du mir nicht? Die hätte ich nicht mal mit der Kneifzange angefasst. Gutes Aussehen hilft leider auch nur, wenn man nicht den Charakter einer Hyäne hat."

Ich beobachte seine Reaktion genau, doch er scheint die Wahrheit zu sagen.

„Ich verstehe immer noch nicht, wie ihr diese Abneigung entwickelt habt. Aber ich glaube dir."

„Du kannst sie doch selbst nicht leiden ... und hattest bestimmt auch nichts mit ihr."

„Das Argument lasse ich gelten."

Ich gewähre ihm erneut einen Schluck aus seinem Getränk. Diesmal belässt er es bei einem Nippen.

Während er über seine nächste Frage nachdenkt, breitet sich erneut ein flaues Gefühl in meinem Magen aus. Es ist nur eine Frage der Zeit, bis er es wissen will. Was habe ich mir dabei gedacht, diesem Spiel zuzustimmen? So schön die Möglichkeit auch ist, ihn alles fragen zu können, diesen Stress ist es nicht wert.

„Ich bitte dich, mir ehrlich zu antworten, denn es ist etwas, das mich verwirrt hat."

Oh nein. Er wird es fragen. Ich senke den Blick und starre auf die Spitzen seiner Schuhe, will ihn nicht ansehen. Denn er würde wieder direkt in meine Seele vordringen und erkennen, was mir dabei durch den Kopf geht.

„Was war das braune Zeug neulich in der Badewanne?"

Sofort zieht sich ein dünner Schweißfilm über meine Handflächen. Scheiße. Was sage ich denn jetzt? Wenn ich gar nicht antworte, wird er denken, ich hab in die Wanne gemacht. Das wäre noch schlimmer als die Wahrheit. Andererseits kann ich es ihm nicht sagen. Wie sollte ich es auch formulieren? Dass ich mal richtig fett war und ich die Narben dieser Zeit nie loswerden kann? Dass ich ihm nur einen schönen Körper vorgespielt habe, indem ich sie überschminkt habe und in Wirklichkeit viel hässlicher bin? Es würde die Distanz zwischen uns schmälern und ich wäre seiner Reaktion hilflos ausgeliefert. Er könnte mich mit anderen Augen sehen. Oder lachen und es im Club weitererzählen. Ich würde sterben vor Scham. Also bleibt mir nur eins.

„Das ... waren meine Haare. Sie sind getönt und die Farbe wäscht sich leicht raus. Deswegen wollte ich auch nicht rein, ich wollte nicht alles einsauen."

Ich wage einen Blick in sein Gesicht, doch sein Ausdruck wandelt sich schlagartig. Plötzlich kneift er die Lippen zusammen und die Enttäuschung in seinen Augen lässt etwas in mir zerbrechen. Er setzt sich auf und verschränkt die Arme vor der Brust.

„Du vertraust mir also echt nicht. Hab ich dich bisher nicht immer respektvoll behandelt? Warum bist du nicht ehrlich zu mir? Das waren die Regeln. Wahrheit oder Schweigen." In seiner Stimme liegt eine Kälte, die mich erschaudern lässt. Jetzt hab ich es versaut. Hätte ich mal lieber den Mund gehalten.

„Wie kommst du darauf, dass ich …"

„Weil deine Haare überhaupt nicht im Wasser waren. Haarfarbe war auch mein erster Gedanke. Aber die waren trocken. Verkauf mich bitte nicht für dumm."

Hitze steigt in meinen Wangen auf. Das wollte ich nicht. Versteht er denn nicht, dass es mir einfach nicht möglich ist, die Wahrheit zu sagen? Ich schüttle den Kopf und schaffe es wieder nicht, ihn anzusehen.

„Es tut mir leid. Ich will nicht drüber reden. Wirklich nicht."

„Ist okay." Seine Finger schieben sich unter mein Kinn und er hebt es an, sodass ich ihm direkt in die Augen sehen muss, obwohl ich mich schäme. Doch ich kann darin keine Wut erkennen. Wie kann er immer noch so verdammt verständnisvoll reagieren?

„Versprich mir, dass du mich nicht noch mal anlügst. Du kannst mir alles anvertrauen. Bei mir ist es gut aufgehoben." Ich lasse mich erneut in seine Arme sinken und schmiege den Kopf an seinen Hals. Beinahe hätte ich es kaputt gemacht.

„Versprochen."

Er streichelt sanft über meinen Kopf und ich schmelze unter seiner Berührung. Wie kann sich eine so einfache Geste nur so gut anfühlen? Wir verharren kurz in unserer Umarmung, bevor er sich von mir löst und aufsteht.

„Deine Strafe steht trotzdem noch aus", verkündet er grinsend, wendet sich ab und schlendert zur Bar. Ich nutze den Moment, um durchzuatmen und mich neu zu sammeln.

Schließlich kehrt er mit einem schwarzen Holzbrettchen zurück, auf dem sich sechs Shotgläser aneinanderreihen.

„Willst du mich umbringen?", frage ich stirnrunzelnd, während er es vor mir abstellt.

„Das hast du selbst in der Hand. Du kennst die Regeln." Er drückt mir das erste Gläschen in der Hand. Ich schnuppere an der orangenen Flüssigkeit. Sofort sammeln sich Tränen in meinen Augen, als der Alkohol beißend in meine Nase steigt. Das kann ja was werden.

„Prost" Ich kippe es auf einmal hinunter und kann den aufsteigenden Hustenreiz nicht unterdrücken. Angewidert verziehe ich das Gesicht. Ich war noch nie ein Fan von starkem Alkohol.

Wir setzen unser Spiel fort. Als unsere Cocktails geleert und wieder aufgefüllt sind, finden wir allerdings Gefallen daran, die Fragen unbeantwortet zu lassen und gemeinsam die verschiedenen Shots auf dem Brettchen durchzuprobieren.

Mit jedem Glas schieben sich die pulsierenden Rhythmen der Musik mehr in mein Bewusstsein vor. Mein Verstand wird von einem sanften Nebel umhüllt, der meine Sorgen und Zweifel zunehmend verblassen lässt. Und ich genieße es. Es ist schön, hier mit Sam zu sitzen. Ohne Wenn und Aber.

Seine Stimme klingt in meinen Ohren, doch die Bedeutung der Worte dringt nicht durch den Schleier. Es ist egal, was er sagt. Stattdessen beobachte ich, wie seine Lippen sich dabei bewegen und erinnere mich, welch wohliges Kribbeln sie auf meine Haut zaubern können. Sie ziehen mich an wie ein Magnet, bis ich sie schließlich mit meinen Lippen berühre. Ich schenke ihm einen leidenschaftlichen Kuss und krabble auf seinen Schoß. Wer braucht schon dieses blöde Spiel, wenn man auch so Spaß haben kann?

Doch Sam wehrt sich und hält meine Hände fest, als ich sie unter sein Hemd schieben will. Seit wann ist er so prüde?

„Nicht hier, Honey. Hast du schon vergessen, was du vorhin gesagt hast?"

Ich weiß nicht, wovon er redet. Ich will ihn hier und jetzt. Egal, was ich vorhin gesagt habe.

„Lass uns lieber ein bisschen tanzen", schlägt er vor und schiebt mich vorsichtig von seinen Beinen.

Eine gute Idee. Der mitreißende Hip Hop Beat und die Melodie, die ich in meinem Kopf mitsumme, verlocken mich ebenfalls.

Die Wände des Clubs kippen, als ich aufstehe und ich bin dankbar für Sams Hand, die er mir entgegenstreckt. Er hilft mir, mein Gleichgewicht wiederzufinden und ich stolziere an seiner Seite hinunter zur Tanzfläche. Waren diese Absätze schon immer so wackelig?

Die Menge umschließt uns. Wir stehen inmitten des Lichtgewitters und als ich meine Hüfte kreisen lasse, spüre ich die fremden Körper eng an mir. Der Geruch von Alkohol, Schweiß und künstlichem Nebel steigt mir in die Nase. Trotzdem fühle ich mich zwischen all den Menschen geborgen. Hier kann ich nicht umfallen, obwohl der Boden unter meinen Füßen wankt.

Ich lasse mich vom Bass leiten und schwinge mich im Takt der Musik hin und her. Glücksgefühle durchströmen mich. Sam legt die Hände auf meine Hüften, doch ich nehme sie weg. Ich brauche Platz zum Tanzen. Ich gebe mich ganz der Musik hin und verschmelze mit ihr. Ich bin die Melodie, der Rhythmus, die Lichter und die Masse.

Der Song geht in den nächsten über. Meine Brust hebt und senkt sich im Sekundentakt. Ich will mich an Sam anlehnen. Aber ich kann ihn nirgendwo entdecken. Wo ist er?

Ich wirble herum und finde ihn einige Meter hinter mir.

Er lächelt mir zu und bewegt sich ebenfalls im Takt der Musik. Ich kämpfe mich durch Ellbogen und Ärsche zurück zu ihm. Ich will doch nicht alleine tanzen. Zu zweit ist es doch viel schöner.

Als ich vor ihm stehe, setzt mein Herz jedoch einen Schlag aus. An seinem Ohr hängt eine großgewachsene, attraktive Blondine. Sie scheint ihm etwas zuzuflüstern. Das Blut beginnt in meinen Adern zu kochen. Was will die Schlampe von Sam?

Ich tippe ihr auf die Schulter. Irritiert sieht sie zu mir hinunter und ich lege eine unmissverständliche Drohung in meinen Blick.

„Verpiss dich", raune ich und gehe vorsorglich schon mal in Kampfhaltung. Was erlaubt sie sich, einfach meine Begleitung anzubaggern? Die Eifersucht steigt wie Galle in mir auf.

„Jaja, schon gut, Kleine. Hab dich nicht gesehen. Kannst ihn behalten", erwidert sie, rollt mit den Augen und macht auf dem Absatz kehrt. Ihr Glück.

10. Sam

Lola ist hackedicht. Amüsiert beobachte ich ihre Reaktion. Sie schlingt beide Arme um mich und drückt ihr Gesicht so fest gegen meine Brust, dass es wehtut. Ich schmunzle und erwidere ihre Umarmung. Von der gestandenen Frau ist nicht mehr viel übrig. In meinen Armen liegt ein kleines Mädchen. Ein verdammt niedliches, kleines Mädchen.

„Ist da jemand eifersüchtig?"

„Nö. Bild dir bloß nichts darauf ein", gibt sie trotzig zurück.

Ich verkneife mir ein Lachen und wiege sie im Takt der Musik. Was für ein Abend. Ihr rasender Herzschlag trommelt gegen meine Brust. Sie murmelt etwas in mein Hemd hinein, das die Musik jedoch übertönt. Von mir aus könnten wir für immer so stehen bleiben.

Als der DJ wieder einen schnelleren Song anspielt, löst sie sich von mir und beginnt erneut zu tanzen. Diesmal hält sie dabei allerdings meine Hand. Ihr Blick ist nicht mehr ganz klar, aber ihr fröhliches Lachen steckt mich an und ich bewege mich mit ihr gemeinsam zum Beat über die Tanzfläche. Sie rutscht beinahe auf dem goldenen Konfetti aus, das überall auf dem glatten Boden verstreut liegt. Das hält sie aber nicht davon ab, die heißen Hüften zu schwingen und mich mit sich zu ziehen. Ich kann mich kaum an ihr sattsehen.

Sie ist selbst besoffen noch die schönste Frau in diesem
Club. Ich kann es kaum fassen, dass sie mit mir hier ist.
Die Entscheidung, mit ihr hierherzukommen, war genau richtig. Jetzt bin ich mir sicher. Zwischen uns ist
mehr als nur körperliche Anziehung. Jedes ihrer Worte
löst abgefahrene Gefühle in meiner Brust aus. Und
während sie so ausgelassen vor mir tanzt und immer
wieder meinen Blick sucht, öffnet sich mein Herz.

Zwei Stunden später helfe ich der wankenden Lola an
der Garderobe in ihren Mantel. Sie verfehlt dreimal die
Öffnung des Ärmels und bricht dann in lautes Gelächter aus. Doch ich mache mir echt Sorgen. Sie ist völlig
hinüber. Der letzte Cocktail war wirklich zu viel. Aber
ich konnte sie nicht davon abbringen. Nicht mal, als ich
gedroht hab', nicht zu zahlen. Sie wäre wahrscheinlich
noch bis hier draußen gestolpert und hätte ihre eigene
Kohle geholt.

Stattdessen befördere ich ihren Arm in den Mantel
und stütze sie mit einem festen Griff um ihre Taille, als
wir den Club verlassen.

„Ahh ... diese Luft! Riechst du das? Das ist Berlin! Ich
liebe es!", lallt sie und gibt ein zufriedenes Grummeln
von sich.

Ich schnüffle und verziehe das Gesicht. Widerlich. Sie
schwankt beim Laufen hin und her und ich habe Mühe,
sie an meiner Seite zu halten. Ihr Geruchssinn scheint
allerdings noch einwandfrei zu funktionieren.

„Für mich riecht das eher, als hätte jemand in den
Hinterhof gepisst", gebe ich amüsiert zurück. Sie nickt
eifrig.

„Sag ich doch. Berlin eben."

Vielleicht hätte ich auch weniger trinken sollen. Die Mauern des Innenhofs verschwimmen immer wieder kurz vor meinen Augen. Ich muss meine volle Konzentration darauf verwenden, nicht mit ihr ins Wanken zu geraten. Die kühle Nachtluft klärt meine Wahrnehmung aber zunehmend. Ich liebe es, ihr Wegbegleiter zu sein. Sie zu stützen, zu spüren ...

Plötzlich stößt sie einen verzückten Schrei aus und reißt sich aus meiner Umarmung. Sie stürmt zur Seite und lässt sich mit den Knien voran auf den Boden fallen. Autsch. Das muss wehgetan haben. Sie scheint aber so abgelenkt zu sein, dass sie das nicht mal bemerkt hat.

„Schau mal! Hier!", ruft sie und winkt mich aufgeregt zu sich.

Sie kniet vor einer kleinen, klaren Pfütze. Eine Pfütze? War wirklich nur Alkohol in ihrem Cocktail? Ich gehe neben ihr in die Hocke, um erkennen zu können, was sie meint.

Am Boden der Pfütze sammelt sich dasselbe Konfetti, das auf der Tanzfläche des Clubs verteilt war. Das Licht der einsamen Laterne im Hinterhof bricht sich im Wasser und lässt das Konfetti funkeln, als wäre es echtes Gold. Was für ein Anblick. Ich streichle Lola über den Hinterkopf. Sie fasst in die Pfütze und fischt ein Stückchen Konfetti heraus. Dann dreht sie ihren Finger hin und her und der Wasserfilm lässt es aufleuchten. Ihre Augen strahlen ebenfalls von purer Freude. Ein warmes Gefühl breitet sich in meiner Körpermitte aus. Sie hat recht. Es ist wirklich ein wunderschönes Detail.

„Ist das nicht toll?", fragt sie kichernd.

Ich nicke.

„Aber weißt du auch, warum das toll ist?"

Sie blickt zu mir hinüber. In ihren Augen fängt sich ebenfalls der Strahl der Laterne und verleiht ihnen ein unwiderstehliches Funkeln.

„Verrat es mir."

Sie betrachtet erneut das Konfetti in der Pfütze und auf ihrem Finger, dann starrt sie auf ihre Knie. Aber als sie den Kopf wieder hebt, hat sich etwas an ihrem Ausdruck verändert. Sie wirkt fast wieder nüchtern.

Ihre Stimme ist kaum mehr als ein Flüstern. „Ich bin das Konfetti und du bist das Wasser. Wenn ich in deinen Armen liege, leuchtet etwas in mir auf, von dem ich bisher nicht wusste, dass es existiert. Und mit jedem Mal stahlt es mehr, als würde ich von innen heraus glühen."

Mein Herz droht meine Brust zu sprengen. Das Blut rauscht so laut durch meine Adern, dass ich die gedämpften Beats, die vom Club hinüberwehen, kaum mehr höre. Ich kann nicht fassen, was sie gerade gesagt hat. Wie krass ist das denn? Sie fühlt genauso wie ich. Sie hat es ausgesprochen und ich musste es nicht mal aus ihr herauskitzeln. Ihr verunsicherter Blick verrät mir, wie viel Überwindung es sie selbst in diesem Zustand gekostet haben muss. Sie hat mir ganz freiwillig einen Blick in ihre Seele gewährt.

Und nun hocke ich wie ein Esel vor ihr und ringe um Worte. Ich will etwas erwidern, muss irgendwie reagieren. Sie wartet auf meine Antwort und mit jeder Sekunde, die verstreicht, wirkt sie verletzlicher. Die Euphorie verdrängt sämtliche Gedanken in meinem Kopf. Kein einziges Wort findet den Weg in mein bescheuertes, benebeltes Gehirn.

Stattdessen sinke ich ebenfalls auf die Knie. Dann beuge ich mich zu ihr und lege all die Emotionen, die mich überwältigen, in einen Kuss. Dieser Moment ist verdammt perfekt.

Ich vergesse, dass meine Hose sich langsam mit dem abgestandenen Regenwasser vollsaugt. Vergesse, dass der Türsteher zusieht. Jetzt gehört sie mir. Und ich werde sie nicht mehr gehen lassen. Ich werde nicht dieselben Fehler machen wie früher. Die leidenschaftlichen Forderungen ihrer Lippen fühlen sich an wie ein Schwur. Ich gebe ihn zurück.

Als ich mich von ihr löse, liegt ein verträumtes Lächeln auf ihren Lippen. Sie ist so verflucht hübsch. Womit habe ich diese Prinzessin nur verdient?

„Das war schööön. Noch mal!", fordert sie wie ein kleines Mädchen, dem man ein neues Märchen vorgelesen hat. Ich bin kurz davor, ihrem Wunsch nachzugeben, als sich ihre Miene schlagartig verändert. Oh nein, bitte nicht. Bevor ich etwas erwidern kann, stützt sie sich auf meine Schultern und steht auf. Ich ebenso. Sie lehnt den Kopf gegen meinen Arm.

„Das hast du dir aber schnell anders überlegt ... alles okay?" Sie schüttelt den Kopf. Mist.

Ich hebe ihr Kinn an, um ihr Gesicht sehen zu können. Ihre eben noch geröteten Wangen sind plötzlich kreidebleich, ihr Blick glasig. Sofort schießen mir Vorwürfe durch den Kopf. Ich Idiot hätte ihr das letzte Glas wegnehmen müssen. Oder sie gar nicht erst zum Trinken anspitzen dürfen. So eine Scheiße – warum hab' ich nicht mitgedacht?

„Mir is' schlecht", murmelt sie kaum verständlich.

„Willst du noch mal reingehen, zur Toilette? Oder einen Schluck Wasser trinken?"

„Ohoh ... ", presst sie hervor, stößt sich von mir ab und taumelt in Richtung des großen Müllcontainers in der Ecke. Ich bin unsicher, ob ich ihr hinterherlaufen oder hier stehenbleiben soll. Ihr unkontrolliertes Wanken kann ich allerdings nicht tatenlos mitansehen.

Sie erreicht die Tonne vor mir und hält sich mit der Linken daran fest. Ihr Körper wird von heftigem Würgen geschüttelt. Dann kotzt sie in hohem Bogen neben den Container.

Anstandshalber halte ich ein paar Meter Abstand und blicke demonstrativ in die andere Richtung. Ich kenne sie inzwischen gut genug. Sie ist eindeutig der Typ Frau, der lieber alleine kotzt. Und sie wird sich morgen unglaublich dafür schämen, wenn ich es mitansehen musste. Lieber kein Haare halten und mit romantischem Mist volllabern. Meine Sorgen über ihren Zustand werden von einem verstohlenen Grinsen abgelöst. Ich hätte niemals erwartet, dass der Abend so enden und sie sich so gehen lassen würde – aber es gefällt mir. Abgesehen von ihrem jetzigen Zustand. Mehr Spaß hätten wir kaum haben können und jetzt habe ich auch etwas, mit dem ich sie bis in alle Ewigkeit aufziehen kann – so, wie sie mich jedes Mal mit den blauen Pillen verarscht.

Kurz darauf hangelt sich Lola an der Tonne wieder nach vorne. Sie ist immer noch heftig blass, aber entgegen meiner Erwartung ist sie nicht völlig am Ende, sondern lächelt zufrieden.

„Fertig. Jetzt geht's mir schon viiiiiel besser!", verkündet sie stolz und ich kann nicht anders als laut loszulachen. Die Situation ist zu abgefahren. Diese Frau kriegt nichts so schnell klein.

„Darf ich dich trotzdem nach Hause bringen?"

Erleichtert lasse ich mich neben sie in die Kissen sinken. Endlich geschafft. Ich habe sie ins Bett befördert. Erst jetzt spüre ich die Müdigkeit, die sich wie bleierne Ketten um meine Glieder gelegt hat. Ich ziehe die Decke über ihre Schultern und kuschle mich ebenfalls darunter.

„Gemütlich", gibt sie im Halbschlaf noch von sich, bevor ihre Atemzüge immer länger werden. Ich beuge mich über sie, um die Lampe an ihrem Nachttisch auszuknipsen.

Das Mondlicht durchdringt den Spalt zwischen den Vorhängen und zeichnet einen sanften Schimmer auf ihre Wangen. Sogar im Schlaf ist sie noch wunderschön. Ich streichle über ihre weiche Haut und kann mein Glück kaum fassen. Die Worte, die sie im Hinterhof an mich gerichtet hat, hallen in meinem Kopf wider. Projizieren Bilder vor meine Augen. Krasse Bilder, die mich aus meiner Müdigkeit herausreißen, erschrecken und verzaubern. Es ist Ewigkeiten her, dass ich mir diese Fantasien zum letzten Mal erlaubt habe. Doch nun erstrahlen sie nicht nur in den leuchtendsten Farben. Sie haben auch ein Gesicht.

Lola, die mich auf ein Bier zu meinen Jungs begleitet und mich bei einer Kickerrunde unterstützt. Lola, die mit mir zwischen Palmen in einer Hängematte liegt. Lola, die in einem strahlend weißen Brautkleid auf mich zuschreitet und darin aussieht wie eine Prinzessin. Lola, die selbst mit tiefen Falten im Gesicht immer noch verdammt hübsch ist und mit unseren Enkeln durch den Park spaziert.

Die Spannung in meinem Brustkorb bringt ihn beinahe zum Zerbersten. Plötzlich weiß ich, was das bedeutet. Meine Zukunft ist kein ungewisses, schwarzes Loch mehr. Ich muss keinen Tag länger damit verschwenden, nach einer Lösung zu suchen. Nach einem Weg, der mich glücklich machen, aber genauso gut auch in eine beschissene Sackgasse führen könnte. Mein Herz hat sich längst entschieden. Ich weiß genau, was ich zu tun habe. Und es ist so verdammt einfach. Ich muss Lola nur festhalten und nie wieder loslassen.

11. Lola

Wie durch eine Watteschicht dringt das Klirren einer Tasse zu mir hindurch. Trotzdem ist es viel zu laut und ich presse mir die Hände auf die Ohren. Ein einzelner Sonnenstrahl kitzelt meine Nasenspitze und bringt mich zum Niesen. So muss es sich anfühlen, wenn das Gehirn durch die Nase rauskommt. Der plötzliche Schmerz lässt mich aufstöhnen. Ich schlage die Augen auf und brauche einen Moment, um zu realisieren, dass ich in meinem eigenen Bett liege. Miss Flauschig hat sich neben meinen Füßen eingerollt. Ihre Ohren zucken, als erneut ein Klappern aus der Küche ertönt.

Ich nehme mir Zeit, um meine trägen Gedanken zu greifen und die Erinnerung an den gestrigen Abend wieder aufleben zu lassen. Habe ich nicht ... o nein. Am liebsten würde ich mir die Decke wieder über den Kopf ziehen. Warum habe ich mich so gehen lassen? Sam war bestimmt nicht begeistert, mir beim Kotzen zusehen zu müssen. Doch dass er noch hier ist, ist ein gutes Zeichen. Ich muss mich trotzdem bei ihm entschuldigen.

Ächzend setze ich mich auf und werde dafür mit einem unangenehmen Pochen in meinen Schläfen bestraft. Dann schleppe ich mich in die Küche hinüber, wo mir bereits von weitem der Duft von frischgebrühtem Kaffee entgegenweht. Mein Blick fällt auf die Uhr über der Küchentür. Schon kurz nach 12. Wie lange er wohl bereits auf den Beinen ist?

Sam lehnt mit einer Tasse Kaffee in der Hand am Fensterbrett und blickt hinaus. Er trägt bereits sein blaues Hemd und die Anzughose, seine Haare sind ordentlich zurückgekämmt. Sein Anblick lässt mein Herz einen Purzelbaum schlagen. Er scheint meine Anwesenheit nicht einmal bemerkt zu haben. Erst als ich mich leise räuspere, wendet er sich vom Fenster ab und unsere Blicke treffen sich. Sofort erhellt sich sein Ausdruck und meine Brust füllt sich mit Wärme. Ich schlurfe zu ihm hinüber und schmiege mich an ihn.

„Guten Morgen. Du siehst ganz schön scheiße aus", begrüßt er mich, während ich das Gesicht in seinem Hemd vergrabe und uns zurück in mein Bett wünsche.

„Du nicht. Du siehst aus, als wärst du gerade einem deiner Filme entsprungen."

Sein tiefes Lachen hallt in meiner eigenen Brust wider.

„Kaffee? Oder willst du dich noch mal hinlegen?", fragt er und hält mir seine Tasse vor die Nase. Ich greife dankbar danach, doch selbst das Schlucken verursacht ein beißendes Ziehen in meinem Hinterkopf. Gar nicht gut. Doch damit ich in Ruhe meinen Kater bekämpfen kann, muss ich erst mein Gewissen erleichtern.

„Dass das gestern so ausgeartet ist, tut mir …"

„Ach Quatsch", unterbricht er mich, nimmt mir die Tasse wieder ab und schiebt mich von sich. „Hat doch Spaß gemacht. Und dass du normalerweise kein Alkoholproblem hast, sieht man dir gerade an."

Er fährt mit dem Daumen unter meinen Augen entlang.

„Wenn ich es nicht besser wüsste, würde ich denken, du hättest dich geprügelt. Beeindruckende Augenringe."

Ich mustere sein Gesicht, ebenfalls auf der Suche nach Spuren der letzten Nacht. Doch ich erkenne nichts als reine Perfektion. Seine Augen strahlen mir aufmerksam entgegen und selbst sein Dreitagebart ist perfekt in Form. Eine leise Vorahnung beschleicht mich. Es gibt nicht viele Gründe, warum er sich nach dieser Nacht aus dem Bett quälen und schick machen sollte. So eitel, dass er sich nur für mich die Mühe machen würde, ist er nicht. Ich traue mich kaum, meine Gedanken auszusprechen, aus Angst, es damit erst recht heraufzubeschwören.

„Du musst weg, hab ich Recht?", frage ich vorsichtig. Der Schatten, der sich über sein Gesicht legt, bestätigt meine Befürchtung. Er sieht betreten in seine Kaffeetasse und hebt die Schultern. „Den Termin hab ich schon eine Ewigkeit. Du weißt ja, wie das ist ... einfach absagen geht nicht."

Ich presse die Lippen aufeinander, nicke knapp und wende mich ab, damit er mir die Enttäuschung nicht ansieht. Doch meine Reaktion scheint trotzdem Bände zu sprechen.

„Mach es mir nicht noch schwerer. Dauert doch nicht lang. Ich komm danach auch gleich wieder."

Ich reiße mich zusammen, setze ein entspanntes Lächeln auf und werfe einen Blick über die Schulter, während ich mich auf den Weg ins Bad mache.

„Schon gut. Ist kein Problem für mich, ich kämpfe gerade nur mit diesem monströsen Kater." In meinem Inneren baut sich jedoch ein Beben auf. Die Vorstellung, dass Sam nach dieser Nacht gleich mit einer anderen im Bett liegen wird, lässt erneut Übelkeit in mir aufsteigen, die von meinem dröhnenden Kopf noch verstärkt wird. Ich muss mich am Türrahmen festhalten. Warum lasse ich mich darauf ein? Es bringt jetzt schon so viel Unheil mit sich. Oder kann ich mich wirklich mit der Zeit an den Gedanken gewöhnen, dass er fremde Frauen vögelt, während ich zuhause sitze und auf ihn warte?

Ich höre das Klackern der Tasse auf dem Küchentisch, dann schieben sich Sams Hände um meine Taille. Er dreht mich zu sich und drückt seine Stirn gegen meine.

„Leg dich noch mal hin, bevor ich dich später vom Boden aufsammeln darf. Wenn du wieder aufwachst, bin ich schon zurück."

Er gibt mir einen kurzen Kuss, dann drängt er sich an mir vorbei in den Flur. Mein Herz will protestieren, doch ich halte meine Lippen fest geschlossen, während er seine Schuhe und die Jacke überstreift. Als er die Tür hinter sich zuzieht, weht ein kalter Windstoß zu mir hinüber und lässt mich frösteln. Selbst als ich mich zurück zum Bett schleppe und mich in meine Decke einrolle, kann ich nicht aufhören zu zittern. Als hätte er sämtliche Wärme mitgenommen.

Er hatte nicht recht. Als ich um 16 Uhr hochschrecke, weil Miss Flauschig lautstark neben dem Bett eine Fluse jagt, ist er noch nicht wieder zurück. Oder habe ich sein Klingeln verschlafen? Mein Kopf dröhnt zumindest nicht mehr, als ich mich zurück in die Küche schleppe und mir Kaffee aus der Maschine lasse, aber die Gedanken und Bilder brennen sich sofort darin fest, egal, wie verzweifelt ich sie zu verdrängen versuche. Wie hat er es nur geschafft, gestern so cool zu bleiben, als er mich abgeholt hat? Liegt ihm doch nicht so viel an mir oder kann er es nur besser verstecken?

Ich mache es mir mit dem Kaffee, Miss Flauschig, meiner Bettdecke und einer Einaudi-CD auf der Couch gemütlich. Nichts davon vermag es, mich abzulenken. Meine Gedanken hören nicht auf zu kreisen.

Die letzten Takte des vierten Stücks werden vom Schrillen der Türklingel übertönt. Das muss er sein. Doch anstatt aufgeregt zur Tür zu springen, ihm zu öffnen und ihn mit einem Kuss zu begrüßen, sitze ich wie versteinert auf meinem Platz. In mir braut sich etwas Unheilvolles zusammen.

Ich balle die Hände zu Fäusten und starre in Richtung des Flurs. Warum sollte ich ihm überhaupt aufmachen? Er besitzt die Frechheit, eine andere Frau zu vögeln und direkt danach wieder vor meiner Tür zu stehen. Als wäre nichts gewesen. Als hätten die Stunden, die er mit ihr verbracht hat, mir nicht zugestanden. Und ich soll ihn mit offenen Armen empfangen? So tun, als wüsste ich nicht, was er gerade getrieben hat? Nein, das kann er vergessen.

Trotzig verschränke ich die Arme vor der Brust. Ich spüre den Herzschlag in meinem Magen pulsieren und weiß kaum, wohin mit meiner Wut. Was für eine beschissene Scheißidee. Ich hätte das nie zulassen dürfen. Mistkackdreck.

Es klingelt erneut. Nö. Soll er doch zurück zu der anderen gehen. Ich schnaube laut und kann mich kaum beherrschen, nicht zu schreien, er soll sich verpissen.

Beim dritten Klingeln schiebt sich jedoch eine andere Vorstellung in mein Bewusstsein. Wie er gerade vor meiner Tür steht, stirnrunzelnd, nicht weiß, was los ist. Sich angesichts meines Zustands heute Morgen vielleicht sogar Sorgen macht.

Nun klingelt auch mein Handy. Er will sicher fragen, was los ist. Statt ihn wegzudrücken lasse ich es einfach klingeln, löse mich jedoch aus meiner Starre und stapfe zum Türöffner.

Als ich seine Schritte im Treppenhaus vernehme, wandelt sich meine Wut in Unsicherheit. Wie soll ich ihm gegenübertreten? Was soll ich sagen? Ich kann nicht so tun, als wäre nichts. Andererseits bin ich auch nicht in der Position, die eifersüchtige Freundin zu spielen. Er hat bei unserem Dinner deutlich durchklingen lassen, dass seine Beziehungen immer daran gescheitert sind. Bestimmt reagiert er darauf allergisch. Aber ich will auch keine neue Beziehung mit einer Lüge beginnen ...

Ich bin beinahe überrascht, als er plötzlich vor mir steht.

Das typische Sam-Grinsen liegt auf seinen Lippen und er kommt mir viel zu nahe.

„Lässt du mich auch rein oder muss ich erst einen Türsteher-Test bestehen?"

Ich trete wortlos beiseite. Sein Grinsen erstirbt und wird von Falten auf seiner Stirn abgelöst.

„Alles in Ordnung?"

„Klar. Ich bin auf dem Sofa noch mal eingeschlafen und habe dich nicht klingeln gehört. Erst das Handy." Meinen Worten fehlt jegliche Intonation.

„Woher weißt du dann, dass ich geklingelt habe?"

Oh. Ich blicke betreten zu Boden.

Er wirft seine Schuhe unachtsam in die Ecke, dann greift er nach meinem Arm und zieht mich ins Wohnzimmer.

„Warum lügst du mich an?" Er klingt alles andere als amüsiert. „Setz dich." Ich komme seiner Anweisung nach und versuche, etwas von meiner Wut wieder heraufzubeschwören, um ordentlich kontern zu können. Doch davon ist nichts übrig geblieben.

Er lässt sich neben mir auf dem Sofa nieder und mustert mich mit ernster Miene.

„Hast du ein Problem damit?"

„Womit?", piepse ich viel zu hoch und verrate mich dadurch schon wieder selbst.

Er schnaubt und fährt sich aufgebracht durch die Haare.

„Lola ... du musst ehrlich zu mir sein und endlich anfangen, mir zu vertrauen. Wenn in dem, was du gestern gesagt hast, auch nur ein Fünkchen Wahrheit steckt, willst du doch auch, dass es funktioniert. Warum fällt es dir so verdammt schwer, offen mit mir zu reden? Hab ich dir etwas getan?"

Mein Oberkörper zittert, als ich tief Luft hole. Er hat Recht. Ich muss mich ihm öffnen, wenn ich mich wirklich auf ihn einlassen will. Und obwohl meine Vernunft immer noch dagegen protestiert und warnend den Zeigefinger erhoben hat, hat sich mein Herz längst entschieden. Wenn er nur wüsste, wie schwer es mir fällt.

„Ich brauche Zeit. Das ist alles. Ich kenne dich gerade mal drei Wochen. Ich bin eben niemand, der jedem sofort seine Lebensgeschichte und seine Probleme um die Ohren haut."

Sein Gesicht nimmt wieder sanftere Züge an, doch seine Stimme lässt mich deutlich spüren, dass er immer noch aufgebracht ist.

„Das ist trotzdem kein Grund, mich anzulügen. Ich hab dir neulich schon gesagt, wie sehr ich es hasse, wenn jemand unehrlich ist."

Ich nicke. „Tut mir leid. Das wird nicht wieder vorkommen, versprochen. Aber was ich dir nicht versprechen kann, ist, dass ich dir sofort auf jede Frage antworten werde. Manches muss eben erst reifen. Und ich wünsche mir auch, dass du das respektierst."

„In Ordnung. Umgekehrt gilt das übrigens auch. Du kannst mir glauben. Ich werde dich nicht anlügen, egal, um was es geht."

Sein Versprechen erfüllt mich mit Wärme. Er legt den Arm um mich und ich lehne den Kopf gegen seine Schulter. In einem Sekundenbruchteil wandelt sich die Wärme in meinem Inneren zu Eis. Denn was mir in die Nase steigt, ist nicht sein Parfüm. Es ist der Duft einer anderen Frau.

Angewidert rücke ich wieder von ihm weg. Plötzlich fällt es mir überhaupt nicht mehr schwer, ihm die Wahrheit zu sagen. Im Gegenteil. Es platzt förmlich aus mir heraus.

„Ich komme damit nicht klar."

„Ich weiß. Das habe ich doch heute Morgen schon bemerkt."

Er ist aufmerksamer, als ich dachte. Doch das besänftigt mich nicht, sondern wühlt noch viel mehr in mir auf. Er hat es gesehen, aber ist trotzdem gegangen? Sind ihm meine Gefühle so egal? Eine leise Stimme in meinem Hinterkopf sagt mir, dass er nichts dafür kann, dass er einfach nur seinen Job gemacht hat und sonst Ärger bekommen hätte. Aber die Stimme, die grausame Bilder in mein Bewusstsein streut und mir schreckliche Dinge zuruft, ist lauter.

„Aha. Hat es wenigstens Spaß gemacht? Hast du sie ordentlich gefickt? Oder wollte sie nur mit dir im Bett liegen und dich anhimmeln?" Die Worte kommen barscher aus meinem Mund als beabsichtigt.

Seine Brauen stehen wie bedrohliche Blitze über den Augen, die nicht länger in einem warmen Braun erstrahlen, sondern in dunklem Schwarz aufleuchten.

„Nimm sowas nicht noch mal in den Mund. Wenn du noch mal so respektlos mit mir redest, könnte es sonst passieren, dass ich dir wirklich alle Details verrate. Und glaub mir, die willst du nicht hören. Die machen es nur schlimmer, nicht besser." Obwohl er ruhig bleibt, klingen seine Worte in meinen Ohren wie eine Drohung.

Was hat er mit ihr gemacht, wenn es mich so sehr treffen würde? Zähneknirschend muss ich mir eingestehen, dass er Recht hat. Ich will es nicht wissen. Trotzdem klingt der Sturm in meinem Inneren noch nicht ab. Sein finsterer Blick verunsichert mich. Ich weiß endgültig nicht mehr, was ich denken und fühlen soll.

„Und jetzt?", frage ich trotzig und verschränke die Arme vor der Brust.

Er zuckt mit den Schultern. „Entweder du versuchst dich zu beruhigen und wir reden ruhig darüber ... oder ich gehe und wir haken das ganze Thema ab." Er macht eine allumfassende Handbewegung. Ich schlucke schwer. Das Thema. Uns. Nein, auch wenn es gerade wehtut, so schnell gebe ich nicht auf.

„Okay." Diesmal bin ich es, die zu ihm hinüberrutscht und sich an ihn kuschelt. Sein aufgebrachter Herzschlag trommelt gegen seine Brust und ich kann ihn schwer atmen hören. Er hat wohl ebenfalls mit sich zu kämpfen. Trotzdem legt sich seine Hand auf meinen Hinterkopf und er streicht mir sanft über die Haare.

„Ich will dir damit nicht wehtun. Aber du weißt, wie es läuft. Du weißt, dass man dabei nicht dasselbe empfindet."

Ich nicke und versuche, mich nur auf das Streicheln seiner Hand und die wohlige Wärme seines Körpers zu konzentrieren. Die leisen Klaviertöne, die immer noch im Hintergrund zu hören sind, tragen ihren Teil dazu bei, dass meine Gedanken endlich zur Ruhe kommen. Plötzlich kommt es mir sogar lächerlich vor, was für einen Aufstand ich gerade gemacht habe. Ich sollte eigentlich eine der wenigen Frauen sein, die ihn verstehen. Nicht eine eifersüchtige Furie.

„Mit der Zeit kann ich mich sicher daran gewöhnen. Es ist nur ein ungewohnter Gedanke."

„Mir geht es nicht anders", versichert er mir und küsst mich auf den Haaransatz. „Und ich würde wie gesagt gern noch mal mit dir drüber reden. Aber nicht heute."

Ich bin sehr dankbar, dass er es darauf beruhen lässt. Ich will mich nicht länger damit beschäftigen. Nicht, dass ich noch mehr kaputt mache.

„Ich geh jetzt duschen. Und du kommst mit."

Mir gefriert das Blut in den Adern. Panisch reiße ich den Kopf nach oben, in der Hoffnung, ihn grinsen zu sehen. Aber nein. Er meint es völlig ernst. Fragend blickt er zu mir nach unten. Die Luft zwischen uns wird mit jedem Moment dicker. Ich kämpfe gegen den Impuls an, einfach aufzustehen und wegzulaufen.

Er weiß genau, was er da gerade von mir verlangt. Er hat schon bei unserer ersten Begegnung gemerkt, wie schwer ich mit mir kämpfen musste. Aber ich kann nicht Nein sagen. Nicht nach diesem Gespräch, nachdem ich ihm versprochen habe, in Zukunft ehrlich zu ihm zu sein. Außerdem weiß er, dass ich es für den Kunden auch getan habe. Wäre es da nicht falsch, mich bei Sam nun dagegen zu wehren? Doch es fällt mir tausendmal schwerer als an jenem Abend, einfach die Zähne zusammenzubeißen und Ja zu sagen. Denn damals war es nur ein unbedeutender Abend mit einem fremden Kunden und einem Kollegen, die ich beide am nächsten Tag vergessen haben würde.

Heute weiß ich, wie viel Sam und unsere Verbindung mir bedeuten. Und ich will sie nicht aufs Spiel setzen. Er lässt mir allerdings keine andere Wahl – entweder ich enttäusche ihn, indem ich es ihm verweigere ... oder er wird es herausfinden und mich auslachen, nicht ernst nehmen oder nie wieder berühren. Ich habe also die Wahl zwischen Pest und Cholera.

„Worauf wartest du dann?“, frage ich, stehe auf und ziehe ihn mit mir nach oben.

Er lässt sich von meinem gespielten Selbstvertrauen nicht täuschen. Sein Blick fällt auf meine linke Hand, die kaum merklich zu zittern begonnen hat. Aber er geht nicht darauf ein und folgt mir ins Badezimmer.

Als ich uns Handtücher bereitgelegt und die Tür geschlossen habe, tritt er so nah vor mich, dass sich unsere Nasen beinahe berühren. Ich spüre seinen warmen Atem auf meinen Lippen und ein wohliger Schauer läuft mir den Rücken hinunter. Der Wunsch, ihn jetzt zu küssen und alles andere zu vergessen, trifft mich mit ungeahnter Intensität. Sogar in dieser Situation schafft er es, mir die Angst zu nehmen. Er schiebt die Hände unter mein Shirt und zieht es mir vorsichtig über den Kopf. Obwohl meine Nacktheit mir für einen Moment erneut verdeutlicht, was mir bevorsteht, erschaudere ich nur kurz. Denn er gibt mir keine Zeit, um weiter darüber nachzudenken. Mit der Linken schiebt er meine Haare beiseite und beginnt, meinen Hals und mein Dekolletee mit Küssen zu bedecken. Er ist mir so nah, dass sein Körper an meinen Brüsten streift, die sofort auf die Berührung reagieren. Ein lustvolles Ziehen fährt durch meinen Körper. Eigentlich hatte ich nicht vor, jetzt mit ihm zu schlafen. Nicht nach dem, was er gerade mit einer anderen Frau getan hat. Doch plötzlich drängt sich der Wunsch stärker als jede andere Empfindung in mein Bewusstsein. Mein Körper reckt sich ihm gierig entgegen und seine Finger, die nun um die empfindlichsten Stellen meiner Brüste kreisen, lassen mich alle Vorsätze vergessen. Wie macht er das nur jedes Mal wieder?

Ich lasse meine Hand an seinem Körper nach unten gleiten, über den ebenfalls nackten Oberkörper bis zum Bund seiner Hose und weiter. Sein Atem stockt, als ich seine Härte ertaste und durch den Stoff fest mit den Fingern umschließe. Seine Küsse stoppen. Stattdessen schenkt er mir einen Blick, der so intensiv ist, dass ich ihm kaum standhalte. In seinen geweiteten Pupillen spiegelt sich dunkles Verlangen. Ich weiß nicht, wohin mit all den Empfindungen, die in diesem Moment in mir explodieren. Halt suchend lehne ich mich gegen die Wand, doch er drängt sich sofort gegen mich. Das Gewicht seines Körpers lässt mein Herz noch schneller schlagen.

„Steig endlich in die Dusche“, raunt er, greift um meine Hüften und zieht mich mit sich.

Mit zittrigen Fingern streife ich mir die Jogginghose samt Unterwäsche vom Körper, während ich Sams Gürtel klackern höre. Dann drängt er mich in die Dusche.

Statt sofort zum Wasserhahn zu greifen, streicht er mir jedoch eine Strähne aus dem Gesicht und sieht fragend zu mir hinunter. Mein pochendes Herz wird von der Wärme seines Blickes durchströmt. Trotz seiner bestimmten Anweisungen und Berührungen zeigt er noch so viel Rücksicht und Einfühlungsvermögen. Womit habe ich diesen Mann überhaupt verdient? Ich schließe die Augen, ziehe ihn zu meinen Lippen und gebe ihm damit mein wortloses Einverständnis.

Das Spiel unserer Lippen nimmt all meine Sinne ein, sodass ich es kaum wahrnehme, als schließlich das warme Wasser an meinem Körper hinabrinnt. Sams Körper schmiegt sich an meinen und er hinterlässt kribbelnde Spuren auf meiner Haut. Mein Verlangen zieht mich immer weiter in seine Arme. Ich drücke mich noch fester an ihn. In diesem Moment kann ich ihm nicht nahe genug sein. Am liebsten würde ich in ihm versinken, verschmelzen und eins mit ihm werden.

Er gibt ein tiefes Brummen von sich und erwidert den Druck meines Körpers. Ich stoße mit dem Rücken gegen die Fliesen und er drängt mich immer weiter dagegen, bis ich keine Chance mehr habe, dem Wasser oder seinen Berührungen zu entfliehen. Er greift mit einer Hand neben mich und der Deckel des Duschgels klickt. Sofort breitet sich der Duft in der Dusche aus. Seine Hände gleiten wie von selbst über meine Haut, das Wasser reißt den Schaum jedoch sofort mit sich. Er erkundet jeden Zentimeter meines Körpers. Das Atmen fällt mir zunehmend schwer. Die Ströme, die an mir herabrinnen, kitzeln erneut die Zweifel aus meinem Unterbewusstsein hervor, doch in meinem Kopf ist dafür nun kein Platz mehr. Die Panik, die kurz in mir aufblitzt, verschwindet sofort, als Sam die Finger zwischen meine Beine wandern lässt. Ein leises Stöhnen entweicht mir und meine Knie drohen einzuknicken. Ich bin nicht auf die Intensität vorbereitet, mit der die pulsierenden Wellen durch meinen Unterleib strömen. Halt suchend kralle ich mich in Sams Schultern fest, doch er lässt seine Finger nur noch schneller um meine empfindlichste Stelle kreisen. Seine Atemzüge beschleunigen sich ebenfalls und ich kann mich kaum an ihm sattsehen. Das Wasser rinnt aus seinen Haaren über das Gesicht und hinterlässt feine Tröpfchen in seinem Dreitagebart. Sein sonst so perfekt gepflegtes Äußeres ist etwas Rohem, Wildem gewichen, das meine Lust so intensiv entfacht, dass ich seinen Berührungen kaum mehr standhalte. Nicht nur mein Unterleib, sondern mein ganzer Körper beginnt zu vibrieren, als würde nicht Blut, sondern Strom durch meine Adern fließen. Ich recke ihm mein Becken entgegen und drücke es auffordernd gegen seine Härte. Merkt er denn nicht, wie sehr ich ihn will?

Er gibt meiner Bitte jedoch nicht nach. Kaum merklich schüttelt er den Kopf und streift mein Ohr mit seinen Lippen.

„Du wolltest mir erst etwas anvertrauen", flüstert er und zieht mich damit aus meinem Rausch. Ich hatte gehofft, er würde es vergessen oder auf eine Erklärung verzichten. Er deutet mit dem Kinn zum Boden und ich folge seinem Blick. Um unsere Füße herum ziehen sich hellbraune Schlieren durchs Wasser. Ich schlucke. Gleich wird er es entdecken. Das war's dann wohl.

Ich presse die Lippen zusammen, als sein Blick von meinen Füßen nach oben wandert. Wird er anfangen zu lachen? Wird er angewidert das Gesicht verziehen?

In der Erwartung, gleich ein Gewitter über mir hereinbrechen zu spüren, schließe ich die Augen und ziehe unwillkürlich den Kopf ein. Seine Blicke fressen sich wie Flammen in meine Haut und drohen, mich zu verschlingen. Das Rauschen der Dusche bleibt das einzige Geräusch, das die Stille zwischen uns durchbricht. Meine Augenlider beginnen zu zittern. Ist es so schlimm? Will er denn nichts dazu sagen?

Die Berührung an meiner Hüfte lässt mich zusammenzucken. Erschrocken greife ich nach seiner Hand und halte den Finger fest, mit dem er über meine Haut streichen will. Ich weiß genau, warum, dennoch muss ich mich vergewissern. Durch halb geöffnete Lider spähe ich an mir hinunter. Die Verfärbung des Wassers hat nachgelassen. Das Make-up ist fast vollständig abgewaschen. Die tiefen, blassrosa Streifen an meinen Hüften treten ungeschützt hervor und offenbaren alles, was ich vor Sam verbergen wollte.

Er löst seine Hand vorsichtig aus meinem Griff.

„Vertraust du mir nicht?", flüstert er und streichelt mit der anderen Hand über meine Wange. Keine blöde Bemerkung? Kein Lachen? Erstaunt suche ich in seinen Augen nach einer Reaktion. Doch was ich darin lese, lässt die Wärme in meine Glieder zurückkehren. Als er erneut die Hand auf meine Hüfte legt und mit einem Finger vorsichtig die Linien bis zu meinem Po entlangfährt, kann ich die überwältigenden Gefühle nicht mehr zurückhalten. Warum schätze ich ihn immer wieder so falsch ein? Er ist kein Arschloch. Er versteht mich. Er schafft es sogar, den Moment, vor dem ich mich schon immer gefürchtet habe, in eine wunderschöne Erfahrung zu verwandeln. Eine Träne stiehlt sich aus meinem Augenwinkel, die die Wasserströme jedoch sofort mitreißen. Zum Glück. Sam soll nicht sehen, wie sehr es mich mitnimmt, ihm meine Schwächen anzuvertrauen.

Die Zuneigung in seinem Blick bringt mein Herz beinahe zum Zerspringen. Er öffnet die Lippen, doch es dauert einen Moment, bis er etwas sagt. Er scheint seine Worte mit Bedacht zu wählen. „Warum überschminkst du sie? Sie gehören zu dir wie jede andere Stelle deines Körpers auch."

Ich stoße die angestaute Luft aus. „Weil ich sie hasse. Und nicht nur ich. Das habe ich oft genug zu spüren bekommen. Wer würde ein Escort mit so heftigen Dehnungsstreifen buchen?"

Er zögert. Natürlich. Er weiß ebenso gut wie ich, wie oberflächlich dieser Job ist. Stattdessen widmet er sich wieder den Zeichnungen auf meinen Hüften.

„Willst du mir erzählen, wo sie herkommen? Du hast kein Gramm zu viel auf den Rippen. Das hab ich bisher nur bei Müttern oder kräftigeren Frauen gesehen."

Sein lockerer Umgang mit dem Thema beruhigt mich zunehmend und weckt in mir das Bedürfnis, mich ihm anzuvertrauen. Nicht mal Tiffy weiß etwas über meine Vergangenheit vor der Escort-Karriere, obwohl wir in unseren Gesprächen nie ein Blatt vor den Mund nehmen. Doch mein Gefühl sagt mir, dass meine Geschichte bei Sam gut aufgehoben ist. Geduldig wartet er auf meine Antwort, während er mit einer nassen Strähne meines Haares spielt.

„Woher Dehnungsstreifen kommen, ist wohl kein Geheimnis. Die meiste Zeit meines Lebens war ich ... ziemlich moppelig." Ich verziehe das Gesicht, denn dieser Ausdruck ist noch reichlich untertrieben. „Als ich klein war, war das ganz normal für mich und noch gar kein Problem. Ich habe mich einfach wohl in meiner Haut gefühlt. Aber je älter ich geworden bin, desto mehr habe ich mich mit den anderen Mädchen verglichen und bemerkt, dass ich anders bin als sie. Dass ich nicht dem entspreche, was die Gesellschaft von einer jungen Dame erwartet." Sam lauscht meiner Erzählung aufmerksam, doch seine Kiefermuskeln arbeiten.

„Ich habe es nicht geschafft, abzunehmen. Und je unsicherer ich geworden bin, je unwohler ich mich in meiner Haut gefühlt habe, desto mehr habe ich gegessen. Es war ein verdammter Teufelskreis. Mit 14, 15 habe ich dann sehr schnell sehr viel zugenommen. Irgendwann haben es auch meine Freunde und Mitschüler bemerkt und mich damit aufgezogen. Ich habe mich kaum mehr in die Schule getraut, habe den

Sportunterricht geschwänzt. Doch das ging natürlich nicht für immer." Meine Stimme droht, wegzubrechen. Die Erinnerungen, die auf mich einströmen, versetzen mich wieder zurück in die Zeiten, als mein Körper mein größter Feind war. Sofort überkommt mich der Impuls, aus der Dusche zu springen und mich vor Sam unter einem Handtuch zu verstecken. Aber ich muss ruhig bleiben. Ich habe mir den Körper erarbeitet, von dem ich immer geträumt habe. Alles andere ist Vergangenheit.

„Als ich mal wieder mit einer meiner Ausreden gescheitert war und ich mich mit den anderen Mädels gemeinsam umziehen musste, sind ihnen die Streifen aufgefallen. Die sahen damals noch viel schlimmer aus – dunkelrot, überall auf Hüfte und Po. Sie haben sich darüber lustig gemacht und sich einen Spitznamen für mich ausgedacht, der mir bis zum Abschluss geblieben ist. Er hat es sogar bis in die Abizeitung geschafft." Ich werde immer leiser, bis der Knoten in meinem Hals so groß ist, dass ich nicht mehr weitersprechen kann. Auch wenn es nur die unbedeutenden Worte meiner pubertierenden Mitschüler waren, haben sie tiefere Spuren auf meiner Seele hinterlassen als die Dehnungsstreifen auf meinen Hüften. Sie haben mir leichtfertig einen Stempel aufgedrückt, der mich mein Leben lang verfolgen wird.

Sam scheint zu erkennen, wie sehr ich mit mir kämpfe. Er schließt mich in seine Arme und ich höre ihn schwer schlucken.

„Kinder können grausam sein. Ich will mir gar nicht vorstellen, was das mit dir gemacht hat." Seine

Muskeln spannen sich an und ich spüre, wie er den Kopf schüttelt.

„Zebra-Arsch. Oder einfach nur ‚Fettes Zebra‘. So haben sie mich am liebsten genannt. Dazu konnte man auch wunderbar nachstellen, wie das Zebra zu fett zum Wegrennen ist und abgeknallt wird."

Ich spüre seinen Herzschlag an meiner Wange, die auf seiner Brust liegt. Er ist erstaunlich ruhig für die wütende Anspannung, die sich in seiner festen Umarmung bemerkbar macht.

„Weißt du, wie die Streifen für mich aussehen?" Seine ruhige Stimme löst ein wohliges Kribbeln in meinem Inneren aus. Mein eigener Puls beschleunigt sich. Er schiebt mich ein Stück von sich und streicht erneut über das vernarbte Gewebe. Diesmal allerdings mit einem Lächeln auf den Lippen, das meine Erinnerungen zu undeutlichen Schemen verblassen lässt und alle Selbstzweifel davonträgt.

„Du siehst nicht aus wie ein Zebra. Für mich ist es Tigerfell. Das passt viel besser zu einem starken, eleganten Wesen wie dir."

Ich muss ein Schluchzen unterdrücken. Er meint es ernst. Er sieht mehr in mir als meinen Körper. Er ist nicht weggerannt und findet mich immer noch genauso schön wie zuvor – das zeigt er mir mehr als deutlich.

Der Kuss, mit dem er seine Worte besiegelt, lässt erneut das Verlangen in mir aufleuchten.

„Du schuldest mir noch was", raune ich gegen seine Lippen. Sofort schnellt seine Hand in meinen Nacken, wo er sie in meinen Haaren vergräbt und meinen Kopf nach hinten zieht. Ich schnappe nach Luft. Das Wasser prasselt direkt in mein Gesicht, bis Sam sich langsam über mich beugt.

Unbändige Lust spiegelt sich in seinen geweiteten Pupillen und weckt in mir das Verlangen, ihm das zu geben, wonach sein Körper sich sehnt. Ich will vor ihm in die Knie gehen, doch er lockert seinen Griff nicht und ich kämpfe vergeblich gegen die Hand in meinem Nacken an. Ich gebe einen flehenden Laut von mir, der ihm jedoch nur ein tiefes Lachen entlockt.

„Heute wird nach meinen Regeln gespielt", raunt er und dreht mich mit einer schnellen Bewegung aus dem Handgelenk um. Obwohl der Zug an meinem Haaransatz schmerzt, denke ich nicht einmal daran, mich zu wehren oder ihm zu widersprechen. Seine fordernde Art lässt meine Körpertemperatur in die Höhe schnellen. Seine Ausstrahlung treibt fiebrige Wellen durch meinen Körper und verspricht pure Ekstase. Noch nie hat es mich so angemacht, die Rolle des willenlosen Lustobjekts einzunehmen. Ich würde alles dafür tun, ihn jetzt in mir spüren zu können.

Er drückt mich nach unten, sodass ich mich nach vorne beugen muss und das Wasser auf meinen Rücken hinabrauscht. Quälende Sekunden verstreichen. Will er denn nicht endlich ...

Bevor ich meinen Gedanken vollenden kann, scheint mein Inneres zu explodieren. Ich stöhne auf, während er in mich gleitet und so tief in mich eindringt, dass sich alle Muskeln in meinem Unterleib zusammenziehen. Die Fliesen verschwimmen vor meinen Augen. O Gott.

Ich biege mich ihm entgegen und er wechselt seinen Rhythmus. Seine Hände liegen auf meiner Hüfte und führen mein Becken immer wieder in seine Richtung.

Doch kurz bevor ich meiner Lust nachgeben will, hört er plötzlich auf. Quälendes Verlangen flutet meine Adern. Ich greife nach seiner Hand und will sie zwischen meine Beine ziehen, aber er hat andere Pläne. Er greift über mich und zieht den Duschkopf aus seiner Halterung. Ich will mich umdrehen und ihn wieder an mich ziehen, er lässt es allerdings nicht zu und hält mich in meiner Position.

„Mach weiter, bitte!“, flehe ich ihn an, erhalte jedoch keine Antwort. Stattdessen dreht er die Dusche auf volle Stärke. Der Strahl trifft meinen Po und wandert von dort langsam nach vorne. Erschrocken kralle ich mich an den Armaturen fest. Als das prasselnde Wasser auf die pulsierenden Muskeln trifft, ist das Ziehen zwischen meinen Beinen so intensiv, dass es beinahe wehtut.

Während die Strahlen meine empfindlichste Stelle massieren, setzt er quälend langsam seinen Takt fort. Mein Körper wird in Wellen von einem Beben erfasst. Doch jetzt legt er erst richtig los und ich gebe es auf, mich gegen meine Lust zu wehren. Meine Mitte ergibt sich in so heftiges Zucken, dass meine Beine wegknicken und nur meine Hände mich noch aufrecht halten können. Auch Sam ist nicht mehr in der Lage, mich zu halten. Die heftigen Kontraktionen sind auch für ihn zu viel. Mit einem lauten Stöhnen gräbt er seine Finger in meine Haut und der Duschkopf sinkt aus seiner Hand zu Boden, während auch er zum Höhepunkt kommt. Keuchend genieße ich die letzten Sekunden seiner intensiven Nähe. Er zieht sich langsam aus mir zurück und dreht mich zu sich. Dann schließt er mich in die Arme und ich schmiege meinen Kopf an seine wild pochende Brust, bis sie sich nicht mehr so schnell hebt und senkt und er mir den zärtlichsten Kuss schenkt, den ich jemals bekommen habe.

Während ich meine Haare mit dem Handtuch trocken rubble, dringt ein vertrautes Geräusch an meine Ohren. Ich halte inne. Auch Sam erstarrt in seiner Bewegung und zieht fragend die Brauen nach oben. Irritiert schiebe ich die Badezimmertür auf. Eindeutig. Es ist mein Handywecker. Ein flaues Gefühl breitet sich in meiner Magengegend aus. Es gibt nur zwei Gründe, warum ich ihn auf einen Abend programmiert haben könnte. Entweder ich habe vor Wochen schon etwas mit Tiffy vereinbart ... woran ich mich aber nicht erinnere ... oder ...

Ich folge dem Geräusch. Bitte nicht.

„Ist das ein Pillenalarm?", ruft Sam mir hinterher. Was würde ich dafür geben, ihm mit Ja antworten zu können. Den Alarm auszuschalten, eine Pille einzuwerfen und mich wieder in seine Arme schmiegen zu können. Doch was das Display anzeigt, lässt das Blut in meinen Adern gefrieren. Die dreistündige Buchung im Adlon. In dreißig Minuten.

„Fuck", entfährt es mir und ich knalle mein Handy zurück auf den Tisch. Das kann nicht wahr sein. Wie konnte ich die vergessen? Und warum muss das ausgerechnet heute sein? Nach allem, was ich mit Sam heute durchgemacht habe, kann ich jetzt nicht einfach abhauen. Nicht, nachdem ich mich vorhin erst darüber aufgeregt habe, dass er mich für einen Auftrag alleine gelassen hat. Alles in mir sträubt sich bei der Vorstellung, gleich in den Armen eines anderen Mannes liegen zu müssen, statt die Magie dieses Abends gemeinsam mit Sam auszukosten. Aber bleibt mir etwas anderes übrig?

Domi ist samstags nicht im Büro. Wenn ich einfach nicht erscheine, ohne mich krank gemeldet zu haben, werde ich am Montag einen Kopf kürzer gemacht. Es gibt nichts, das er mehr hasst als unzufriedene Kunden. Das kann ich nicht gleich in meinen ersten Wochen als Diamond Girl bringen. Ich würde sofort wieder nach unten gestuft werden. All die Jahre Engagement, Sonderschichten und Extratrainingseinheiten umsonst. Ich presse die Lippen zusammen. Nein, ich muss es durchziehen.

Als ich mich umdrehe, lehnt Sam bereits im Türrahmen. Ich traue mich kaum, ihm in die Augen zu sehen. Hätte ich mir den peinlichen Auftritt vorhin nicht sparen können? Wie soll ich ihm jetzt erklären, dass ich selbst arbeiten muss?

Ich trete verunsichert von einem Bein auf das andere und ziehe das Handtuch fester um meinen Körper.

„Ich ... hab da einen Termin", stammle ich, „Ich hab nicht gewusst, dass das heute ist."

Er nickt knapp und verzieht keine Miene. Sein Ausdruck ist wie versteinert, ich kann weder Ärger noch Verständnis daraus lesen. Was geht in ihm vor? Ohne eine Antwort verschwindet er wieder im Bad. Aber ich habe keine Zeit, abzuwarten. Ich werde zu spät kommen, ich müsste schon längst auf dem Weg sein. Also folge ich ihm, denn eine dünne Schicht Mascara und Lipgloss ist das Mindeste, was ich dem Kunden bieten muss.

Sam stützt sich mit beiden Händen auf den Rand des Waschbeckens. Unser Blick begegnet sich im Spiegel. Doch diesmal verändert sich etwas in seinen Augen, als er mich betrachtet.

„Ich bin genauso wenig einverstanden wie du heute Morgen." Ich kann den inneren Zwiespalt aus seinen Worten heraushören. Er will mich nicht gehen lassen. Und obwohl er sich nicht als bestimmender, eifersüchtiger Freund geben will, kann er seine Gefühle nicht ohne weiteres herunterschlucken. Habe ich mich vorhin nicht genauso gefühlt? Trotzdem keimt langsam ein anderer Gedanke in mir auf, als er weiterspricht.

„Verdammt, Lola. Es geht mir nicht mal darum, was du heute Nachmittag zu mir gesagt hast. Ich will nicht, dass du jetzt abhaust. Ich will nicht den ganzen Abend hier sitzen, auf dich warten und mir den Kopf darüber zerbrechen, ob es dir gut geht. Ob der Kerl irgendeine perverse Scheiße mit dir anstellt und dich am Ende absticht oder ausraubt."

Er fährt sich durchs Haar und betrachtet eindringlich sein Spiegelbild, um seine Emotionen unter Kontrolle zu halten. Würde er dabei nicht so verflucht sexy aussehen, würde ich nun auf der Stelle kehrtmachen und abhauen. Denn in mir braut sich nach und nach etwas zusammen, das ich selbst lieber verdrängen würde. Es könnte alles zerstören, was wir uns in den letzten Tagen erarbeitet haben.

„Na los, geh schon. Bevor ich es mir anders überlege und dich hier drin einsperre und ans Bett fessle." Er macht eine abweisende Handbewegung, greift nach seinem Kamm und fährt sich damit durchs nasse Haar, als wäre das Thema für ihn nun abgehakt. Doch ich kann es nicht dabei belassen. Seine Worte haben zu viel in mir aufgewirbelt. Er war doch derjenige, der behauptet hat, er wäre nicht eifersüchtig. Der Job wäre kein Hindernis für ihn. Was ist nun in ihn gefahren? Will er mich kontrollieren? Ist das sein wahres Gesicht?

„Wenn es nach dir geht soll ich also zusehen, wie du andere Frauen flachlegst, während ich zu Hause die brave Hausfrau spiele und auf dich warte? Ist es das, was du dir wünschst? Das kannst du knicken.“

Er legt den Kamm zurück und verschränkt die Arme vor der Brust.

„Du willst es nicht verstehen, oder? Ich mache mir Sorgen. Und ja, vielleicht bin ich auch ein bisschen eifersüchtig. Aber da steh ich drüber. Ich appelliere nur an deine Vernunft, ich werd dich zu nichts zwingen.“

„Klar, so kann man es auch verpacken. Mich als die Unvernünftige darstellen. Mir einreden, der Job sei nicht gut für mich. Aber weißt du was? Ich liebe meinen Job. Die Männer behandeln mich mit Respekt und Anerkennung. Und passiert ist dabei noch nie etwas.“

Er schüttelt energisch den Kopf und kommt auf mich zu.

„Irgendwann ist immer das erste Mal.“

Begreift er denn nicht, wie wichtig mir dieser Job und die damit verbundene Freiheit ist? Oder ist es ihm nur egal? Warum bin ich vorhin überhaupt auf ihn eingegangen? Er kann das nicht von mir verlangen, wenn er selbst mir kein Stück entgegenkommt. Ich balle die Hände zu Fäusten.

Sam streckt die Hand nach mir aus, doch ich weiche zurück und stürme aus dem Bad.

„Mein Leben ist nicht verhandelbar. Wenn du eine Frau willst, die du dir zurechtbasteln kannst, kauf dir eine Barbie oder bestell dir eine Schlampe aus dem Katalog.“

„Das will ich nicht. Und das weißt du auch. Warum hast du Angst vor Kompromissen?“

Ich stoße ein verächtliches Schnauben aus und muss mich beherrschen, nicht laut zu werden.

„Ich bin völlig offen für Kompromisse. Aber keine Kompromisse, die meine Selbstbestimmung betreffen. Jemand, der mich schätzt, wie ich bin, würde das auch nie von mir verlangen.“

Mein Herz trommelt einen wütenden Rhythmus. Meine Gedanken fliegen so schnell umher, dass ich sie nicht mehr zu fassen bekomme. Alles, was ich noch spüre, ist die Enttäuschung über seine Reaktion. Ich hatte nicht erwartet, dass er sich über mein Verschwinden freut. Aber nach allem, was er mir heute Nachmittag über seine eigene Situation im Job geschildert hat, hätte ich zumindest etwas mehr Verständnis erwartet. Wie soll das jemals funktionieren?

Ich habe keine Lust mehr, weiter mit ihm zu diskutieren. Entweder er überdenkt meine Worte, während ich weg bin, oder er kann abhauen und das Ganze beenden. Bei der Vorstellung legt sich eine unsichtbare Kette um mein Herz, die sich immer weiter zuzieht. Verdammt. Warum muss das Ganze so kompliziert sein?

Ich stapfe ins Schlafzimmer, ziehe die nächstbesten Klamotten aus dem Schrank und bin in Sekundenschnelle angezogen. Dann schnappe ich mir Jacke und Tasche und bin bereit, die Wohnung zu verlassen. Doch die Stille irritiert mich. Sam ist mir nicht gefolgt. Er hat

nicht einmal etwas erwidert. Hat er nachgegeben? Oder
waren meine Worte vielleicht doch etwas hart?

Ich habe keine Zeit, weiter darüber nachzudenken.
Mit einem überdeutlichen Knall ziehe ich die Tür hinter mir zu. Weg von ihm. Weg von diesen Gedanken.
Meinen donnernden Herzschlag kann ich jedoch nicht
so leicht abschütteln.

12. Lola

„Da hast du dich mal wieder ordentlich in die Scheiße geritten. Konntest du dich nicht in einen ganz normalen Kerl verlieben? Einen Nachbarn oder jemanden aus dem Supermarkt? Selbst mit einem Kunden wärst du noch besser dran gewesen."

Tiffy legt den Kopf schief und bedenkt mich mit einem vorwurfsvollen Blick. Ich rolle mit den Augen.

„So schlimm ist es auch wieder nicht. Er hat es mir nicht übel genommen und ich bin nicht nachtragend. Immer, wenn wir ungestört Zeit miteinander verbringen können, bin ich mir sicher, dass es richtig ist. Wenn es nicht sein sollte, würde es sich doch nicht so gut anfühlen. Ich hab mich noch nie so wohl gefühlt wie bei Sam."

„Offensichtlich macht es dich aber trotzdem nicht glücklich."

Der Austausch mit Tiffy ist nervenzehrend. Dass sie sämtliche Gegebenheiten und Gefühle infrage stellt, bringt mich zutiefst durcheinander, allerdings spüre ich auch, wie gut es mir tut, meine Gedanken mit ihrer Hilfe zu sortieren. Ich sehe mich erneut um, bevor ich antworte. Die Stufen vor dem Club sind nicht gerade der ideale Ort für dieses Gespräch, doch Tiffy hat nicht viel Zeit und wollte sich die seltenen Wintersonnenstrahlen nicht entgehen lassen. Zum Glück entdecke ich aber niemanden.

„Er macht mich glücklich. Nur das Drumherum nicht."

Sie runzelt die Stirn und ich überlege, wie ich ihr die Umstände am besten näherbringen kann, damit sie mich versteht.

„In den letzten Tagen haben wir uns kaum gesehen. Nicht, weil wir nicht gewollt hätten, sondern weil unsere Termine sich immer abgewechselt haben. Wenn ich zuhause war, war er arbeiten und umgekehrt. Ich kann dann nur noch daran denken, wie viel Zeit er mit anderen Frauen verbringt, die er auch mir widmen könnte. Und wie er damit umgeht, weißt du inzwischen ja auch."

Sie kramt ihre Sonnenbrille aus ihrer Tasche hervor, setzt sie sich auf die Nase und lehnt sich auf ihrer Stufe zurück.

„Er will den Macho raushängen lassen, dich einengen und es dir verbieten. Klar, im Film wäre das super romantisch. Aber es endet nie so wie im Film. In Wirklichkeit bedeutet das, dass du alles für ihn aufgibst und er dich am Ende für die Nächstbessere sitzen lässt."

Obwohl sie Recht haben könnte, muss ich schmunzeln. Wenn es um Ratschläge für meine Beziehungen und Probleme geht, gibt Tiffy sich immer so taff, dass man denken könnte, sie hätte mehr Lebenserfahrung als jeder Guru. Allerdings kenne ich auch die andere Seite und weiß, wie unbeholfen sie selbst in manchen Situationen ist und wie schwer es ihr fällt, ihre eigenen schlauen Tipps umzusetzen.

„Ich werde mir meine Freiheiten auch nicht nehmen lassen, keine Sorge. Aber ich glaube nicht, dass es seine Absicht ist, mich einzuschränken. Langsam glaube ich, er hat wirklich nur Angst um mich.“

„Scheißegal, was ihn dazu bewegt. Das Ergebnis ist trotzdem das gleiche. Du sollst etwas aufgeben, das dir wichtig ist und ihr zofft euch deswegen. Nach so kurzer Zeit schon.“

Es macht keinen Sinn, diese Diskussion fortzuführen. Sie hat mir ihre Meinung deutlich dargelegt. Allerdings bin ich mir nicht sicher, ob ich auf sie hören und die Sache mit Sam beenden sollte. Sie kennt zwar meine Erzählungen, doch sie kann nicht ahnen, was ich fühle. Was uns verbindet. Wie er es mit nur einem Blick schafft, mir Gänsehaut auf den Körper zu zaubern und eine Berührung ausreicht, um mein Herz zum Leuchten zu bringen. Reicht das nicht, um unsere Konflikte zu überwinden?

Tiffy streicht sich eine Strähne zurück, die im Sonnenlicht funkelt wie ein Rubin.

„Sorry. Ich halte besser die Klappe, hm?“

Ich schüttle den Kopf und winke ab. „Ist ja gut, wenn du mich auf den Boden der Tatsachen zurückholst. Dafür sind Freunde doch da, oder?“

Sie rutscht zu mir hinüber, legt mir einen Arm um die Schulter und drückt mich. „Ich bin die Letzte, die dir etwas über Tatsachen und Vernunft erzählen könnte. Aber ich gebe mir Mühe. Was du damit anfängst, ist deine Sache. Nächstes Mal können wir uns auch gerne darauf konzentrieren, dass er verdammt heiß ist.“

Ihr verschmitztes Grinsen hebt meine Laune sofort.

„Wenn ich es nicht besser wüsste, würde ich mir jetzt Sorgen machen, dass du ihn mir ausspannst."

Wir brechen beide in Gelächter aus. Doch Tiffy wird schnell wieder ernst. „Keine Sorge, mein Herz ist vergeben." Mir gefällt nicht, wie wenig Ironie in ihren Worten liegt. Wird sie denn nie zur Vernunft kommen? Ich will gerade etwas erwidern, als ich die Tür hinter uns aufschwingen höre.

„Wollt ihr nicht lieber reinkommen und mir ein bisschen Gesellschaft leisten? Heute ist fast nichts los."

Ich drehe mich um und lächle zu Lilly hinauf. Sofort macht sich das schlechte Gewissen in mir breit, sie von unserem Gespräch ausgeschlossen zu haben. Doch je weniger Menschen von mir und Sam wissen, desto besser.

„Klar, wir kommen. Wollten nur ein bisschen die Sonne genießen."

Tiffy springt sofort auf. Wahrscheinlich ist sie erleichtert, dass ich nun keine Zeit habe, genauer auf ihre Aussage einzugehen. Meinen Wir-reden-später-Blick ignoriert sie und folgt Lilly nach drinnen. War ja klar. Ich seufze, wische mir ein paar Steinchen von der Hose und tue es ihr gleich.

Ich lehne mich über den Tresen und lausche Tiffys betont fröhlichem Geplapper über ihren neuen Smoothiemaker. Doch nach wenigen Sekunden fällt ihr Blick über meine Schulter und sie verstummt. Lilly zuckt zusammen und wendet sich plötzlich dem Computer zu, als hätte sie nichts mit uns zu tun. Haben die beiden ein Monster gesehen oder steht Domi hinter mir und sie haben Angst, er könnte uns dafür ermahnen, dass wir Lilly von ihrer Arbeit abhalten?

Stirnrunzelnd drehe ich mich um, während ich mir im Kopf schon eine Ausrede parat lege. Doch es ist nicht Domi, der mit lässigen Schritten und einem schiefen Grinsen auf uns zusteuert. Mein Bauch füllt sich sofort mit Schmetterlingen.

Sam kommt geradewegs auf mich zu. Was hat er vor? Und was macht er überhaupt hier? Er wird mich doch nicht im Club küssen? Vor Lilly? Mit aufgerissenen Augen starre ich ihn an. Mach das nicht. Bist du verrückt geworden?

Zu meiner Erleichterung lehnt er sich aber nur neben mir gegen den Empfang und zwinkert Tiffy zu. „Guten Tag die Damen. Die Lady von der Küchenpolizei habe ich auch schon ewig nicht mehr gesehen. Wo versteckst du dich denn immer?"

Tiffys verunsicherter Ausdruck wandelt sich in ein Lachen und sie streckt Sam die Zunge entgegen. „Das verrate ich einem Kaffeedieb nicht, sonst bin ich ja enttarnt. Aber sei dir sicher, ich sehe alles." Sie zwinkert zurück und Sams Lachen lässt Tiffy ebenso strahlen wie mich.

„Dürfte ich deine Freundin kurz entführen? Wir klauen auch keinen Kaffee, versprochen."

Ich trete ihm vorsichtig, aber bestimmt gegen das Schienbein. Ist er völlig verrückt geworden? Lilly wird etwas ahnen. Und wer weiß, wer uns sonst noch hören kann.

Er sieht mich irritiert an und fuchtelt unter dem Tresen mit den Händen, scheinbar um mich zu fragen, was das soll. Ich durchbohre ihn mit einem Blick und gebe ihm zu verstehen, dass er besser die Klappe halten sollte.

Tiffy beobachtet unsere stumme Kommunikation und schreitet schnell ein. „Solange du sie mir heil wieder zurückbringst, kannst du sie gerne mitnehmen."

Sam nickt mir zu und deutet auf die Tür zur Küche.

Ich beuge mich zu Tiffy und zische ihr ins Ohr: „Wenn jemand kommt ..."

„... halte ich ihn auf oder warne dich mit einer Kuhimitation, schon klar. Aber nichts Unanständiges treiben."

Ich widme mich sofort der Kaffeemaschine, um wenigstens eine Ausrede zu haben, wenn wirklich jemand zu uns stoßen sollte. Doch sofort spüre ich Sams warmen Körper an meinem Rücken. Seine Hände wandern um meine Hüften und mir zittern die Knie, als seine Lippen auf die empfindliche Stelle hinter meinem Ohr treffen.

„Nicht ...", hauche ich, meine es aber nur halb ernst. Ich will kein Risiko eingehen, denn wenn uns jemand sieht, stecken wir in gewaltigen Schwierigkeiten. Andererseits schwindet meine Vernunft mit jeder Berührung, die sanfte Schauer durch meinen Körper treibt und mich nach mehr lechzen lässt.

Umso enttäuschter bin ich, als er tatsächlich von mir ablässt und sich neben mir auf den Küchentisch setzt.

„Verschon nächstes Mal aber bitte mein Schienbein. Du musst dir wegen Lilly keine Sorgen machen."

Worauf will er hinaus?

„Unterschätze sie nicht. Sie ist still, aber nicht blöd. Sie wird sofort merken, was hier vor sich geht."

Er zuckt mit den Schultern. „Sie weiß es schon längst."

Ich stoße beinahe die Tasse um, die sich langsam mit der braunen Flüssigkeit füllt.

„Du hast es jemandem erzählt?!", rufe ich entsetzt.

„Schh, wenn du so schreist, wissen es bald nicht nur Lilly und Tiffy, sondern der ganze Club."

Seine Mahnung reicht, um mich zu verunsichern. Trotzdem kann ich es kaum glauben. Sam ist nicht der Typ, der keine Geheimnisse für sich behalten kann. Im Gegenteil. Er wählt seine Freunde ebenso sorgfältig wie ich. Warum sollte er also Lilly in unsere Beziehung einweihen?

„Was dachtest du denn, woher ich deine Nummer hab?"

Ich atme auf. Natürlich. Ich vertraue Lilly zwar, aber das Leben hat mir schon zu häufig gelehrt, dass man sich selbst auf die besten Freunde nicht bedenkenlos verlassen kann. In diesem Fall wird sie aber auch niemandem davon erzählen, weil ihr eigener Job dadurch gefährdet werden könnte.

„Na gut. Verrätst du mir jetzt auch, was du hier treibst? Du bist ja sicher nicht meinetwegen hier."

Ich nehme den Kaffee aus der Maschine und nippe daran, jedoch nicht, ohne ihn aus den Augen zu lassen.

„Das kannst du dir doch denken."

Ich grummle in meine Tasse hinein. Ja, natürlich habe ich geahnt, dass er zum Arbeiten hier ist. Aber der leichtgläubige Teil in mir hatte gehofft, er würde mir etwas anderes erzählen. Dass er einen Termin bei Domi hat oder nach mir gesucht hat.

„Dauert es länger?", frage ich, „dann könnten wir danach noch …"

„Ich muss danach gleich weiter. Sorry. Gestern Abend und heute früh hätte ich Zeit gehabt. Aber da warst du ja verplant." Damit nimmt er mir sofort den Wind aus den Segeln. Mein Herz schlägt in unruhigem Takt bei dem Gedanken, dass er gleich in einem der Zimmer verschwinden wird. Nach vier Tagen, die wir uns nun nicht mehr getroffen haben, sehne ich mich nach seiner Nähe. Ich habe aber kein Recht, mich zu beschweren. Dass wir keinen gemeinsamen Termin gefunden haben, lag ebenso an mir wie an ihm.

„Und morgen?", hake ich stattdessen nach und greife nach seiner Hand. Er streicht zärtlich über meinen Handrücken und mein Körper füllt sich mit Wärme.

„Zwischen 15 und 19 Uhr. Lass mich raten ... da bist du ausgebucht?"

Na also. Ein glückliches Lächeln legt sich auf meine Lippen.

„Es ist nicht lange, aber zwischen 15 und 17 Uhr klappt."

Sein Ausdruck hellt sich ebenfalls auf. Er stößt sich vom Tisch ab, nimmt mir die Tasse aus der Hand und kommt mir so nah, dass ich seinen Atem auf meinen Lippen spüre.

„Dann müssen wir die Zeit eben umso besser nutzen. Ich hätte da schon ein paar Ideen ..."

Mit einem Ruck zieht er mich an sich und schenkt mir einen leidenschaftlichen Kuss. Ich erwidere ihn, doch mein Blick schnellt zur Tür hinüber, die noch einen Spalt breit offen steht. Vollständig fallen lassen kann ich mich nicht, nachdem aber niemand zu sehen ist, gebe ich mich Sams sanftem Knabbern an meiner Unterlippe hin. Die Entbehrung der letzten Tage macht sich nur zu deutlich in meinem Unterleib bemerkbar und ich kann nicht anders, als mich an ihm festzukrallen und ihm meinen ausgehungerten Körper entgegenzurecken. In diesem Moment scheint es unwichtig, was er davor getan hat oder wohin er nach mir geht. Ich koste jede Sekunde aus und wünsche mir nichts sehnlicher als weniger Stoff zwischen uns. Sein einzigartiger Geschmack betört all meine Sinne und macht es mir schwer, beim Atmen nicht zu keuchen. Als sich seine Hand unter mein Shirt schiebt, breitet sich Feuchte zwischen meinen Beinen aus.

Ich erschaudere. Warum hier, warum jetzt, wenn er genauso gut weiß wie ich, dass er mir keine Erlösung verschaffen kann? Er spielt mit mir und genießt die stummen Reaktionen meines Körpers, die er ihm mit nur wenigen Berührungen entlocken kann. Und ich bin ebenso süchtig danach wie er.

Ein lauter Knall lässt uns auseinanderfahren. Sam schnellt herum. Mein ohnehin schon rasendes Herz vollführt drei unregelmäßige Trommelschläge gegen meinen Rippen. Ich werde schlagartig aus meiner Benebelung gerissen. Ebenso schnell erkenne ich, woher das Geräusch kam. Scheiße.

„War die Tür gerade auch schon zu?“, fragt Sam ebenfalls. Als er sich mir wieder zuwendet, erkenne ich seine geröteten Wangen und den besorgten Schimmer in den tiefbraunen Augen.

Ich schüttle wortlos den Kopf. Jemand muss sie zugeknallt haben. Ich bin immer noch durch den Wind. Mein Körper glüht, aber ich bemühe mich um klare Gedanken.

„Das war bestimmt Tiffys unsanfte Art uns zu sagen, wir sollen uns zusammenreißen und besser aufpassen."

Sam rückt sein Hemd zurecht und seufzt erleichtert.

„Sie hat mir aber einen ganz schönen Schrecken eingejagt."

„Mir auch. Aber sie hat recht. Wir sollten uns hier nicht treffen. Es ist zu riskant."

„Es war das Risiko aber wert." Sein intensiver Blick, in dem erneut die Flammen auflodern, entlockt mir ein schelmisches Grinsen. Sofort wünsche ich mir, er würde mich noch mal küssen und all die Dinge mit mir anstellen, die gerade in seinem Kopf vor sich gehen.

Stattdessen greift er in seine Hosentasche und wirft einen Blick auf sein Handy.

„Ich muss los. Hätte eigentlich noch was vorbereiten müssen, bin jetzt schon zu spät dran."

Ich verdrehe die Augen. Na toll. Jetzt kann ich mir wieder den ganzen Tag den Kopf darüber zerbrechen, was er denn vor einer solchen Verabredung vorzubereiten hatte. Geht es um Fesselspielchen? Oder doch nur eine besondere Massage?

„So genau will ich das wirklich nicht wissen."

„Sorry", er zuckt mit den Schultern und drückt mir einen Kuss auf die Stirn, „Dann sehen wir uns morgen. Ich vermisse dich jetzt schon."

Um nicht weiter aufzufallen, verlassen wir das Zimmer nicht gleichzeitig. Ich bleibe zurück und blicke Sam hinterher, während er die Stufen zu den Zimmern hinaufsteigt und um eine Ecke verschwindet. Meine Brust, in der eben noch Schmetterlinge um die Wette flatterten, wird plötzlich tonnenschwer. Ob ich mich jemals daran gewöhnen werde?

Als ich eine Minute später ebenfalls die Küche verlasse und zu Tiffy und Lilly zurückkehre, werde ich von neugierigen Blicken empfangen. Ich weiß jedoch nicht, wie ich Lilly gegenüber reagieren soll. Ich bin ihr nicht böse. Natürlich nicht, niemand könnte je sauer auf sie sein. Dazu ist sie ein zu guter Mensch und ich bin mir sicher, dass sie meine Nummer nie rausgegeben hätte, wenn sie nicht Sams gute Absichten dahinter gespürt hätte. Trotzdem will ich sie nicht darauf ansprechen und sie über unsere Beziehung aufklären. Dazu ist alles noch zu neu und ich muss mir selbst erst über einige Dinge klar werden, bevor ich so weit bin. Also lasse ich mich lediglich auf einen kurzen Smalltalk ein und schnappe mir dann Tiffy unter dem Vorwand, ihr noch zu Hause bei etwas helfen zu wollen.

Wir verabschieden uns von Lilly und ich ziehe Tiffy mit mir. Der Türsteher hat die Tür bereits geöffnet und bevor wir dort ankommen, betritt eine Frau das Foyer, die hier definitiv nicht arbeitet. Mit ihrer Aufmachung hat sie sich zwar ebenso große Mühe gegeben wie unsere Mädels vor einem Job, doch ich habe sie hier noch nie gesehen und die feinen Fältchen um ihre Augen verraten, dass sie auch ein paar Jahre zu alt dafür ist. Ihr rosiges Parfüm weht mir bereits von weitem in die Nase und ihr üppiges Dekolleté wackelt bei jedem ihrer Schritte auf und ab. Mir wird übel und ich muss mich beim Hinaustreten am Türrahmen festhalten.

Tiffy dreht sich um und blickt ihr fasziniert hinterher.

„Wow. Das ist hart.“

Ich bin unfähig, zu reagieren. Kann ich bitte sofort vergessen, was ich gerade gesehen habe? Ich will mir nicht vorstellen, wie sie gleich bei Sam an die Tür klopft. Wie er ihre riesigen Dinger aus einer engen Corsage befreit, ihr ein Kompliment für ihre tolle Figur macht und den Rest des Abends nach ihrem aufdringlichen Parfüm stinkt. Meine Unterlippe beginnt zu beben und ich beiße darauf, um nicht loszuheulen. Es gibt keinen Grund dazu. Ich bin stark. Ich stehe da drüber.

Tiffy streichelt mir über die Schulter.

„Alles in Ordnung? Lass es ruhig raus. Ich könnte mich auch nicht beherrschen."

Ich schüttle den Kopf, atme tief durch und richte mich auf.

„Ich gewöhne mich langsam dran. Mach dir keine Sorgen."

Selbst ich kann hören, wie die Lüge in meiner aufgesetzten Fröhlichkeit mitschwingt. Doch Tiffy runzelt nur die Stirn und geht nicht weiter darauf ein. Ich will so schnell wie möglich vom Thema ablenken. Wir steigen die drei Stufen hinunter und ich folge Tiffy die Straße entlang.

„Und wenn du uns das nächste Mal warnen willst, dann bitte etwas sanfter. Ich hätte fast einen Herzstillstand bekommen, als du die Tür zugeknallt hast."

Tiffy bleibt abrupt stehen. „Die Tür?"

Ihr Tonfall lässt meinen Magen verkrampfen. Eine schreckliche Vermutung bahnt sich ihren Weg in mein Bewusstsein.

„Ja? Als wir uns geküsst haben."

Tiffy starrt mich mit weit aufgerissenen Augen an. „Das war ich nicht."

13. Lola

Ich wüsste zu gerne, wie Sam es immer anstellt, an jedem Ort Berlins einen Parkplatz zu finden. Haben teure Autos einen eingebauten Radar oder machen ihm die anderen Autofahrer aus Respekt Platz?

Er manövriert in einem Zug in die enge Lücke zwischen zwei rostigen Kleinwagen und schnallt sich ab. Ich bin jedoch skeptisch, was unseren Parkplatz betrifft.

„Du willst diesen Schlitten mitten in Kreuzberg abstellen? In dieser Straße? Ich wette um 50 Euro, dass nachher eine Scheibe eingeschlagen oder die Tür zerkratzt ist – wenn das Auto überhaupt noch da ist." Ich deute aus dem Fenster auf den Gehweg, wo sich die Splitter zweier zerbrochener Bierflaschen neben einem Hauseingang und die Reste eines zerbrochenen Stuhls auf der Grüninsel verteilen.

Er winkt ab und öffnet die Tür. „Die Karre ist besser versichert als ich. Und ein GPS-Tracker ist auch drin. Zur Not klau ich sie mir also einfach wieder zurück."

Er schwingt sich aus dem Auto und ich steige ebenfalls aus. Sofort weht mir der Gestank von eingetrocknetem Bier um die Nase. Sam verschränkt seine Finger mit meinen. Seite an Seite schlendern wir die Straße entlang, vorbei an den mit Graffiti überzogenen Gebäuden. Die Gegend ist nicht gerade der schönste Ort für einen Spaziergang. Dennoch trage ich ein Lächeln auf den Lippen. Es ist überwältigend, mit ihm Hand in Hand durch die Stadt zu ziehen. Mit jemandem, der so viele Glücksgefühle in mir auslöst und der mehr ist als nur eine schnelle Affäre. Mein Partner.

Wir durchqueren einige Straßen, bis er mich schließlich in den Park zieht. Ich habe bereits geahnt, dass er mich dorthin führen wird, doch er wollte mir nichts verraten.

„Hat es einen Grund, warum du mich hierher bringst? Ich mag den Wasserfall, aber der Park ist von dir aus auch nicht gerade ums Eck."

„Früher war er das", sagt er und vergräbt seine freie Hand in der Jackentasche. „Ich war oft mit meinem Papa hier. Deswegen versteckt sich hinter jeder Ecke eine Erinnerung. Ich komme gerne her und fühle mich wieder wie sechs."

„Du kommst aus Kreuzberg?", frage ich vorsichtig. Ich würde zu gerne mehr über seine Kindheit und seine Familie erfahren, habe in den letzten Wochen aber gemerkt, dass ich das Thema behutsam angehen muss. Er scheint ebenso ungern von seiner Vergangenheit zu erzählen wie ich. Aber wenn er es freiwillig anspricht, kann ich mich vorsichtig herantasten. Dass er mich mit in seine Kindheitserinnerung nimmt und diesen Ort mit mir teilen will, macht mich nur noch glücklicher.

„Wir haben an vielen Orten gewohnt. Aber hier am längsten. In einer kleinen Absteige direkt unterm Dach. War billig, im Sommer viel zu heiß und im Winter ist man fast erfroren." Ich schaue zu ihm hinüber und schenke ihm ein Lächeln, als sich unsere Blicke treffen. Meine Überraschung versuche ich so gut wie möglich zu verbergen, denn mir ist selbst klar, wie naiv meine Vorstellungen zu Sams Vergangenheit sind. Ich hatte mir vorgestellt, dass er aus einem reichen und privilegierten Elternhaus stammt – wahrscheinlich nur, weil ich ihn im Anzug mit einem Lamborghinischlüssel in der Tasche kennengelernt habe.

„Also habe ich im Sommer immer viel Zeit mit meinem Dad hier im Park verbracht. Da waren die Temperaturen wenigstens auszuhalten. Wir haben Schiffchen gebaut und versucht, sie den Wasserfall runterfahren zu lassen oder drüben auf den Wiesen Fußball gespielt." Er zieht an meiner Hand und biegt nach links ab, vom Weg hinunter zwischen die Büsche.

„Komm, ich zeig dir was."

Ich lasse mich von ihm ins Gestrüpp führen. Die von der Kälte des Winters kahlgefegten Äste kratzen an meinen Beinen und krallen sich an meiner Jacke fest. Sofort fühle ich mich selbst wieder wie eine Grundschülerin, die den Park auf der Suche nach einem Geheimgang durchstreift und dabei neue Welten entdeckt.

Als wir uns schließlich auf halbe Höhe des Bergs hinauf gekämpft haben, nähern wir uns dem Rauschen des Wasserfalls. Der ausgetrampelte Pfad spricht dafür, dass dieser Platz nicht nur Sam gefällt, doch zum Glück sind wir an diesem Nachmittag die einzigen, die den Weg auf sich genommen haben.

Ich folge Sam aus dem Bewuchs hinaus auf die ungleichmäßigen Steinterrassen, die den Wasserfall einrahmen und mir das Gefühl verleihen, mitten in der Flut zu stehen.

Sam drückt meine Hand.

„Halt dich gut fest. Es ist oft verdammt rutschig hier. Ich will dich später nicht mit einer Kopfwunde aus dem Wasser fischen."

Ich nicke und taste mich vorsichtig auf den bemoosten Felsen nach vorne. Der Boden ist wirklich glitschig. So schön der Ausblick auch ist, bemühe ich mich, nicht nach unten zu sehen und mir vorzustellen, wohin ich stürzen könnte.

Schließlich erreichen wir einen runden Gesteinsbrocken, der beinahe in den Wasserfall hineinreicht. Sam klettert hinauf, lässt sich langsam nieder und stützt mich, während ich zu ihm krabble. Er klopft auf seinen Schoß. Das lasse ich mir nicht zweimal sagen, denn die feuchte, kalte Oberfläche des Steins wirkt auf mich nicht gerade verlockend. Dennoch setze ich mich nur behutsam auf seine Beine. Die Angst in meinem Hinterkopf, er könnte mich für fett halten, wenn er mein Gewicht auf sich spürt, ist irrational, aber ich kann sie nicht abschalten. Allerdings versuche ich, mich auf den Zauber dieses Orts zu konzentrieren. Sam hat nicht übertrieben. Es ist wirklich etwas Besonderes, abseits der Touristenpfade, die sich ein Stück hinter dem Wasserfall entlangschlängeln. Ein Stück Natur und Freiheit, mitten in der Großstadt.

„Dein Papa muss ein toller Vater sein, wenn er dir solche Orte gezeigt und mit dir Abenteuer erlebt hat", versuche ich mich erneut heranzutasten. Hoffentlich fühlt er sich nicht bedrängt. „Bei mir wäre früher nie jemand auf die Idee gekommen, vom Weg abzuweichen und einen Wasserfall mit mir hochzuklettern", murmle ich noch hinterher. Vielleicht versteht er so besser, warum mich das Thema so fasziniert.

Ein schwaches Lächeln umspielt seinen Mund. Er mustert mich nachdenklich, dann hebt er die Hand und zupft ein Blatt von meinem Kopf, das sich in einer Strähne verfangen hat.

„Er war der beste Vater, den ich mir hätte wünschen können."

Ich schlage mir die Hand vor den Mund. War? Oh nein. Warum habe ich nicht den Mund gehalten?

„Ist er …"

„Nein, nein, ist er nicht", unterbricht mich Sam, bevor ich meinen Satz beenden kann. Puh. Zum Glück. Ich wollte keine alten Wunden aufreißen.

„Wir haben allerdings keinen Kontakt mehr." Ich traue mich nicht, nachzuhaken. Seine Augen werden plötzlich glasig und er wendet den Blick ab. Stattdessen starrt er den Wasserfall hinunter auf die Stadt. Ich weiß nicht, wie ich reagieren soll, also sehe ich ebenfalls dem plätschernden Wasser hinterher und streichle sanft über sein Bein. Hoffentlich spürt er, dass ich ihn verstehen kann. Sofort hallt die Stimme meiner Mutter durch meinen Kopf und ich erinnere mich an die Worte, die wir uns bei unserem letzten Streit an den Kopf geworfen haben.

„Ich habe auch keinen Kontakt mehr zu meiner Mama", flüstere ich kaum hörbar.

Er mustert mich nachdenklich. „War sie auch enttäuscht von dir?"

Mein Herz sticht. Ich befeuchte meine Lippen, die innerhalb von Sekunden ausgetrocknet sind.

„Sie weiß es gar nicht. Ich habe mich nicht überwinden können, ihr von meinem Job zu erzählen. Das hätte ihr nur noch mehr Grundlage geboten, um über mich herziehen zu können und mir vorzuhalten, dass ich eine Versagerin bin." Meine Stimme bricht ab, der Kloß in meinem Hals ist zu dick, um noch ein Wort hervorbringen zu können. Zum Glück. Sonst hätte ich ihm beichten müssen, dass das nur die halbe Wahrheit ist. Dass sie wahrscheinlich nicht mal darüber geschimpft hätte. Dass es ihr einfach egal gewesen wäre. Den nächsten Dummen zu finden, der es ein paar Jahre mit ihr aushält, ist für sie um Welten wichtiger. Und damit, dass ihre Tochter eine Enttäuschung ist, hat sie sich ohnehin schon seit Jahren abgefunden.

Sam zieht mich noch etwas höher auf die Schenkel und ich lehne mich vorsichtig gegen seine Brust. Sofort lockert sich der Knoten in meinem Hals. Seine Nähe bietet Trost und Schutz zugleich.

„Meine Eltern haben sich ihr ganzes Leben lang den Arsch aufgerissen. Meine Mutter hat zusätzliche Nachtschichten eingelegt, um meinen Tennisunterricht zu finanzieren, mein Vater hat seine Ersparnisse dafür aufgebraucht, mich bei der Nachhilfe anzumelden. Sie haben alles dafür gegeben, dass ich eines Tages ein besseres Leben führen kann als sie. Mit einem Job, der mich zu einem angesehenen Mann macht."

Seine Hand an meiner Hüfte verkrampft. In einem zitternden Stoß lässt er die Luft aus seinen Lungen entweichen. Mein Herz blutet. „Ich hätte es machen sollen wie du. Ihnen einfach nicht erzählen, dass ich mein Geld mit Sex verdiene. Aber sie haben mich nunmal zur Ehrlichkeit erzogen. Es hat ihnen das Herz gebrochen."

Sein Schmerz nistet sich ebenso tief wie mein eigener in meinem Herzen ein. Wie können sich unsere Gefühle so ähneln, obwohl sie so unterschiedlichen

Ursprungs sind? Seine Eltern haben an ihn geglaubt. Meine Mutter hat nie viel Hoffnung in mich gesteckt. Und während er sie durch die Wahl seines Lebensweges enttäuscht hat, hatte ich es nie in der Hand. Egal was ich gemacht hätte. Sie hätte immer etwas an mir gefunden, das in ihren Augen nicht perfekt genug gewesen wäre.

Ich lege meinen Kopf auf Sams Schulter. Obwohl mir noch so viele Fragen durch den Kopf schießen, beschließe ich, einfach die Klappe zu halten. Irgendwann wird der Zeitpunkt kommen, sie zu stellen – doch dieser Zeitpunkt ist nicht jetzt. Nicht heute. Fürs Erste will ich einfach nur für ihn da sein, wie er auch für mich da ist und durch seine bloße Nähe den Schmerz der Erinnerung verblassen lässt.

Wir sitzen eine Weile schweigend auf unserem Felsen, wo nichts zählt außer dem schwachen Gezwitscher eines einsamen Vogels, dem Rauschen der Äste im Wind und dem Plätschern des Wasserfalls, jeder in seine eigenen Gedanken versunken. Schließlich legt Sam eine Hand in meinen Nacken und beginnt, mich dort zu kraulen.

„Seitdem hatte ich niemanden mehr in meinem Leben, der mir etwas bedeutet hätte und mehr wert gewesen wäre als einen flüchtigen Händedruck. Bis ich dich getroffen habe."

Schlagartig schießt mir das Blut in die Wangen und sie glühen so heiß, dass man ein Spiegelei darauf braten könnte. Hat er das wirklich gesagt oder träume ich?

Nein, es muss wahr sein. Denn eine so schöne Liebeserklärung hätte ich mir nicht mal im Traum ausdenken können. Ich hebe den Kopf von seiner Schulter und versinke sofort in seinen Augen, die in diesem Moment mehr ausdrücken als tausend Worte. Ich will nie wieder weg von hier. Will diesen Augenblick einfangen und in ein Marmeladenglas stecken, damit ich ihn ins Regal stellen und immer wieder daran schnuppern kann, wenn ich es am dringendsten benötige. Doch ich weiß, dass ich ihn nicht festhalten kann. Ich kann mir jeden Zentimeter seines Gesichts einprägen, seine gerade Nase, den wohlgeformten, breiten Kiefer und die Art, wie sich die Fältchen um seine Augen ziehen, wenn er lacht. Aber all das wird nie mir alleine gehören.

„So etwas Schönes hat noch nie jemand über mich gesagt", wispere ich verlegen. „Ich weiß nur nicht, ob ich das zurückgeben kann." Seine Hand stoppt in ihrer kreisenden Bewegung. Schnell fahre ich fort, damit er meine Worte nicht falsch versteht: „Es ist echt schwer für mich, jemanden so nah an mich heranzulassen. Ich habe nicht gerade die besten Erfahrungen mit festen Partnern gemacht. Und dass jetzt schon so viele Hindernisse zwischen uns stehen, macht es nicht gerade einfacher."

Sämtliche Emotionen weichen aus seinen Augen, als hätte er eine Mauer in seinem Inneren hochgefahren. Mist. Schon wieder einen schönen Augenblick zerstört. Warum kann ich nicht einfach mal den Mund halten? Aber ich konnte nicht anders, als schon wieder auf unsere Probleme zu sprechen zu kommen. Denn sie liegen wie Felsbrocken auf meinem Herzen und machen es mir unmöglich, mehr Vertrauen in unsere Beziehung aufzubauen.

„Ich weiß. Wir müssen den Mist endlich klären. Ich habe keine Lust, jedes Mal darüber zu diskutieren und zu keinem Ergebnis zu kommen. Wir haben sowieso schon viel zu wenig Zeit miteinander." Ich würde den vorwurfsvollen Unterton gerne überhören, der in seiner Stimme mitschwingt. Doch sein anklagender Ton wühlt mich auf und legt sich direkt auf meine Brust.

„Glaubst du, ich hätte dich nicht auch lieber öfter bei mir? Ich vermisse dich jeden Tag. Jede Sekunde, in der du weg bist."

„Aber offensichtlich nicht, während du dich selbst anderweitig vergnügst. Im Gegensatz zu dir habe ich meine Buchungen aufs Nötigste runtergefahren. Es reicht gerade noch so, um alles zu finanzieren. Und du? Hast du auch nur einmal Nein gesagt, wenn Domi dir was angeboten hat?"

Ich senke den Blick. In die Enttäuschung über seine Anklage mischt sich ein Anflug von Wut. Wut über mich selbst. Endlich hätte ich die Möglichkeit, die Einsamkeit, die mir in den letzten Jahren ein Loch in die Brust gefressen hat, zu besiegen. Wenn Sam bei mir ist, füllt sich meine Wohnung mit Lebensfreude und er verdrängt die gähnende Leere. Warum kann ich mich nicht darauf einlassen und meine Stunden ebenfalls reduzieren oder unsere Termine besser aufeinander abstimmen? Doch egal, wie schön die Vorstellung ist, macht es mir Angst, Kunden zu verlieren. Diese Stunden bedeuten mir ebenfalls etwas, auch wenn Sam das nicht verstehen kann. Die Vorstellung, meine Freiheiten aufzugeben, nur weil er das fordert, treibt mir einen Schauer über den Rücken.

„Wenn du Glück hast, hat sich das bald von selbst erledigt. Dann sind wir beide unseren Job los und können unsere Arbeitslosigkeit gemeinsam genießen."

„Wie meinst du das?“

„Jemand hat uns gestern gesehen. Die Tür. Das war nicht Tiffy.“

Schlagartig weicht jegliche Farbe aus seinem Gesicht. „Scheiße. Weißt du, wer es war?“

Ich zucke mit den Schultern. „Keine Ahnung, aber wenn derjenige uns bei Domi verpfeift, sind wir am Arsch.“

„Es muss nicht mal Domi sein. Es reicht schon, wenn sich das im Club rumspricht.“ Er rauft sich mit der Rechten die Haare und schüttelt energisch den Kopf.

„Scheiße. Ich hätte auf dich hören und dich nicht anfassen sollen. Es tut mir leid.“

Ihn wühlt die Nachricht ebenso auf wie mich. Ich würde ihm gerne glauben. Trotzdem sagt mir eine leise Stimme in meinem Hinterkopf, dass er genau wusste, was er tut. Dass er meinen Job absichtlich aufs Spiel gesetzt hat, um seine Wünsche wahr werden zu lassen und mir die Möglichkeit zu nehmen, selbst darüber zu entscheiden. Nein, das ist absurd. Oder doch nicht? Ist es meine eigene Unsicherheit, die mich an allem zweifeln lässt oder sind die Bedenken berechtigt?

„Ich weiß langsam nicht mehr, was ich glauben soll und was nicht. Du sagst, es tut dir leid. Du sagst, du hast deine Termine reduziert, aber ich merke nichts davon. Du bist trotzdem jedes Mal weg, wenn ich frei habe. Du sagst, du magst mich trotz all meiner Macken, willst mir aber meinen Job ausreden, meine größte Leidenschaft. Was du mich spüren lässt, ist das Gegenteil von dem, was du sagst. Was ist also die Wahrheit?“

Statt einer Antwort zieht Sam mein Gesicht zu sich heran und küsst mich mit einer Leidenschaft, die keine

Zweifel an seinen Gefühlen lässt. Mit all meiner Kraft wehre ich mich gegen die Reaktionen meines Körpers und die Glücksgefühle, die plötzlich durch meine Adern strömen. Seine Küsse sind entwaffnend. Doch vermutlich weiß er das ebenso gut wie ich. Es ist ein unfaires Mittel, um mich zu besänftigen. Dennoch kann ich nicht anders, als jede Sekunde des Kusses zu genießen und spüre die Wut in mir nach und nach abflauen. Hmpf. Ich kann ihm einfach nicht lange böse sein.

Er will sich von mir lösen, aber ich protestiere mit einem leisen Grummeln und folge seinen Lippen, bis ich seine Nähe erneut spüre. Nicht aufhören. Sonst müssen wir wieder diskutieren. Das sollten wir nie mehr tun. Jeder Satz ist zu viel, wenn eine Berührung und ein Kuss so viel mehr über unsere Verbindung aussagen können als Worte.

Sam hält mein Gesicht jedoch vorsichtig zwischen seinen Händen und zwingt mich, unseren Kuss zu beenden. Verwirrt und benebelt öffne ich die Augen und erkenne die Entschlossenheit in seinem Ausdruck. Mein Herz schlägt in unregelmäßigem Rhythmus.

„Das ist nur der Anfang. Ich werde nicht mehr reden. Ich werde dir zeigen, was ich will und was ich bereit bin, zu geben. Und du wirst lernen mir zu vertrauen und deine Zweifel vergessen. Ich fange heute noch damit an. Jetzt. Versprochen."

14. Sam

Helenas Buchungen sind jedes Mal eine Erleichterung. Besonders nach einer so beschissenen Woche. Hier muss ich mich nicht in ein hässliches Jackett zwängen und mir eine viel zu enge Krawatte umbinden. Ich kann einfach ich selbst sein. Trotzdem war ich noch nie so erleichtert wie heute, dass sie es ist, die die Stunden nach dem Spaziergang mit Lola reserviert hat. Nicht nur, weil sie uns einen Tisch in meinem Lieblingsrestaurant besorgt hat. Vielmehr, weil ich mit ihr reden muss. Es gibt niemanden, der mir auch nur annähernd so gut in meiner Situation helfen könnte wie sie. Ihre Lebenserfahrung ist Gold wert.

Sie nippt an ihrem Aperitif, lehnt sich in ihrem Stuhl zurück und schält sich den eleganten Seidenschal vom Hals. Ihre schmalen Lippen formen ein warmes Lächeln, als sie ihn in der Tasche verstaut und sich anschließend wieder mir zuwendet.

„Wie steht es um deine Herzensdame?", fragt sie, als hätte sie geahnt, was mir auf der Seele brennt.

Ich blättere durch die Karte, obwohl ich die Wörter darin kaum wahrnehme. Wo soll ich anfangen? Soll ich ihr direkt meine Entscheidung ins Gesicht knallen oder die Sache lieber schonender angehen?

„Es ist kompliziert", antworte ich stockend und stecke meine Nase noch tiefer in die Karte.

„Junge Liebe ist nicht kompliziert. Ihr macht es euch höchstens kompliziert.“

Damit könnte sie recht haben. Ich räuspere mich, brauche Zeit zum Überlegen.

„Ich weiß nicht. Ich werde jedes Mal wahnsinnig vor Sorge um sie, wenn sie arbeitet. Und wenn ich sie bitte, vorsichtig zu sein, ihr vorschlage, den Job aufzugeben, versteht sie mich völlig falsch. Macht eine riesige Szene. Sie denkt, ich will ihr Vorschriften machen. Dabei will ich nur nicht, dass ihr was passiert, verflucht. Diese Arbeit kann sie doch nicht glücklich machen. Auch wenn sie das immer behauptet. Sie ist gefährlich und demütigend.“

Helena legt ihre Karte beiseite und mustert mich mit einem Blick, der bis unter die Haut geht. „Du solltest deine eigenen Beweggründe überdenken, bevor du ihre anzweifelst. Andere Menschen kann man nicht ändern. Man kann nur an sich selbst und seiner eigenen Einstellung arbeiten.“

Auch ich klappe das Menü zu. Ich weiß sowieso längst, was ich bestellen werde – dasselbe wie immer. Ihre Worte machen mich aber verdammt neugierig. „Was willst du damit sagen?“

„Ich höre, dass du dich aufrichtig um sie sorgst. Das sieht selbst ein Blinder. Aber da ist noch etwas anderes, das dich diese Forderung stellen lässt.“

Ich runzle die Stirn und verschränke die Arme vor der Brust. Gleichzeitig braut sich in meinem Bauch etwas zusammen. Ich ahne, worauf sie hinauswill. Aber ich will es nicht hören. Denn mit ihr darüber zu reden macht meine Gefühle so real und greifbar, dass ich mich nicht länger davor verstecken kann. Aber ich muss vernünftig sein. Kann mich nicht ewig drücken. Ich weiß, dass ich endlich etwas gegen unsere verzwickte Situation unternehmen muss.

„Du bist eifersüchtig“, stellt sie mit sanfter Stimme fest. Ich bewege mich keinen Millimeter, erwidere nur ihren verständnisvollen Blick.

„Vielleicht.“ Treffer. Mein Magen grummelt. Aber zugeben werde ich es nie. Es passt so gar nicht zu mir, meinen Prinzipien, meiner Einstellung. Außerdem ist es Lola gegenüber richtig mies.

„Sie aber auch. Wenn ich von ihr weg muss oder nach der Arbeit zu ihr komme, sehe ich, dass sie geweint hat. Manchmal wird sie echt wütend, beschimpft mich, schreit. Damit kann ich leben. Aber wenn ihre Augen ganz rot und geschwollen sind und sie es überspielt, als wäre alles in Ordnung ... scheiße, das bricht mir das Herz.“

Ich verstumme, als ein Kellner zu uns kommt und mein Getränk auf dem Tisch abstellt. Er will unsere Bestellung aufnehmen, doch Helena vertröstet ihn. Gut so. Als er an den Nebentisch verschwunden ist, beugt sie sich nach vorne. „Ihr verletzt euch also gegenseitig und seid blind in eurem eigenen Schmerz gefangen.“ Ich versuche die Bedeutung ihrer Worte zu entschlüsseln, aber sie fährt fort: „Du nimmst nicht mal mehr ihre Wünsche und Gefühle an, weil du so sehr mit deinen eigenen Sorgen beschäftigt bist. Wenn sie dir erzählt, dass sie ihren Job liebt, dann musst du das akzeptieren. Es ehrt dich, dass du dich um sie sorgst. Aber du kennst ihre Beweggründe nicht.“ Sie dreht den Stil ihres schmalen Glases zwischen den Fingern. „Viele Frauen genießen die Aufmerksamkeit der Männer.

Begierde ist ein aufrichtiges Kompliment und verleiht mehr Selbstbewusstsein als Worte. Das müsstest du eigentlich am besten wissen." Sie sieht von ihrem Glas auf und spitzt die Lippen.

„Nimm ihr nicht weg, was sie zu der Frau macht, die sie ist. Wenn es dich wirklich schmerzt, sie wegen dir weinen zu sehen, dann hast du es in der Hand, das zu ändern. Und wenn nicht, sei euch beiden gegenüber ehrlich und beende es, bevor es schlimmer wird."

Der Kellner kehrt an unseren Tisch zurück. Ich bin dankbar für die kurze Ablenkung und bestelle mir mein Steak. Helenas Worte treten in meinem Kopf eine Gedankenlawine los, unter der ich zu ersticken drohe. Vieles von dem, was sie mir rät, habe ich selbst schon gecheckt. Hab mir auch schon einen Plan überlegt. Anderes dagegen war ganz hinten in meinem Kopf versteckt. Ohne ihre Hilfe konnte ich es aber nicht greifen. Langsam bekomme ich ein richtig schlechtes Gewissen. Wie konnte ich meine Eifersucht für mich sprechen lassen? Lola so in Bedrängnis bringen? Wie konnte ich von ihr verlangen, das aufzugeben, was sie liebt? Ich bin so ein Esel. Und kann ich diese Beziehung überhaupt fortführen, wenn sich nichts an unserer Situation ändert? Wäre es dann nicht wirklich fairer, es kurz und schmerzlos zu beenden, bevor uns mehr verbindet als ein paar gemeinsame Wochen? Mein Kopf brummt.

Helena betrachtet mich schweigend. Ich versuche, keine Miene zu verziehen. Bloß nichts anmerken lassen. Trotzdem bin ich mir sicher: Sie kann jeden einzelnen meiner Gedanken lesen. Wie sie es immer zu tun scheint.

Erneut schießen mir meine Pläne durch den Kopf, wegen denen ich eigentlich mit ihr reden wollte. Sind sie überhaupt noch wichtig? Trotzdem will ich ihre Meinung dazu hören.

„Ich habe viel nachgedacht in den letzten Tagen ...“ Ich schlucke und erwidere Helenas ruhigen Blick mit einem selbstsicheren Lächeln. Es auszusprechen, fühlt sich richtig an.

„Ich werde etwas verändern. Ich will diesen Mist nicht mehr machen. Aus dem Diamond Club austreten und mir einen Job suchen, der kein Verfallsdatum hat. In dem ich Perspektiven und Möglichkeiten habe. Etwas, bei dem Lola stolz auf mich sein kann statt eifersüchtig. Wird bestimmt krass. Aber ich muss das tun.“

Erstaunen huscht über Helenas Gesicht. Nervös reibe ich meine Hände unter dem Tisch aneinander. Hoffentlich nimmt sie es nicht persönlich. Meine Entscheidung hat schließlich nichts mit unseren Treffen zu tun.

Schnell wandelt sich ihr Ausdruck aber zu einem sanften Lächeln. „Das hättest du schon lange machen sollen. Dieser Job ist nichts für intelligente, junge Männer wie dich. Du hast Besseres verdient. Aber ...“

„Nein, das bedeutet natürlich nicht, dass wir uns nicht mehr sehen werden. Ich will nicht auf unsere Nachmittage verzichten. Ist doch immer 'ne schöne Zeit. Vorausgesetzt, du kommst damit klar, dein Geld in Zukunft wirklich in der Tasche lassen zu müssen.“

Sie lacht auf. Mir fällt ein fetter Stein vom Herzen. Sie nimmt es mir nicht übel, freut sich sogar für mich. Selten war ich so dankbar für unsere Freundschaft und ihre Unterstützung. Heute kann ich das wirklich gebrauchen.

„Darauf wollte ich nicht hinaus. Mach dir um mich keine Sorgen. Ich freue mich natürlich, wenn wir in Kontakt bleiben, aber du musst dich nicht für mich verantwortlich fühlen. Ja, ich bin einsam, aber ich habe mich mit den Jahren daran gewöhnt. Sorg lieber dafür, dass es dir einmal anders ergeht." Ich greife über den Tisch nach ihrer Hand und drücke sie fest.

„Danke."

„Schon gut." Sie erwidert den Druck meiner Hand und sieht mich eindringlich an. „Aber versprich mir, dass du es in erster Linie für dich tust. Nicht nur für sie. Es ist ehrenhaft, so viel für sie zu opfern. Sie wird erkennen, wie sehr du sie liebst. Doch du weißt nie, wie lange euer Glück anhält. Selbst durch die größten Opfer kannst du es nicht festhalten. Umso wichtiger ist es, dass du dich auch selbst in einem anderen Job wohler fühlst."

„Ich hab zwar noch nicht die geringste Ahnung, in welche Richtung es mich treiben wird", gebe ich zu, „aber ich verspreche dir, dass es keine überstürzte Entscheidung ist. Ich denke schon lange drüber nach. Ich war gerne Escort. Ich bereue nichts, würde es jederzeit wieder machen. Aber ich merke auch, dass es mich nirgendwo hinführt. Ich hab' Kohle, aber keine Ziele, auf die ich hinarbeiten könnte. Es macht mich nicht richtig happy. Und das ist es doch, was du mir immer empfohlen hast."

Sie nickt und öffnet den Mund, um noch etwas hinzuzufügen, kommt jedoch nicht dazu, weil der Kellner einen Teller über ihre Schulter reicht und vor ihr abstellt. Sie greift sofort zum Besteck und macht sich daran, ihren Fisch sorgfältig zu zerlegen. Ohne nachzuhaken mache ich mich ebenfalls über mein Steak her. Die behagliche Stille zwischen uns bedeutet mir verdammt viel. Mehr, als ich jemals zugeben würde.

Nachdem ich mich von Helena verabschiedet habe und vom Restaurant nach Hause laufe, wächst meine Aufregung mit jedem Schritt. Ich könnte losrennen, die letzten beiden Straßen im Sprint zurückzulegen. Aber ich zwinge mich dazu, die kühle Luft tief einzuatmen. Am liebsten würde ich sofort mein Handy aus der Tasche ziehen und Domi meine Entscheidung mitteilen. Andererseits habe ich auch krassen Respekt vor seiner Reaktion. Begeistert „Juhu" rufen wird er sicher nicht.

Auch wenn unser Kontakt eigentlich nur beruflicher Natur ist, hatten Domi und ich vom ersten Tag an einen freundschaftlichen Umgang miteinander. Wenn er mich anruft, um meine Termine durchzugeben, nimmt er sich oft auch ein paar Minuten, um über dies und das mit mir zu quatschen. Zufällige Begegnungen im Club endeten schon das ein oder andere Mal mit einem Bierchen an der Bar. Wir reden zwar nie über privates oder intimes Zeug, haben aber dieselbe Wellenlänge. Es ist jedes Mal spannend, mit ihm über Gott und die Welt zu diskutieren.

Ich fummle den Schlüssel in die Haustür und nehme auf dem Weg in die Wohnung zwei Stufen auf einmal. So muss ich erst kurz ausschnaufen, als ich im obersten Stockwerk ankomme und mich aufs Sofa fallen lasse. Mein Atem beruhigt sich nur langsam. Meine Nervosität vor der Kündigung mischt sich mit den Gedanken an Lolas Reaktion. Was wohl passiert, wenn sie davon erfährt? Helena hat mein Plan überzeugt, als ich ihr erzählt habe, wie ich Lola überraschen will. Hoffentlich findet Lola meine Geste genauso gut. Wir stehen uns inzwischen zwar echt nahe, aber in manchen Momenten ist sie für mich immer noch unberechenbar.

Mit schwitzigen Fingern umklammere ich mein Handy und scrolle zum richtigen Kontakt. Domis Name flimmert vor meinen Augen auf dem Display, während ich auf den kleinen, grünen Hörer darunter tippe.

Der Wählton frisst sich in mein Ohr. Was treibe ich hier eigentlich? Es ist Samstag Abend. Nicht gerade der perfekte Zeitpunkt, um nach sieben Jahren zu kündigen. Mein Mund ist plötzlich staubtrocken. Scheiß drauf. Ich werde das durchziehen.

Nach dem sechsten Piepsen knackt es in der Leitung. Im Hintergrund vernehme ich leises Stimmengewirr. Fuck.

„Ja, Sam? Gibt's ein Problem?"

Am liebsten würde ich wieder auflegen. Ich werde uns beiden den Abend versauen.

„Sozusagen. Hast du eine Minute?" Meine Stimme kratzt, als wäre ich heiser. Bitte sag nein.

„Klar, wenn es nicht länger dauert. Wir sind gerade im Kino und stehen an der Popcornkasse an."

Immerhin ist es keine wichtige Veranstaltung. Ich trommle mit den Fingern auf dem Sofapolster. Es muss raus. Nur wie?

„Ich habe die letzten Tage viel über meinen Job nachgedacht. Und bin zu dem Entschluss gekommen, dass es Zeit wird, mich beruflich zu verändern. Deswegen würde ich gern ..."

„Halt, das reicht", unterbricht mich Domi, bevor ich das entscheidende Wort aussprechen kann. Was wird das denn jetzt? Ein langgezogenes Seufzen kommt aus der Leitung. Ich habe mit vielem gerechnet, allerdings nicht damit. Domi schweigt. Würde ich das fröhliche Geplapper im Hintergrund nicht deutlich hören, würde ich vermuten, er hätte aufgelegt. Meine Finger trommeln einen schnelleren Takt und ich warte gebannt auf ein Lebenszeichen. Was hat diese verdammte Stille zu bedeuten?

„Lass uns persönlich darüber reden. Kann ich morgen noch auf dich zählen oder soll ich jemand anderen einbuchen?"

„So eilig habe ich es nicht. Ich werd die Frist schon beachten, da musst du dir ..."

„Gut. Komm am Mittwoch um zehn ins Büro."

Ich bin völlig perplex. Warum lässt er mich nicht mal ausreden? Ich habe ein mieses Gefühl bei der Sache. Wahrscheinlich will er mir persönlich gegenüberstehen, um mir die Kündigung auszureden. Den Gefallen kann ich ihm aber leider nicht tun. Mein Entschluss steht fest. Trotzdem bin ich es ihm schuldig, mich zumindest vernünftig zu verabschieden und alles gemeinsam zu klären.

„Geht klar."

15. Lola

Die Klingel lässt mich zusammenzucken. Miss Flauschig, die sich auf meinem Schoß zusammengerollt hat, hebt den Kopf und sieht mich beinahe vorwurfsvoll aus ihren halb geschlossenen Augen an.

„Du hast Recht. Wir sollten nicht aufmachen. Keine Ahnung, wer uns da nervt."

Ich erwarte weder Besuch noch ein Paket. Also bleibe ich sitzen und kraule Miss Flauschig hinter den Ohren. Sie drückt ihren weichen Kopf gegen meine Hand und antwortet mit einem Schnurren.

Erneut schrillt ein Klingeln durchs Wohnzimmer. Ich rolle mit den Augen. Da ist aber jemand aufdringlich. Wehe, es ist ein Vertreter oder die Zeugen Jehovas.

Vorsichtig schiebe ich Miss Flauschig von meinem Schoß. Sie macht einen Buckel und verschwindet sofort in ihrer Höhle im Kratzbaum. Seufzend hieve ich mich aus meiner gemütlichen Position und schlurfe zum Türöffner.

Während schwere Schritte die Stufen erklimmen, öffne ich die Tür einen Spalt breit und streiche mir die Katzenhaare von der Jogginghose. Ein schwer bepackter Paketbote taucht am Treppenabsatz auf. Haben die Nachbarn wieder 20 Kilo schwere Pakete bestellt, obwohl sie nie zuhause sind?

Der Bote stellt den Karton schnaufend vor mir ab und zieht sein Gerät aus der Tasche. „Eine Unterschrift, bitte."

Ich krakle mit dem Zeigefinger unlesbare Hieroglyphen auf den Touchscreen. „Für wen ist's denn?"

„Na für Sie. Sie sind doch Frau Rothe?"

Stirnrunzelnd mustere ich den Aufkleber auf dem Paket. Tatsächlich. Es ist an mich adressiert.

„Ja, stimmt ... danke", murmle ich, ziehe es in meine Wohnung und schließe eilig die Tür.

Trotz seiner beachtlichen Länge ist es leichter als erwartet und ich kann es problemlos auf den Wohnzimmertisch tragen. Habe ich doch etwas bestellt und es vergessen? Eine Briefbombe wird es wohl kaum sein.

Ich mache mir nicht die Mühe, gegen meine Neugierde anzukämpfen und hole eine Schere aus der Küche. Mit einem Grinsen durchschneide ich das Paketband, während ich überlege, woher es kommen könnte. Vielleicht will mich ja auch Sam mit einem Geschenk überraschen?

Ich fetze die Pappe auf und entdecke als erstes eine Karte, die auf einem Haufen weißen Packpapiers liegt.

Die Vorderseite zeigt einen riesigen Strauß roter Rosen. Mein Herz macht einen Hüpfer. Ist es wirklich von ihm?

Ungeduldig drehe ich sie um und überfliege den Text.

„Lola,

Sehnsüchtig fiebere ich unserer gemeinsamen Nacht entgegen. Sie soll für uns beide unvergesslich werden. Deswegen habe ich mir erlaubt, dir etwas zukommen zu lassen, das dich bestimmt noch schöner aussehen lässt als in meinen Träumen. Ich würde mich freuen,

Obwohl es nicht von Sam stammen kann, muss ich schmunzeln. Da hat jemand wohl zu viel *Shades of Grey* gelesen. Eine Unterschrift suche ich vergeblich, trotzdem weiß ich sofort, wer der Absender ist: Der Overnight-Kunde von heute Abend. Er muss bereits bei seiner spontanen Buchung recht großzügig gewesen sein, denn Domi teilte mir gestern bei unserem Gespräch mit, dass er all meine anderen Termine zugunsten des anonymen Herren gestrichen hat. Leider springt dabei nur für ihn mehr raus.

Trotzdem kann ich mich nicht beklagen, denn die Overnight-Tarife als Diamond Girl sind so lukrativ, dass sich alle Mädels immer darum reißen und man von einer Buchung problemlos einen Monat lang leben könnte. Noch dazu kommt es dabei häufiger vor, dass die Kunden auch sehr bedacht auf den Spaß der Frau sind und die Nächte somit tatsächlich einzigartig werden. Deshalb bin ich zwar aufgeregt, aber nicht überrascht, als ich die Karte beiseitelege und mich durch das Packpapier wühle. Ich hoffe nur, Domi hat das Paket an mich weitergeleitet und keinem Fremden meine Adresse gegeben.

Roter Stoff blitzt zwischen den Schichten hindurch. Ich werfe das Papier auf den Boden und ziehe mein Geschenk aus dem Karton. Mein Mund klappt auf, als es sich vor mir ausbreitet.

Es ist eines der schönsten Kleider, das ich jemals gesehen habe. Sein Schnitt und die geschickt eingesetzte Spitze vermitteln Eleganz, die knappe Länge verleiht ihm Sexiness. Nur eins ist es definitiv nicht:

unauffällig. Der Rotton ist so satt und strahlend, dass ich meine Finger staunend über den Stoff gleiten lasse.

Am liebsten würde ich sofort hineinschlüpfen. Hoffentlich passt es. Ich drehe und wende es in den Händen und bestaune es von allen Seiten. Es ist wirklich ein Traum. Ich überlege kurz, Sam ein Bild davon zu schicken, entscheide mich jedoch sofort dagegen. Ich würde es ihm zu gerne zeigen, erst recht an mir. Aber nicht heute. Wenn wir uns nächstes Mal sehen, kann ich ihn damit überraschen. Dann kann er es nicht nur ansehen, sondern mich auch gleich daraus befreien...

Drei Stunden später kann ich endlich das Ergebnis meines aufwendigen Stylings betrachten. Meine Haare habe ich in sanfte Wellen gelegt, meine Augen strahlen dank des Effekts der intensiven Wimpernpflege und der Mascara. Besonders gelungen ist jedoch der Farbton meiner Lippen, der perfekt zum Kleid passt.

Es steht mir noch besser, als ich erwartet hätte und ich kann nicht aufhören, mich selbst im Spiegel zu bestaunen. Das ist einer der Momente, wegen denen ich meinen Job über alles liebe. So oft ich will, habe ich die Möglichkeit, mich so zu schminken und anzuziehen, wie andere Frauen es nur zu wenigen Anlässen könnten. Ich muss nicht auf Einladungen zu Bällen, Hochzeiten oder wichtige Geschäftsdinner hoffen – in meinem Schrank finden sich mehr elegante und ausgefallene Outfits als in einer Kostümsammlung. Noch dazu kann ich mir auch stets sicher sein, Komplimente und bewundernde Blicke für meine Mühen zu ergattern. Nichts tut meiner Seele und meinem Selbstbewusstsein so gut.

Ich verabschiede mich von Miss Flauschig, die allerdings keine Lust auf einen Kuss hat und sich strampelnd aus meinen Armen windet. Dann hole ich meine schicksten, roten High Heels aus dem Schrank, um mein Outfit zu perfektionieren, und verlasse die Wohnung.

Mit jeder Treppenstufe nach unten steigt meine Aufregung. Der Name des Hotels ist mir nicht bekannt, obwohl ich schon viele Unterkünfte in Berlin kennenlernen durfte. Google verriet mir jedoch bei meinen Recherchen, dass es sich durchaus mit den anderen Edelhotels messen kann, die die Kunden üblicherweise für unsere Treffen buchen. Umso gespannter bin ich auf den Mann, der schon jetzt so viel Mühe und Geld für mich investiert hat. Es wird sicher ein unvergesslicher Abend, wie er bereits in seiner Karte angekündigt hat.

Ich ziehe den Reißverschluss meines Mantels bis zum Kragen und wuchte die schwere Eingangstür auf, die mal wieder klemmt. Sie will sich auch nicht wieder schließen lassen. Fluchend hänge ich mich mit meinem ganzen Gewicht an den Türgriff, bis sie donnernd ins Schloss fällt.

Als ich mich zum Gehen wende, sticht mir sofort der hochgewachsene Mann im Anzug ins Auge, der an der Straße vor meiner Haustür steht und mich mit undurchschaubarem Ausdruck mustert. Falls ihn mein Auftritt amüsiert hat, lässt er es sich zumindest nicht anmerken. Es ist offensichtlich, dass er meinetwegen hier ist. Ich frage mich sofort, ob er mein Date für diesen Abend ist und was er vor meinem Haus treibt, komme aber nicht dazu, den Gedanken zu Ende zu führen. Denn hinter den parkenden Autos auf dem schmalen Seitenstreifen entdecke ich eine Stretchlimousine.

Augenblicklich sammelt sich das Blut in meinen Wangen und ich werde unter dem Make-up sicherlich knallrot. Eine Mischung aus Aufregung, Entsetzen und Scham strömt durch meine Glieder und treibt meinen Puls in die Höhe. Hektisch sehe ich an der Fassade nach oben. O je. Was, wenn die Nachbarn das sehen? Wer weiß, wie lange der Typ hier schon steht. Irgendwer hat ihn sicher vor mir entdeckt und ich bin morgen der Tratsch des ganzen Hauses.

Außerdem beschleicht mich zunehmend der Verdacht, dass Domi wirklich meine Adresse herausgegeben hat. Wenn sich das bewahrheiten sollte, wird er das nicht überleben. Er weiß selbst, wie wichtig in diesem Job Privatsphäre und Sicherheit sind. Es ist zwar nicht das erste Mal, dass ich mit einem Kunden in einer Limousine durch die Stadt chauffiert werde, doch die Tour hat noch nie vor meinem Haus begonnen. Wir starteten immer von einem Hotel oder dem vereinbarten Treffpunkt aus.

„Lola?", fragt der Anzugträger, den ich inzwischen als Fahrer identifiziert habe.

Ich nicke knapp und zwinge mich zu einem Lächeln. Er scheint zum Glück nichts von Smalltalk zu halten und führt mich direkt zur hinteren Tür. Verstohlen begutachte ich das Luxusgefährt, während er sie öffnet und mich hineinbittet. Es ist eines der teureren Modelle. Der weiße Lack glänzt im Licht der Laternen und wirkt für Berlin viel zu prunkvoll. Das Ding hätte sich wohl besser in das Bild der Straßen von London, Las Vegas oder L.A. eingefügt.

Das Innere der Limousine entlockt mir ein breites Grinsen. Die Einrichtung erinnert mich an den Club, den ich mit Sam besucht habe. Die breite Bank, die sich durch den Innenraum schlängelt, ist mit schwarzem Leder überzogen, der Boden glänzt ebenfalls in einem dunklen Ton. Nur die gläserne Bar und die LED-Leisten unter der Sitzecke und an der Decke strahlen mir entgegen und verleihen dem Inneren eine atemberaubende Atmosphäre. Zu meiner Überraschung ist die Limousine abgesehen von einer Flasche Champagner und unwiderstehlich duftenden Häppchen auf einem Silbertablett an der Minibar aber leer. Seltsam. Der Kerl gibt so viel Geld für mich aus und will den Luxus nicht mal selbst genießen, den er mir damit bietet?

„Der Herr lässt ausrichten, dass Sie die Fahrt genießen und sich auf jeden Fall bedienen sollen", teilt mir der Chauffeur noch mit, bevor er die Tür hinter mir schließt.

Kurz darauf setzen wir uns in Bewegung. Ich lehne mich zurück und blicke durch die verdunkelten Scheiben. Meine Straße zieht an mir vorbei und wir biegen auf die Hauptstraße ein. Die Champagnerflasche klirrt in ihrer Halterung und zieht meine Aufmerksamkeit auf sich. Liebend gerne würde ich ein Gläschen davon trinken. Aber die Umstände dieses Dates sind so ungewöhnlich, dass Skepsis und Vorsicht meine Gedanken färben. Könnte das alles nur ein Trick sein? Ist der Champagner vergiftet oder mit K.O.-Tropfen versehen?

Ich nehme die Flasche heraus und begutachte sie von allen Seiten, insbesondere den Korken. Sie scheint original verschlossen zu sein, ich kann auch keine Einstichlöcher erkennen. Als ich sie vorsichtig öffne und der Korken mit einem lauten *Plopp* gegen die Decke schießt, kommt mir der Gedanke plötzlich absurd vor. Sams Sorgen haben schon viel zu sehr auf mich abgefärbt. Wegen seines ständigen Geredes über potentielle Gefahren bei meinen Buchungen leide ich schon unter Verfolgungswahn.

Ich gieße die schäumende Flüssigkeit in das Glas und schnappe mir eines der Lachshäppchen vom Tablett. Jetzt erst recht. Ich werde diesen Abend genießen, ohne ständig an ihn denken zu müssen und mich von seinen unterschwelligen Eifersüchteleien und Sorgen beeinflussen zu lassen.

Die Scheibe, die den Fahrer vom hinteren Bereich trennt, fährt ein Stück hinunter.

„Entschuldigung, ich habe ganz vergessen zu fragen, ob Sie gerne etwas Musik hören würden?", fragt er und wirft mir einen fragenden Blick über den Rückspiegel zu.

„Sehr gerne", antworte ich und er fährt die Abtrennung sofort wieder nach oben.

Nur wenige Sekunden später erfüllen die Klänge meines Lieblingsstücks die Limousine. Meine Nackenhärchen stellen sich auf. Langsam wird es unheimlich. Der Kerl muss sogar mein Agenturprofil bis ins Detail studiert haben, auf dem ich neben meinen liebsten Künstlern angegeben habe, Klaviermusik den Charthits vorzuziehen. Was hat er mit mir vor? Wozu der ganze Aufwand?

Ich leere mein Glas in einem Zug, um meine aufkeimenden Ängste und die Nervosität hinunterzuspülen.

Dann lehne ich mich zurück und konzentriere mich lieber auf die vertraute Melodie und den Ausblick auf die vorbeifliegenden Straßen Berlins.

Dreißig Minuten und einige unnötige Umwege später fahren wir vor dem Hotel vor. Der Fahrer öffnet mir erneut die Tür und streckt mir die Hand entgegen, um mir aus dem niedrigen Innenraum hinauszuhelfen.

Dankend nehme ich sie entgegen und will so schnell wie möglich ins Hotel verschwinden. So spannend die Fahrt auch war, die Blicke der Passanten und des Portiers sind mir unangenehm.

Ich verabschiede mich, der Chauffeur wühlt jedoch in der Tasche seines Jacketts und zieht einen Zettel daraus hervor. Stirnrunzelnd nehme ich ihn entgegen. Mein Date scheint mich also nicht am Auto in Empfang nehmen zu wollen. Der Zettel ist mit der Zimmernummer und dem Hinweis „Top Floor" beschriftet.

Ich zupfe mein Kleid zurecht, das beim Aussteigen nach oben gerutscht ist, öffne den Reißverschluss meines Mantels und durchquere im Stechschritt die Lobby. Köpfe drehen sich in meine Richtung, die beiden Männer vor dem Aufzug verstummen, als ich mich nähere. Hat jeder in diesem Gebäude meine glamouröse Ankunft mitbekommen oder ist es das Kleid, das so viel Aufmerksamkeit auf sich zieht? Ich schenke ihnen mein süßestes Lächeln, während wir gemeinsam auf den Aufzug warten. Der ältere der beiden errötet augenblicklich. Ich muss mir ein Grinsen verkneifen. Wenn nur alles so einfach wäre, wie Männer um den Finger zu wickeln.

Die beiden beäugen mich noch skeptischer, als ich im Fahrstuhl den Knopf zum obersten Stockwerk drücke. Immerhin bin ich sie nach einigen Etagen wieder los und kann noch einmal tief durchatmen. Ich kann mich nicht erinnern, wann ich vor einem Date zum letzten Mal so aufgeregt war. In diesem Zimmer könnte mich alles erwarten – eine wunderschöne Nacht und ein gutaussehender, charmanter Geschäftsmann genauso wie ein Psychopath.

Auf dem langgezogenen Flur entdecke ich nur zwei Türen – eine an jedem Ende. Verbergen sich dahinter so riesige Suiten? Mit klopfendem Herzen und klackernden Absätzen schreite ich den Hartholzflur entlang. Das Zimmer, vor dem ich zum Stehen komme, ist auf Anhieb das Richtige. Das verrät mir jedoch nicht nur die Zimmernummer. Die Tür steht einen Spalt offen. Die Aufregung treibt mir kalten Schweiß auf die Handflächen. Soll ich einfach reingehen?

Ich klopfe zaghaft an die Tür.

„Hallo?", rufe ich ins Innere, erhalte jedoch keine Antwort. Also reiße ich mich zusammen, schiebe meine Bedenken beiseite und betrete das Zimmer.

Es handelt sich dabei allerdings um eine Suite, angesichts deren Größe und Luxus mir der Mund offen stehen bleibt. Das Licht ist gedimmt, reicht aber aus, um all die raffinierten Details erkennen zu können. Meine Absätze versinken in dem flauschigen Teppich, der sich unter der riesigen Sofalandschaft ausbreitet. Gegenüber knacken glühende Äste im Kaminfeuer, das eine behagliche Wärme ausstrahlt. Irritiert drehe ich mich im Kreis. Warum bin ich alleine hier? Ist der Kunde in einem der Nebenräume? Was soll das? Ich bin hin- und hergerissen zwischen Begeisterung und dem Wunsch, zu flüchten. Außerdem sollte ich dringend mein Agenturprofil aktualisieren und zu den Dingen, auf die ich nicht stehe, Baden hinzufügen.

Der Whirlpool vor der Glasfront ruft sofort Erinnerungen hervor, die nicht an diesen Ort, nicht zu diesem Moment passen. Auch wenn es ein anderes Hotel ist, ähnelt es dem ersten Treffen mit Sam so sehr, dass ich die Bilder nicht beiseite schieben kann, die über mich hineinströmen. Seine ersten Berührungen, die so intensive Gefühle in mir auslösten, wie ich es noch nie zuvor gespürt hatte. Das Funkeln in seinen Augen, die geweiteten Pupillen und der Wunsch, mit ihm alleine zu sein und all die Dinge mit ihm anstellen zu können, die er mir mit diesem Blick versprach.

Ich setze mich auf den Rand der Wanne und überschlage die Beine, um das aufkommende Ziehen in meinem Unterleib zu unterdrücken. Gedankenverloren lasse ich meine Hand durchs Wasser gleiten, dessen Oberfläche von hunderten Rosenblättern bedeckt wird. Die Flammen der herzförmigen Teelichter auf dem Rand spiegeln sich in den Scheiben und funkeln mit den Lichtern der Stadt um die Wette. Der Ausblick ist atemberaubend. Ich trockne die Hand an meinem Kleid und trete um den Whirlpool herum.

Die Dächer der Altbauten reihen sich dicht aneinander und werden nur hier und da von moderneren Gebäuden unterbrochen. Beleuchtete Fenster wechseln sich mit schwarzer Leere ab und mir wird beinahe schwindelig angesichts der Menge von Menschen, die hinter jeder Scheibe auf so engem Raum leben müssen. Nur der Fernsehturm ragt wie ein Leuchtturm über die

Dächer hinaus und strahlt bis in den dunklen Himmel hinauf.

Ich wünschte, Sam könnte das sehen. Aber ich werde ihm nicht mal davon erzählen können. Was im Hotel geschieht, bleibt auch im Hotel. Ich will nicht bewusst seine Eifersucht schüren.

Ich lasse meinen Blick über die Straße unter mir gleiten. Dort, wo eben noch die Limousine gestanden hat, parkt nun ein kleiner LKW. Der Ausblick kann mich jedoch nicht ablenken. Meine Aufregung wächst mit jedem Atemzug. Wie lange will mein Date noch auf sich warten lassen?

Mein Herz setzt einen Schlag aus. Schlagartig gefrieren meine Glieder zu Eis und machen es mir unmöglich, auch nur einen Finger zu bewegen. Große Hände schieben sich von hinten um meine Taille. Unfähig, auch nur einen Atemzug zu tun, stehe ich vor der Scheibe und versuche vergeblich, in der Spiegelung etwas zu erkennen. Wie konnte er sich so leise anschleichen? Oder war ich so sehr in Gedanken, dass ich es nur nicht wahrgenommen habe?

Die Hände wandern meinen Körper entlang, eine hinunter zu meinen Schenkeln, die andere bis zum Hals. Mein Körper reagiert sofort auf die Berührungen, ich verfluche ihn jedoch dafür. Die Situation ist aufregend. Trotzdem nagen Zweifel an meinem Verstand. Wer ist er und warum die Geheimnistuerei?

Die Hand streicht eine Haarsträhne hinter mein Ohr. Er kommt näher. Sein Körper schmiegt sich an meinen Rücken und warme, feuchte Luft streift meinen Hals. Ohne Vorwarnung schnürt sich mein Brustkorb zu. Ich öffne den Mund, will nach Luft schnappen, doch mein

Körper gehorcht mir nicht mehr. Denn mein Unterbewusstsein ist mir einen Schritt voraus. Eine verschwommene Botschaft erreicht meine Gedanken. Ich bin allerdings nicht in der Lage, sie zu entziffern. Panik überrollt mich.

„Hat dir deine Überraschung gefallen?" Die Stimme an meinem Ohr ist kaum mehr als ein Flüstern.

Die Erkenntnis bohrt sich wie ein Pfeil in meinen Kopf. Nein, das kann nicht sein. Mir drohen die Knie einzusacken. Ich muss mich mit den Händen an der Scheibe abstützen, um gegen den aufsteigenden Schwindel anzukämpfen. Bitte, ich muss mich täuschen.

Doch ich weiß schon, bevor ich mich umgedreht habe, dass mich nicht irre. Ungläubig starre ich ihn an und strecke die Hand nach ihm aus, als müsste ich prüfen, ob er echt ist oder ein Gespenst vor mir steht. Keine Zweifel. Er ist es. Ich halluziniere nicht. Tausend Fragen schießen mir durch den Kopf. Der Teppichboden unter mir scheint sich unaufhörlich zu drehen. Ich verstehe es nicht. Was hat das zu bedeuten?

„Hab ich dich erschreckt? Du bist ja kreidebleich!"

Ich weiche einen Schritt zurück, um mich aus Sams Griff zu winden. Dabei stoße ich mit dem Rücken gegen die Scheibe.

„Was ... ich verstehe nicht ...", stammle ich und versuche, meinen Körper wieder unter Kontrolle zu bringen. Es ist nichts passiert. Es ist nur Sam. Doch mein Kopf kann die Eindrücke nicht verknüpfen. Dass er nun statt einem Fremden vor mir steht, macht überhaupt keinen Sinn.

Sams Gesicht verliert ebenfalls seine Farbe. Besorgt legt er den Kopf schief und will mir über die Wange streichen, aber ich wehre seine Hand ab.

„Ich wollte dich zwar überraschen, aber nicht so. Tut mir leid, wenn ich dich verwirrt habe. Komm mit und beruhig dich erstmal." Er deutet mit dem Kopf zur Couch hinüber. Ich denke jedoch gar nicht daran, mich von der Stelle zu rühren. Ich will eine Erklärung. Und es sollte besser eine Gute sein.

„Sag mir, was du hier machst." Meine Stimme klingt barscher als beabsichtigt.

Skeptisch beäugt er mich und versucht es erneut. „Setz dich, dann können wir reden. Sonst muss ich dich gleich vom Boden aufsammeln, so, wie du aussiehst."

Ich schüttle energisch den Kopf. Er hat recht, meine Beine zittern. Aber das kommt nicht mehr vom Schock. Es ist die Situation, die mir in diesem Moment bewusst wird. Die Fakten, die ich nicht verleugnen kann und die mir bittere Galle den Hals hinaufsteigen lassen.

„Du hast mich gebucht." Die Worte kommen nur schwer über meine Lippen. Er nickt.

„Aber warum?"

Er seufzt und setzt sich auf den Rand des Whirlpools.

„Wonach sieht's denn aus? Ich wollte dir einen unvergesslichen Abend schenken. Du siehst aber nicht gerade begeistert aus."

Ich schnaube. „Was hast du erwartet – dass ich dir dankbar in die Arme falle?"

Ich kann nicht fassen, was hier gerade passiert. Er hat mich gebucht. Er hat mir das Paket mit dem Kleid und die Limo geschickt. Und hat mich dabei auch noch in dem Glauben gelassen, ich würde arbeiten gehen.

Warum hat er nicht gesagt, dass er hier sein wird? Und wie hat er das überhaupt eingefädelt?

„Na ja, etwas mehr Freude habe ich mir schon erhofft. Immerhin bedeutet das, dass wir die Nacht gemeinsam verbringen können. Ohne uns darüber Sorgen zu machen, dass der andere gleich abhaut oder wir einen Termin verpassen. Und das Kleid steht dir auch traumhaft.“

Mein Kopf verarbeitet seine Aussage nur langsam. Zu viele Fragen drängen sich in den Vordergrund. Was ich aber verstanden habe, lässt meinen Brustkorb verknoten.

„Du hättest mich auch fragen können. Du hättest mich auf ein Überraschungsdate einladen können, wie beim ersten Mal. Aber das hast du nicht. Du hast mich gebucht. Bist du irre?“

Ich kann meine Emotionen nicht länger zurückhalten. Je mehr ich darüber nachdenke, desto mehr schreckliche Erkenntnisse offenbaren sich mir. Sam sieht irritiert aus, doch darauf falle ich nicht rein.

„Wie hast du das überhaupt angestellt? Hast du Domi von uns erzählt oder dich als anonymer Kunden ausgegeben? Weißt du, was du damit aufs Spiel setzt?“

Er hält meinem Blick stand und erwidert seelenruhig: „Lass das mal meine Sorge sein. Er weiß es nicht und er wird es auch nicht erfahren. Ich bin nicht dumm, Lola. Ich weiß, was ich tue.“

„Ja, das merke ich. Die Aktion musst du lange geplant haben. So hätte ich dich niemals eingeschätzt. Ich verstehe nicht, warum du mir das antust. Wenn du mir meine Freiheit nicht lassen kannst, hab wenigstens den Arsch in der Hose, dich von mir zu trennen.“ Obwohl ich beinahe schreie, bin ich den Tränen nahe. Das ist keine lieb gemeinte Überraschung. Das ist eiskalte Berechnung. Der Versuch, mir seine Macht zu demonstrieren und mich von dem abzuhalten, was ich liebe.

„Was ist denn in dich gefahren? Was redest du da?" Sam schüttelt verständnislos den Kopf. Ist er sich nicht mal bewusst darüber, was er getan hat? Oder ist er nur ein guter Schauspieler? Mein Brustkorb zittert, als ich einatme.

„Das ist meine Karriere, in die du dich gerade einmischst. Nach allem, was ich dir anvertraut habe, nach all den Diskussionen darüber musst du doch verstanden haben, wie wichtig mir das ist. Aber es interessiert dich nicht. Du setzt dich über meine Grenzen hinweg und buchst mich, damit ich so lange nicht arbeiten gehen kann."

„Das war nicht, was ich ..."

„Ich war noch nicht fertig!", zische ich, doch er beachtet es nicht. „Verdammt, ich gebe mir doch nicht so eine scheiß Mühe und schmeiße meine Kohle zum Fenster raus, nur weil ich eifersüchtig bin! Ich wollte dir etwas Gutes tun und nicht ..."

„Ich will es nicht hören", übertöne ich ihn. Er steht vom Rand der Wanne auf und kommt bedrohlich langsam auf mich zu. Ich funkle ihn wütend an. Einschüchtern lasse ich mich nicht.

„Mir ist egal, was du vorhattest. Du wolltest mich für dich alleine haben. Hat ja super funktioniert, ohne es mit mir absprechen und deine Eifersucht raushängen lassen zu müssen. Ein schlauer Schachzug. Wie soll's jetzt weitergehen? Buchst du mich jetzt jeden Abend, damit ich nicht mehr arbeiten kann? Willst du mich bezahlen für meine Zeit, ja?"

Ein heißer Tropfen rinnt über meine Wange, den ich verärgert abwische. Ich kann mich nicht erinnern, mich jemals so hintergangen gefühlt zu haben. Der Knoten in meiner Brust löst sich mit jeder weiteren Träne, die ich nicht zurückhalten kann. Doch was zurückbleibt, ist eine Leere, die noch schwerer zu ertragen ist. Denn plötzlich wird mir bewusst, was das für uns bedeutet.

„Hör mir doch einfach mal zu! Denk nicht so engstirnig und beruhig dich, verdamm noch mal!" An seiner Schläfe tritt eine Ader hervor, seine Kiefermuskeln arbeiten, als er sich vor mir aufbaut. Diesmal ist mir allerdings gleichgültig, wie gut er dabei aussieht.

„Engstirnig, pah!" Ich spucke ihm die Worte entgegen und mache mich ebenfalls groß, obwohl mir eher danach zumute wäre, mich in einer Ecke zu verkriechen und meinen Tränen freien Lauf zu lassen. „Es geht nicht darum, was ich denke. Sondern darum, dass ich glücklich sein sollte. Wir beide sollten das sein. Aber so ist es nicht. Du zerrst die ganze Zeit an meinem Herzen, als würdest du es absichtlich rausreißen wollen. Ich bin nicht glücklich. Es tut weh. Und das ist es nicht, was ich wollte, als ich mich auf unsere Beziehung eingelassen habe."

Sams Gesicht verschwimmt durch den Tränenschleier vor meinen Augen. Schweres Atmen ist die einzige Reaktion, die ich ausmachen kann. Er kämpft ebenfalls. Ob es Wut oder Tränen sind, vermag ich jedoch nicht zu sagen.

„Warum machst du es so kompliziert? Inzwischen glaube ich, du willst mich überhaupt nicht verstehen. Du willst mir nicht zuhören. Du verdrehst jedes Wort, das aus meinem Mund kommt und überzeugst dich selbst davon, dass es die Wahrheit ist. Die meisten unserer Probleme entstehen in deinem Kopf. Kannst du mir nicht ein einziges Mal vertrauen? Scheiße, ich will doch auch nur, dass es funktioniert!"

Das Schwanken in seiner Stimme reißt meine Mauern endgültig nieder. Tränen fluten mein Gesicht wie ein Wasserfall und bei meinem nächsten Atemzug entrinnt mir ein leises Schluchzen. Ich weiß nicht mehr, was ich glauben soll. Hat er recht? Oder ist das ein neuer Trick, um mich zu beruhigen und anschließend wieder um den Finger wickeln zu können? Wie lange soll das so weitergehen? Bis er mich so oft zerbrochen und wieder zusammengeklebt hat, dass ich mich füge und mich selbst für ihn aufgebe? Nein, das würde er nicht tun. Er will, dass ich glücklich bin, nicht, dass ich leide. Oder etwa doch?

Auf meinem Kopf lastet ein Druck, der so stark ist, dass ich nicht mehr klar denken kann. Ich will das nicht. Ich kann nicht jeden Tag mit ihm streiten. Es macht mich kaputt und reißt tiefere Wunden in meine Seele, als ich jemals wieder heilen könnte. Denn Sam ist nicht wie die Männer zuvor. Er war mehr, als ich je zu träumen gewagt habe. Doch damit ist der Schmerz, der mich nun zu überwältigen droht, ebenfalls stärker als jeder Schmerz, den ich jemals empfunden habe.

Ich wende mein Gesicht ab, denn ich fühle mich ausgeliefert, während er vor mir steht und meine Tränen beobachtet. Ein Teil von mir wünscht sich immer noch, er würde mich in die Arme schließen und sie einfach wegküssen. Doch der Schmerz und die Vernunft überwiegen. So kann es nicht weitergehen. Ich muss etwas unternehmen, bevor es uns beide kaputt macht.

„Aber es wird nicht mehr funktionieren. Es ist zu viel passiert. Immer, wenn ich dich ansehe, sehe ich unsere Probleme. Andere Frauen, deine Eifersucht, Domis Regel und all die Dinge, die ich dir nicht geben kann. Wir hätten es nie so weit kommen lassen dürfen."

Ich kann ihm nicht in die Augen sehen. Stattdessen starre ich auf die Teelichter, von denen die ersten mittlerweile erloschen sind. Vielleicht hätte dieser Abend wirklich schön werden können. Ein Bad in tausend Rosenblättern, zwischen der wohligen Beleuchtung der Kerzen, versunken in seinen Armen. Hätten wir uns unter anderen Umständen kennengelernt. Hätte er mich heute Abend nicht so verletzt.

„Was erwartest du von mir? Ich habe all die Wochen über gekämpft. Hast du das denn gar nicht gespürt? Das war alles, was ich tun konnte. Und ich bin es leid. Nichts davon kommt bei dir an. Du lässt mich nicht einmal zu Wort kommen und wenn doch, siehst du in allem, was ich sage, einen Hinterhalt."

Er tritt zur Seite und deutet zur Tür.

„Wenn es das ist, was du willst, kannst du gehen. Ich mach dir keine Vorschriften. Nicht gestern und nicht heute. Wenn es dich glücklicher macht, geh. Ich werd dich nicht aufhalten."

Ich suche seine Haltung und sein Gesicht auf Hinweise ab, dass er zögern könnte. Doch seine Miene ist versteinert. Lediglich in seinen Augen finde ich denselben, verdächtigen Glanz wie in meinen. Ein kalter

Schauer überkommt mich. Er meint es ernst. Er wird mir nicht hinterherlaufen. Nun liegt es in meiner Hand. Doch ich habe meine Entscheidung längst getroffen. Ich kann nicht hierbleiben. Ich muss mich davor schützen, ihm erneut zu verfallen. Denn alles, was unsere Liebe mit sich bringt, ist Schmerz.

Ich widerstehe dem Drang, Sam ein letztes Mal zu küssen. Auch die Worte, die mir noch auf den Lippen liegen, verkneife ich mir. Sie können uns nicht mehr retten. Wie in Trance setze ich mich in Bewegung. Aus dem Augenwinkel nehme ich noch wahr, wie er die Lippen zusammenpresst und die Augen zusammenkneift. Dann ist er aus meinem Blickfeld verschwunden.

Ich setze einen Fuß vor den anderen. Mein Kopf ist wie leer gefegt. Nur mein Herz sticht mit jedem Schlag so sehr, dass ich befürchte, es könnte aus seiner Position gerissen werden und verloren gehen.

Ich drehe mich nicht mehr um. Ich könnte es nicht ertragen, ihm in die Augen zu sehen.

Als die Tür hinter mir ins Schloss fällt, gewinnt das Zittern meiner Knie Überhand. Ich gebe nach und lasse mich an der Wand zu Boden sinken. Das Zittern breitet sich in Wellen über meinen ganzen Körper aus. Ich presse mir die Hände auf den Mund, um mein unkontrolliertes Schluchzen zu unterdrücken. Was habe ich getan?

Ich bin mir sicher, dass Sam mich durch die dünne Hotelwand hören kann. Und plötzlich wünsche ich mir nichts sehnlicher, als dass er es sich anders überlegt. Ein letztes Mal um mich kämpft. Mich vom Boden aufsammelt und mir verspricht, dass alles wieder gut wird. Doch die Tür bleibt geschlossen.

16. Sam

„Oh nein, wie siehst du denn aus? Alles ok, ist was passiert?" Mist. War klar, dass ich nicht an Lilly vorbeikomme. Sie mustert mich mit aufrichtiger Sorge und verlässt ihren Platz hinter dem Tresen, um mich aufzuhalten. An anderen Tagen hätte mich ihre Fürsorge vermutlich zum Grinsen gebracht. Doch heute ist mir nicht nach Lächeln zumute. Meine Glieder hängen tonnenschwer an mir herab. Ich musste all meine Kraft aufwenden, um mich in den Club zu schleppen.

„Soll ich dir einen Kaffee holen?"

Ich winke ab. „Ist halb so wild. Lieb von dir, aber ich brauch' nichts. Hab' nur ein bisschen wenig gepennt." Wenig ist untertrieben. Gar nicht hätte es besser getroffen. Und nicht nur heute, sondern auch die Nacht davor. Aber das muss ich Lilly nicht auf die Nase binden. Ich will nicht drüber reden. Sie wird sowieso früher oder später erfahren, was mir den Schlaf geraubt hat.

Sie legt die Stirn in Falten. Natürlich glaubt sie mir nicht. Aber sie ist immer noch Lilly und hat genug Anstand, nicht nachzufragen.

„Wenn du trotzdem was brauchst, sag Bescheid. Du weißt, wo du mich findest." Ein warmes Lächeln umspielt ihre Lippen. Schließlich zucken meine Mundwinkel doch. Wie sollte es auch anders sein? Diese zuckersüße Geste könnte keiner ignorieren.

„Danke. Vielleicht später. Jetzt hab' ich erst mal einen Termin bei Domi“, antworte ich. Hoffentlich versteht sie meinen Hinweis. Ich hab' keinen Bock, auszusprechen, was ich dort vorhabe. Ich bin mir aber nicht sicher, ob meine Message ankommt. Sie zieht mich sofort am Arm zu ihrem Arbeitsplatz.

„So kannst du da nicht aufkreuzen. Außer du willst, dass er nachbohrt. Du siehst ja aus wie ein Zombie.“

Damit hat sie wohl recht. Der Blick in den Spiegel heute Morgen war erschreckend. Aber ich hatte nicht die Kraft, etwas daran zu ändern. Jetzt ist es sowieso scheißegal, wie ich aussehe. Keine Kundinnen mehr, kein Chef, dem ich taugen muss ... und keine Lola. Bis ich mich um einen neuen Job bewerbe und wieder gepflegt auftreten muss, habe ich noch genug Zeit. Der Gedanke an mein neues Leben ist weit weg.

Lillys fürsorgliche Geste kann ich aber nicht ausschlagen. Sie wühlt in ihrer Handtasche und zieht eine Bürste und einen dicken, cremefarbenen Stift daraus hervor. Mit einem verunsicherten Blick bittet sie um meine Erlaubnis. Ich zwinge mich zu einem freundlicheren Nicken und lasse sie machen. Sie kann es ja nur besser machen. Noch beschissener kann ich nicht mehr aussehen. Mit schnellen Bewegungen kämmt sie mein zerzaustes Haar nach hinten und bepinselt meine Augenringe mit dem Make-up-Stift. Oh Mann. Ich werde nicht nur Lola vermissen.

Als ich die Stufen zum oberen Stockwerk hinaufsteige, nehme ich den Club plötzlich mit anderen Augen wahr. Jeder Winkel kommt mir mit einem Mal unendlich vertraut vor. Die Einrichtung, die ich sonst übertrieben und kitschig fand, strahlt in außergewöhnlichem Glanz und hinter jeder Tür scheint eine besondere Erinnerung verborgen zu liegen. Aber ich bin fest entschlossen, das alles hinter mir zu lassen. Auch ohne Lola.

Die Bürotür steht schon offen, als ich in den Verwaltungstrakt komme. Zielsicher steuere ich darauf zu, klopfe höflichkeitshalber an den Türrahmen und strecke meinen Kopf hinein. Domi schaut von seinem Bildschirm auf, verzieht aber keine Miene.

„Komm rein", murmelt er und fährt mit seinem Schreibtischstuhl ein Stück zur Seite. Ich schließe die Tür und setze mich ihm gegenüber. Zum letzten Mal. Der Gedanke lässt Erinnerungen an mein Bewerbungsgespräch wieder aufleben. Die erste Begegnung mit meinem Chef. Der Sam, der damals auf diesem Stuhl saß, war ein anderer. Jung, unentschlossen und ohne Plan vom Leben. Mit Träumen von schnellem Geld und Abenteuern. Was ist davon geblieben?

Domi ringt sich ein Lächeln ab, das seine Augen aber nicht erreicht. Erst jetzt fällt mir auf, dass er genauso scheiße aussieht wie ich. Die Furchen um seine blutunterlaufenen Augen zeugen davon, dass er genauso mies gepennt hat. Meinetwegen, wegen unserem Gespräch? Nein, das kann ich mir nicht vorstellen. Er hat zwar hohe Ansprüche an seine Leute, ganz besonders an die Kerle, aber jeder von uns ist ersetzbar. Soll ich ihn danach fragen? Oder ist das zu direkt?

Er kommt mir zum Glück zuvor. „Habe ich dich am Telefon richtig verstanden? Du willst kündigen?"

Den Smalltalk können wir uns also sparen.

„Ja. Ich hab' mir das echt lange überlegt und gemerkt, dass es einfach nicht mehr das Richtige ist. Tut mir leid, ist für mich auch kein leichter Schritt." Ich muss meinem schlechten Gewissen Luft machen und mich zumindest entschuldigen. Auch wenn ich mir dabei bescheuert vorkomme. Domi hat in all den Jahren krass viel für mich getan. Es kommt mir ungerecht vor, einfach zu gehen. Vor allem jetzt, wo der ursprüngliche Plan, gemeinsam mit Lola ein neues Leben zu beginnen, geplatzt ist. Diesmal muss ich allerdings an mein eigenes Wohl denken.

Domi reibt sich die Augen und fährt mit dem Finger die Brauen entlang. „Wie geht es weiter? Hast du schon was Neues?"

Unangenehme Frage. Auch wenn ich damit gerechnet habe.

„Nein. Ich werd' erstmal eine Pause einlegen. Und dann in Ruhe überlegen, wie es weitergeht."

Ich lehne mich in meinem Stuhl zurück. Domi tut es mir gleich. Nachdenklich betrachtet er mich. Ich hatte gehofft, er würde nicht so tief nachbohren. Das führt sowieso zu nichts und ich bin nicht in der Verfassung, irgendwelche Pläne zu erklären, die es noch gar nicht gibt.

„Mhm", brummt er. „Und warum? Ich meine, an der Bezahlung wird es kaum liegen. Ist es die Arbeit selbst? Oder hat es mit mir zu tun? Sei ehrlich. Ich frage nicht ohne Grund."

Ich runzle die Stirn. Wird das jetzt so ein Selbstoptimierungsding? Dafür kann ich ihm leider kein Material bieten.

„Es hat nichts mit dem Club oder den Leuten zu tun. Eher mit dem Job an sich. Es ist nichts, das ich mein Leben lang machen kann. Irgendwann werde ich zu alt sein. Und sein wir mal ehrlich, welche Perspektive bietet er mir? Gar keine. Das wird irgendwann zu einer scheiß Sackgasse, wenn ich nichts ändere."

Domis ernste Miene wandelt sich zu einem Grinsen. Plötzlich bricht er in lautes Gelächter aus. Ist er jetzt völlig durchgeknallt? Hat er irgendwas genommen? Das würde zumindest seine roten Augen und die eingefallenen Wangen erklären.

„Was ist daran so witzig?"

Er bekommt sein Lachen wieder in den Griff. Auf seinen Lippen bleibt aber ein Grinsen zurück. Er beugt sich nach vorne und stützt die Arme auf den Tisch.

„Weil ich mir so lange den Kopf zerbrochen und keinen Ausweg gesehen habe. Und zack. Auf einmal klingelt mein Telefon und das Schicksal wirft mir die Lösung vor die Füße."

Jetzt bin ich endgültig verwirrt.

„Kannst du mich erstmal aufklären, worum es geht, bevor du mit irgendwelchem Schicksals-Hokuspokus anfängst?"

Er nickt energisch, schnappt sich einen Stift aus dem Stiftekästchen neben dem Bildschirm und lässt ihn durch die Finger wandern. Seine Aufregung überträgt sich augenblicklich auf mich.

„Ich würde dir gerne einen anderen Job anbieten."

Will er mich verarschen? Aber sein Ausdruck wird ernst, als er fortfährt. Er labert also keinen Scheiß.

„Es sind privat einige Dinge passiert, die mich auch zu Veränderungen im Club zwingen. Julia ist schwanger. Also habe ich mich entschieden, ebenfalls meine Prioritäten neu zu definieren. Wenn das Kind da ist, werde ich nicht mehr so viel Zeit investieren können und nicht mehr jeden Tag hier sein. Wir stecken also in ganz ähnlichen Situationen."

Mein nervöses Herzklopfen wird von einem jähen Stechen aus dem Takt gebracht. Er kann nicht wissen, wie unterschiedlich unsere Situation wirklich ist. Er gründet eine Familie und will sich den Menschen widmen, die er liebt. Ich dagegen habe riesige Scheiße gebaut und die Person verloren, die mir am meisten bedeutet hat. Ich verdränge die Gedanken an Lola, die sich sofort wieder in den Vordergrund schieben. Stattdessen versuche ich, zu verarbeiten, was er da gerade gesagt hat.

„Glückwunsch, Mann." Ich beuge mich ebenfalls vor und klopfe ihm freundschaftlich auf die Schulter. Auch wenn ein Funken Neid in meiner Brust sitzt, freue ich mich aufrichtig für ihn. So eine eigene Familie ist schon geil. Jetzt wundert mich auch nicht mehr, wie fertig er aussieht. Die letzten Tage waren für ihn sicher auch nicht leicht und ich bewundere seine Entscheidung. Ich hätte sie ihm nicht zugetraut. Immerhin hat er den Diamond Club eigenhändig aufgebaut, nachdem der Vorbesitzer den Betrieb zu einem billigen Puff hat herunterkommen lassen. Jeder hier weiß, dass die Arbeit sein Leben ist und er sich immer mit Herz und Seele reinhängt.

Deswegen habe ich noch nicht gecheckt, was er mir anbieten will. Ich bin mir sicher, dass er nur etwas kürzer tritt, aber seine Position behält. Eine andere Lösung würde er nicht übers Herz bringen. Braucht er einen Assistenten? Verdammt, das ist erst recht keine Aufgabe für mich.

„Und jetzt red' doch mal Klartext. Was ist das für ein Job?"

„Ich suche sozusagen einen Partner. Jemanden, der mit mir gemeinsam den Laden schmeißt. Buchungen planen und organisieren, die Finanzen verwalten, Marketing, alles am Laufen halten … eben alles, was ich sonst auch mache."

Er starrt auf die unsichtbaren Kreise, die er mit der Rückseite des Stifts auf den Tisch zeichnet. Ich will mir nichts anmerken lassen. Meine innere Unruhe wächst aber gewaltig. Das klingt verdammt gut. Besser, als ich mir eingestehen will. Aber irgendwo muss es einen Haken geben.

„Die Arbeit soll also 50-50 geteilt werden, phasenweise mal mehr, mal weniger, das kann man ganz flexibel gestalten. Neben einem fairen Gehalt würde ich dich für alle Buchungen, die du organisierst, am Gewinn beteiligen. Am Geld soll es nicht scheitern." Er blickt vom Stift auf und sieht mir eindringlich in die Augen. „Am wichtigsten ist mir, dass ich mich auf meinen Partner verlassen kann. Dass er genauso motiviert und engagiert arbeitet wie ich. Deswegen dieses Modell. Ich habe lange überlegt, wo ich jemanden finden könnte, der dieser Aufgabe gewachsen ist. Ich wollte niemanden von draußen holen, jemanden, der unseren Club, die Strukturen und die Escorts nicht kennt. Ein Externer würde das alles nur in Zahlen betrachten und hat unsere Philosophie und unsere Strukturen noch nicht verinnerlicht. Also kam mir sofort der Gedanke, dich zu fragen, als du kündigen wolltest."

Ich kann meine Überraschung nicht länger verbergen und stoße ein nervöses Lachen aus. Was soll ich darauf antworten? Ohne zu wissen, was ich eigentlich gesucht habe, scheint sein Angebot genau das Richtige für mich zu sein. Blut rauscht in Wallungen durch meine Adern. Ich bin Feuer und Flamme für die krassen Möglichkeiten, die sich damit auftun. Ein seriöser Job, in dem ich Verantwortung tragen kann, aber trotzdem nicht meinen eigenen Arsch riskiere. Und vor allem ein Job, in dem ich gut verdiene. Und nicht nach meiner nicht vorhandenen Ausbildung gefragt werde. Noch dazu könnte ich in meiner gewohnten Umgebung bleiben, die mir in all den Jahren ans Herz gewachsen ist. Allerdings darf ich eine solche Entscheidung nicht überstürzen. Ich will nicht in drei Monaten wieder in derselben, beschissenen Situation stecken.

Außerdem kann ich mir gut vorstellen, wie Lola darauf reagieren würde. Ich will nicht, dass sie sich deswegen nicht mehr wohl im Club fühlt. Und erst recht nicht, dass ich ständig an sie erinnert werde.

„Das haut mich gerade echt um. Ich weiß das Angebot zu schätzen. Aber ich kann mich nicht sofort entscheiden, sorry. Ich muss mir das erstmal durch den Kopf gehen lassen.“

„Klar, ist auch dein gutes Recht. Aber leider kann ich dir nur bis Ende der Woche Zeit geben. Es wird wirklich Zeit, dass sich klärt, wer den Job übernimmt. Diese Ungewissheit macht mich fertig. Und es gibt im Moment niemanden, den ich lieber in dieser Position sehen würde als dich.“

Ohne es zu wollen, setzt er mich damit krass unter Druck. Er scheint von meinen Fähigkeiten mehr überzeugt zu sein als ich selbst. Aber kann ich das überhaupt? Oder erwartet er zu viel von mir? Es juckt mich in den Fingern, es auszuprobieren.

Ich einige mich mit Domi darauf, ihm am Sonntag Bescheid zu geben. Ich will es mir nicht eingestehen. Aber ich weiß schon, wie meine Entscheidung ausfallen wird. Ich werde zwar alle Vor- und Nachteile noch mal gründlich durchdenken und die Mail mit genaueren Details zu der Stelle auschecken. Meine zunehmende Begeisterung lässt mir aber eigentlich keine andere Wahl, als Ja zu sagen.

Als wir uns verabschieden, wirkt Domi wieder viel entspannter als zu Beginn unseres Gespräches. Ihm ist meine Aufregung nicht entgangen. Er scheint sich große Hoffnungen auf eine gute Zusammenarbeit zu machen. Mein Kopf fühlt sich an, als würde ein krasser Wirbelsturm darin toben, als ich das Büro verlasse.

Ich atme tief durch und schließe für einen Moment die Augen. Erstmal wieder runterkommen. An Lilly komme ich sicher nicht unbemerkt vorbei und ich will nicht, dass sie mir meine Aufregung ansieht. Sie checkt sofort, was los ist. Das ist aber eine Entscheidung, die ich alleine treffen muss. Ohne von anderen beeinflusst zu werden.

Ich will mich auf den Weg nach unten machen und so schnell wie möglich zurück in mein Bett. Ich stolpere aber beinahe vor Schreck, als ich die Gestalt entdecke, die zwischen der Bürotür und einer Topfpflanze an der Wand lehnt. Fuck. Wie konnte ich das übersehen? Verlegen kratze ich mich am Nacken und senke den Kopf. Hätte ich gewusst, dass ich beobachtet werde, hätte ich mir den Verschnaufmoment definitiv für zuhause aufgehoben.

Vor allem, wenn mir aufgefallen wäre, wer dort steht und mich mit einem künstlichen Grinsen anstarrt. Meine Gedankenblase platzt und hinterlässt nichts als eisige Kälte in meinem Inneren. So eine Scheiße. Das hat mir gerade noch gefehlt.

Ich erwidere ihr Grinsen nicht, ignoriere ihren herausfordernden Blick und rausche wortlos an Jeanny vorbei. Ihr Glück. Auf Stress mit mir sollte sie sich heute besser nicht einlassen. Doch meine Signale scheinen nicht deutlich genug gewesen zu sein.

„Warum so eilig, Chef? Willst du nicht mal Hallo sagen?", säuselt sie und lässt mir keine andere Wahl, als mich umzudrehen. Was hat sie gerade gesagt? Chef?

Sie stößt sich von der Wand ab und schlendert betont lässig in meine Richtung. Einen anderen Mann könnte sie mit ihrem billigen Outfit und dem knallroten Lippenstift wahrscheinlich leicht um den Finger wickeln. Ich aber könnte kotzen. Kaum vorstellbar, dass es Zeiten gab, in denen ich sie sexy fand. Allerdings waren das Zeiten, in denen ich ihren Charakter noch nicht zu Gesicht bekommen hatte.

„Tschüss wäre mir lieber", knurre ich und mustere sie skeptisch. „Was willst du? Ich hab' keine Zeit."

Ihr Grinsen droht zu verblassen, doch sie fängt sich schnell wieder und bleibt nur wenige Zentimeter vor mir stehen. Ihre Nähe legt sich als bedrohliche Schwere über mich und lässt meine Muskeln zucken. Ich bin aber nicht bereit, einen Schritt zurückzuweichen. Soll sie doch nachgeben.

„Verstehe. Du hast bestimmt dringend jemandem von deiner Beförderung zu berichten."

Ich wusste es. Diese Schlampe. Wie schwer will sie mir die Arbeit im Club noch machen? Am liebsten würde ich ihr die Hand um den Hals legen und fest zudrücken. Doch noch habe ich mich im Griff.

„Du hast wohl nichts Besseres zu tun als dich hier rumzutreiben und an der Tür zu lauschen? Ganz schön trauriges Leben, wenn das die einzige Art von Unterhaltung ist, die dir einfällt.“

Ich weiß nicht, warum ich überhaupt mit ihr diskutiere und nicht einfach abhaue. Beleidigen sollte ich sie erst recht nicht. Ich will nicht, dass sie diese Info im ganzen Club verbreitet, bevor ich mich überhaupt entschieden habe. Außerdem belässt sie es sicher nicht dabei. Sie wird wieder alles verdrehen, und ihr Bestes geben, mich scheiße dastehen zu lassen. Wie kann man wegen einer Abfuhr nur so nachtragend sein?

„Dass du mehr auf Nervenkitzel stehst, hab ich inzwischen schon gemerkt.“ Sie kommt noch ein Stück näher und löst den Blick dabei nicht von mir. Was für ein jämmerlicher Versuch, mich einzuschüchtern. Mit ihren 155 oder 156 Zentimetern muss ich den Kopf nach unten richten, um sie überhaupt noch sehen zu können. In ihren Augen blitzt etwas auf, das mir einen kalten Schauer durch die Glieder jagt.

„Ich mag es nicht, wenn man mich anlügt“, flüstert sie und verzieht die Lippen. „Du hast gesagt, du willst dich an die Regeln halten.“

Nun weiche ich doch einen Schritt zurück. Ruhig bleiben. Sie hat nichts gegen mich in der Hand. Und ich leider genauso wenig gegen sie. Alles, was sie will, ist, mich wütend zu machen und zu ärgern. Den Gefallen werde ich ihr aber nicht tun.

„Ich hab' damals nicht gelogen – aber ich war noch nie dankbarer für Domis Regeln. Sie haben mich vor einem großen Fehler bewahrt."

Ihre Lider zucken. Treffer.

„Du wirst noch sehen, was dein größter Fehler war."

Sie wendet sich ab und stolziert zurück zur Bürotür. Ich muss mich beherrschen, nicht hinterherzulaufen, sie am Kragen zu packen und ihr dämliches Grinsen aus ihr herauszuschütteln. Als sie die Hand auf die Klinke legt, dreht sie sich noch mal um. „Warum glotzt du so? Willst du nicht endlich nach Hause gehen und Lola von deinem Erfolg berichten?"

Meine Brust beginnt zu beben, während in ihrem Inneren mein Herz blutet. Plötzlich wird mir alles klar. Sie war es, die uns neulich in der Küche beobachtet hat. Ich hätte es wissen müssen – wer würde sonst die Tür zuschlagen, um uns Angst zu machen? Gleichzeitig schnürt Panik meine Kehle zusammen. Sie weiß genau, wie wertvoll diese Information für sie ist. Sie hat es in der Hand, meine Karriere zu zerstören. Fuck. Vielleicht ist es das, was sie im Büro will.

Sie wirft mir eine Kusshand zu und drückt die Klinke langsam herunter. Dann schlüpft sie mit einem letzten, warnenden Blick hinein und ist verschwunden.

„Verdammte Scheiße!", entfährt es mir viel zu laut. Ich würde am liebsten ins Büro stürmen, sie an den Haaren wieder rausziehen und Domi selbst die ganze Geschichte erzählen. Bevor sie es tun kann. Auch wenn das bedeuten würde, hochkant aus dem Club zu fliegen. Die Genugtuung, mich zu verpfeifen, gönne ich ihr nicht. Aber das ist unmöglich. Es geht nicht um mich.

Heute Morgen wusste ich noch gar nichts von diesem Job. Ich würde ihm nicht hinterhertrauern.

Aber es würde auch Lola ihre Existenz kosten. Das kann ich ihr nicht antun.

Ich stürme aus dem Bürotrakt, renne die Treppe hinunter und verlasse das Gebäude. Lilly ruft mir etwas zu, aber ich ignoriere es. Warum muss so eine Scheiße ausgerechnet jetzt passieren? Ich muss Lola warnen.

Aber nein, das kann ich nicht. Es wäre nur ein Grund mehr, mich für immer zu hassen. Denn nun sieht es wirklich danach aus, als könnten sie meine beschissenen Fehler um ihren geliebten Job bringen.

17. Lola

Meine Muskeln zittern vor Schwäche, als ich mich nach einer ausgiebigen Dusche aufs Sofa fallen lasse. Die letzten zwei Stunden im Fitnessstudio haben meinem Körper alles abverlangt, doch der gewünschte Effekt bleibt aus. Für eine kurze Ablenkung hat es gereicht, die negativen Gedanken und Sorgen drohen jedoch schon wieder, mich in ein Loch zu ziehen. Auf Miss Flauschig kann ich auch nicht zählen, die sich wegen unzähliger Zwangskuschelstunden in den letzten Tagen vor mir versteckt. Musik kann ich ebenfalls nicht mehr ertragen, also greife ich nach der Fernbedienung und schalte den Fernseher ein. Hauptsache ich finde etwas, das meinen Kopf für einige Minuten beschäftigt.

Ich schlürfe an meinem Eistee und zappe durch die Programme. Reality-TV-Show, eine französische Doku, die zwanzigste Wiederholung einer Liebesschnulze. Nichts, was ich in meinem Zustand ertragen könnte. Ich will schon wieder ausschalten, als beim nächsten Sender die Bildschirmfarbe auf schwarz-weiß wechselt. Ich halte inne und klicke die Lautstärke etwas hoch. In der nächsten Einstellung wandert James Stewart durch den Bildschirm und ich erkenne sofort, um welchen Film es sich handelt. Mein Finger liegt auf der

Off-Taste, doch ich starre wie gebannt auf die Szene und schaffe es nicht, sie zu drücken.

Ich sitze wieder bei Sam auf dem Sofa, während er aus dem beachtlichen Regal eine DVD zieht, die ich ausgesucht habe. Seine Muskeln spielen unter dem Shirt, als er sich zum Player beugt und sie einlegt. Er setzt sich zu mir und ich fahre ihre Konturen mit dem Finger nach. Er legt den Arm um mich und zieht mich an sich. Mein Kopf ruht auf seiner Brust, seine Finger zeichnen sanfte Linien auf meine Haut und fordern meine ganze Aufmerksamkeit, sodass ich den Beginn des Films nur als Hintergrundgeräusch mitbekomme. Ich vergrabe meine Nase in seinem T-Shirt und nehme den Duft in mir auf, um ihn für immer festzuhalten. Langsam beruhigt sich mein nervöser Herzschlag, den seine Berührungen auslösen. Stattdessen breiten sich Wärme und Geborgenheit in meinem Inneren aus und der Film nimmt Fahrt auf. Die Handlung nimmt mich ebenso gefangen wie Sams Nähe. Endlich verstehe ich, warum er diese Filme liebt. Ich kuschle mich noch etwas näher an ihn heran und kann mein Glück kaum fassen. Wie kann ein so unspektakulärer Abend so perfekt sein?

Eisige Kälte umfängt meine Hüfte dort, wo ich eben noch seine Finger zu spüren glaubte. Endlich schaffe ich es, den Fernseher auszuschalten, mein Blick bleibt jedoch am schwarzen Bildschirm haften. Meine Spiegelung, die zusammengesackt mit ungekämmten, nassen Haaren zurückstarrt, drückt erstaunlich gut aus, wie ich mich fühle. Seit dem Tag, an dem ich unserer Beziehung ein Ende gesetzt habe, lassen mich die Zweifel und Ängste nicht mehr los. Mein Kopf spielt in

Dauerschleife mögliche Szenarien ab, wie es anders hätte laufen können. Ab und zu streut sich darunter auch noch die Frage, was Sam wohl gerade macht und wie es ihm damit geht. Habe ich ihm das Herz gebrochen oder hat er schon vergessen, wie viel Magie zwischen uns sprühte und hat einen Ersatz für mich gefunden? Ich kämpfe gegen die Schwere in meiner Brust an. Mittlerweile bin ich mir nicht mal mehr sicher, ob es richtig war, zu gehen. Habe ich zu schnell aufgegeben? Was, wenn ich seine Absichten wirklich falsch verstanden habe, wenn wir das alles mit ein bisschen mehr Zeit hinbekommen hätten?

Nur die unausweichliche Stille lastet noch schwerer auf mir als der Schmerz. Ich habe mich viel zu schnell an seine Nähe gewöhnt. Habe tatsächlich geglaubt, ich müsste nie wieder alleine sein und nur seine Nummer wählen, wenn die Einsamkeit mich zu fassen droht. Wie naiv.

Das Klingeln des Handys reißt mich aus meiner Trauer. Ist das ein Zeichen? Wie elektrisiert reiße ich es an mich, in der unrealistischen Hoffnung, meine Gedanken könnten sich auf Sam übertragen haben. Aber leider behalte ich nicht Recht. Es ist nur Tiffy, schon wieder. Sie hat es heute schon dreimal probiert. Das ist ungewöhnlich, trotzdem denke ich nicht mal daran, ranzugehen. Ich weiß, dass sie sich Sorgen macht, weil ich in den letzten beiden Wochen kaum etwas von mir habe hören lassen. Aber ich will nicht mit ihr reden. Mit niemandem. Nicht über Sam oder diesen Abend. Die kurze Nachricht, die ich ihr am Morgen darauf geschrieben habe, muss reichen.

Endlich verstummt der Klingelton und Tiffys Name verschwindet. Zurück bleibt der Counter auf dem Startbildschirm. 54 Tage. Der Lichtblick, den ich mir selbst geschaffen habe, um die Zeit besser zu überstehen, bis ich nicht mehr jeden Tag mit dieser Leere in meinem Herzen aufwache. In 54 Tagen werde ich nach Hawaii fliegen. Alleine. Einerseits bin ich stolz, diesen Schritt gewagt und die Reise gebucht zu haben. Ich kann nicht für immer darauf warten, dass jemand mir hilft, meine Träume zu verwirklichen. Andererseits werde ich die Angst nicht los, dass sich meine Befürchtungen bewahrheiten und ich mich an einem paradiesischen Ort mit unvergesslichen Abenteuern nur noch einsamer fühle, weil ich niemanden habe, der die Erlebnisse mit mir teilt.

Außerdem habe ich bei der Buchung nicht an Luxus gespart und mir die Reise einiges kosten lassen. Das kurzfristige Loch, das es mir damit in den Geldbeutel reißt, verunsichert mich ebenfalls.

Auch mein Handy vermag es nicht, mich abzulenken. Nachdem ich einige Minuten Bilder meines Reiseziels gegoogelt habe, werfe ich es frustriert zur Seite. Mein Blick wandert durch die Wohnung. Gibt es hier drin denn nichts, womit ich mich beschäftigen könnte? Meine Lider flimmern und ich kneife die Augen zusammen. Diese Stille. Ich ertrage sie nicht. Nicht heute.

Kurzentschlossen hieve ich mich vom Sofa hoch. Meine Muskeln haben sich kaum erholt, doch ich ignoriere das Ziehen in meinen Beinen. Ich kann nicht alleine in der Wohnung sitzen bleiben.

Wenig später verstaue ich meinen Mantel im Abstellraum hinter der Clubküche. Die Anzahl der Jacken, die sich dort bereits stapeln, verraten mir, dass ich nicht die einzige mit dieser Idee war. Ich schließe die Tür ab, lasse den Schlüssel in meinem Dekolleté verschwinden und folge der lauter werdenden Musik. Lilly ist zum Glück von einem Kunden am Tresen abgelenkt, sodass ich mit einem kurzen Winken davonkomme, ohne unfreundlich zu wirken.

Ich schlüpfe durch die Vorhänge in den Partyraum. Meine Augen brauchen einen Moment, bis sie sich an das schummrige Licht gewöhnt haben. Was ich jedoch sofort bemerke, sind die unzähligen Besucher, die sich an allen Tischen tummeln. Sofort erinnere ich mich daran, warum ich normalerweise nicht hierher komme. Ist hier unter der Woche immer so viel los? Ich drehe eine kleine Runde, um die Kundschaft abzuchecken und die Aufmerksamkeit der Männer auf mich zu ziehen.

Die Konkurrenz ist groß. An den meisten Tischen und auf der Tanzfläche entdecke ich unzählige Mädels, die mit allen Mitteln darum kämpfen, jemanden für sich zu gewinnen. Die Neuen scheinen das Prinzip dieses Clubs wohl noch nicht begriffen zu haben – hier geht es eigentlich um Niveau und Klasse statt Masse. Deshalb wundert es mich nicht, dass ich kein anderes Diamond Girl entdecken kann.

Unentschlossen bleibe ich neben der Tanzfläche stehen. Am liebsten würde ich mir einen Drink holen. Damit vergebe ich allerdings eine Flirtchance und nehme einem Mann die Gelegenheit, mich einzuladen. Außerdem bin ich mir gar nicht mehr sicher, ob ich das überhaupt will. Die Vorstellung, gleich mit einem dieser Kerle zu schlafen, die sich an der Bar ein Bier nach dem anderen in den Hals kippen oder gerade noch an den Lippen einer anderen Frau hängen, widerstrebt mir. Ich erschrecke vor meinen eigenen Gedanken. Wie konnte es so weit kommen, dass ich nicht mal mehr an meiner Arbeit Spaß finde? Hat Sams Gerede so auf mich abgefärbt, dass ich es selbst schon glaube? Nicht einmal die Aussicht auf Komplimente und heiße Berührungen kann mich heute begeistern. Allerdings könnte es nicht schaden, die Ausgaben für den Urlaub möglichst schnell wieder reinzukriegen ...

Ich entscheide mich für einen der besoffenen Anzugträger zu meiner Rechten. Ab einem gewissen Pegel wird es leicht, sie zufriedenzustellen – manchmal kommt man mit einem kleinen Trick sogar an sein Geld, ohne wirklich mit ihnen zu schlafen.

Ich setze mein verführerischstes Lächeln auf und schlendere zwischen den anderen Gästen hindurch zu den beiden Männern. Als ich einen der runden Ecktische passiere, vernehme ich jedoch ein Lachen, das meine Aufmerksamkeit auf sich lenkt. Ich verlangsame meine Schritte und spähe hinüber. Die Tischplatte ist so mit leeren und halbvollen Gläsern überfüllt, dass man kaum noch einen freien Zentimeter dazwischen sieht. Die haben wohl ordentlich Spaß. Am Rand neben den fünf Männern entdecke ich ein blondes Mädchen, dem ich schon öfter in der Küche begegnet bin.

Die Quelle des aufgekratzten Kicherns sitzt einem gutaussehenden Mann Mitte vierzig auf dem Schoß und kriegt sich kaum mehr ein vor Lachen. Mein Gefühl hat mich nicht getäuscht: Es ist Jeanny. Ich bin ebenso fasziniert von ihrer Ausstrahlung wie die Männer, die sie umringen und den Blick nicht von ihr abwenden. Sie klammert sich am Hals ihres Verehrers fest, um nicht von der Bank zu kippen. Der Träger ihres Tops rutscht über ihre Schulter und gibt den Ansatz ihrer perfekten Brüste frei. Ich kneife die Lippen zusammen und will mich gerade abwenden, um dem feinen, kaum merklichen Stechen des Neides in meiner Brust auszuweichen. Ich schäme mich zutiefst dafür, trotzdem passiert es immer wieder, wenn ich ihr begegne. Ich würde nie auf die Idee kommen, mich mit einem der anderen Mädels zu vergleichen, doch bei ihr ist es anders. Ich komme gar nicht umhin, unsere Unterschiede wahrzunehmen und mich dabei als Verliererin geschlagen geben zu müssen. Wahrscheinlich, weil unsere Kolleginnen immer wieder unsere Ähnlichkeit betonen und uns manchmal sogar schon für Schwestern gehalten haben. Nur, dass ich eindeutig die hässliche Stiefschwester bin und sie Cinderella.

Leider treffen sich unsere Blicke, bevor ich ungesehen verschwinden kann. Ihre Augen weiten sich und sie fällt beinahe vom Schoß des Mannes, der sie ganz uneigennützig mit einem Griff um ihre Brüste festhält.

„Lola!", ruft sie und winkt wild in meine Richtung. Mist. Jetzt kann ich nicht mehr so tun, als hätte ich sie nicht gesehen. Ich lächle gequält und winke zurück. Damit gibt sie sich jedoch nicht zufrieden.

„Komm doch rüber zu uns. Wir haben noch Platz und genug zu trinken!" Zum Beweise hebt sie ein randvolles Tablett an, das halb über die Tischkante hinausragt. Habe ich mich gerade verhört? Ich soll mich zu ihr setzen? Wahrscheinlich ist es der Alkohol, der aus ihr spricht. Im nüchternen Zustand würde sie sicher nie auf diese Idee kommen. Im Gegensatz zu vielen anderen Mädels im Club hatte ich zwar noch keine Auseinandersetzung mit ihr, die besten Freundinnen waren wir jedoch noch nie und die Stimmung zwischen uns war von Anfang an eher unterkühlt.

Ich will ihren Unmut nicht wecken und schiebe mich neben ihre Freundin auf die Bank. Ein paar Minuten werde ich schon überleben und danach kann ich einfach behaupten, ich hätte einen Termin.

Jeanny flüstert ihrem Verehrer etwas ins Ohr, das seine Wangen innerhalb von Sekunden entflammen lässt. Dann klettert sie von seinem Schoß und beugt sich zu mir hinüber.

„Bedien dich!“, schreit sie über die Musik hinweg und schiebt das Tablett in meine Richtung, woraufhin zwei Bierflaschen am anderen Ende des Tisches zu Boden fallen. Die Blondine muss noch mehr intus haben als sie, denn sie lehnt ihren Kopf an meine Schulter, während sie sich als Anastasia vorstellt. Wow, unangenehm. Behutsam schiebe ich sie beiseite und rutsche ein Stück von ihr weg. Hoffentlich kann ich mich schnell wieder verabschieden.

„Hab dich ewig nicht mehr hier gesehen. Dachte schon es stimmt, was die Leute sich erzählen.“

Mein Unwohlsein schlägt augenblicklich in Neugierde um. Weiß sie etwas, das ich nicht weiß?

„Was erzählen sich die Leute denn?“, frage ich und versuche dabei möglichst unbeeindruckt zu wirken, während es in meinem Inneren zu brodeln beginnt. Hat es sich rumgesprochen, was Sam und ich neulich in der Küche getrieben haben? Oder hat irgendwer

Mist über mich verbreitet? Quälende Sekunden verstreichen, in denen sie einen Schluck aus ihrem Sektglas nimmt und es mit höchster Konzentration wieder vor sich platziert. Die Musik dröhnt unerträglich laut in meinen Ohren.

„Ach, nur das Übliche. Aber ist doch scheißegal, wenn es eh nicht stimmt." Die Art, wie sie mir zuzwinkert, gefällt mir nicht. Dahinter steckt keine freundschaftliche Geste. Vielmehr eine geheime Botschaft, die ich nicht so recht zu entschlüsseln weiß. Ich erinnere mich, was Sam über sie und ihre hinterlistige Art erzählt hat. Meine Hände werden augenblicklich feucht.

„Danke für dein Vertrauen", gebe ich mit einem bittersüßen Lächeln zurück. „Du hast recht. Ich sollte mir dich als Vorbild nehmen. Du ignorierst das Gerede über dich so gekonnt, dass die Mädels schon gedacht haben, du bekommst es gar nicht mit." Ich bluffe, doch Jeanny scheint das in ihrem Zustand nicht mehr durchschauen zu können. Ihre Gesichtszüge entgleiten ihr kurz, dann stößt sie ein nervöses Lachen aus. Sie fängt sich jedoch schnell wieder. Das Gespräch, das die Männer quer über den Tisch führen, wird immer lauter, sodass ich mich ebenfalls vorbeugen muss, um ihre nächsten Worte zu verstehen.

„Das geht mir am Arsch vorbei. Die sind nur neidisch."

Ich muss mir ein Lachen verkneifen. „Worauf denn? Deine Kohle oder deine Körpergröße?", rutscht es mir heraus und ich beiße mir auf die Zunge. Ich wollte doch freundlich bleiben und sie nicht provozieren. Doch die Art und Weise, wie sie mich ansieht, macht es mir unmöglich, so zu tun, als wäre sie meine Freundin.

„Nein. Darauf, dass unser heißer, neuer Chef mit mir zusammen ist und nicht mit ihnen.“

Ich prüfe ihre Mimik, doch ich kann nicht darin lesen, ob sie die Wahrheit erzählt oder scherzt. Was ich jedoch erkennen kann, ist die pure Schadenfreude, die in ihren Augen funkelt. Selbst wenn es stimmt – es interessiert mich wenig, wenn sie ihr Ego dadurch befriedigt, ihre Vorgesetzten zu vögeln.

„Ich weiß nichts von einem neuen Chef.“ Betont gleichgültig nehme ich ein randvolles Weinglas vom Tablett und nippe daran. Der Rotwein ist jedoch so trocken, dass sich mein Mund zusammenzieht.

„Dachte ich mir. Eigentlich darf ich's noch nicht verraten. Aber dir kann ich es ja sagen, du wirst ihn sowieso nicht kennen.“

Sie meint es doch ernst. Wir bekommen wirklich einen neuen Chef. Wie kann das sein? Was ist mit Domi? Er wird den Club doch nicht verkauft haben? Ich muss mir möglichst schnell etwas einfallen lassen, um mehr aus ihr herauszuquetschen, ohne ihr den Triumph der Bewunderung zu gönnen, den sie sich so sehr zu wünschen scheint. Zum Glück stehen in diesem Moment die beiden Männer neben ihr auf und wechseln noch ein paar Worte mit ihr, die ich nicht verstehe. So gewinne ich ein paar Sekunden. Ich kaue auf meiner Unterlippe und blicke ihnen nachdenklich hinterher.

„Woher solltest du ihn dann kennen?“

„Er arbeitet schon länger hier.“

Ich runzle die Stirn und versuche, die Zusammenhänge richtig einzuordnen. „Du meinst als Escort?“

Sie nickt eifrig und winkt mich noch näher zu sich. Ich muss alle anderen Geräusche bewusst ausblenden, um ihr Flüstern zu verstehen.

„Er heißt Sam. Und er hat sogar ein eigenes Büro, direkt neben Domis. Das haben wir gestern gemeinsam eingerichtet ... und eingeweiht."

Meine schweißnassen Hände beginnen zu zittern. Die Musik wandelt sich in meinen Ohren zu einem unerträglichen Dröhnen. Das Wummern des Basses drückt wie eine Faust auf meinen Magen und droht ihn mit jedem Schlag leerzupumpen. Sie lügt. Das kann nicht wahr sein.

Erneut legt sich Anastasias Kopf auf meine Schulter. Diesmal allerdings verbunden mit einem grunzenden Schnarchen, das an mein Ohr dringt. Unsanft schubse ich sie zur Seite, was sie jedoch nicht mal aufwachen lässt.

Belustigt beobachtet Jeanny meine Reaktion.

„Bist du neidisch?", neckt sie und spielt provokativ an ihren viel zu großen Ohrringen. Plötzlich wirkt sie wieder völlig nüchtern.

„Nein, garantiert nicht", antworte ich viel zu schnell. Der Song und die verbliebenen beiden Männer sind zum Glück laut genug, dass sie das Zittern in meiner Stimme nicht hören kann.

„Ist Sam nicht der Kerl, der dir einen Korb gegeben hat?"

Das Lächeln gefriert auf ihren Lippen und ihr Gesicht nimmt einen beinahe gelblichen Farbton an. Doch ich kann mich nicht daran freuen. Sam hat es sich scheinbar anders überlegt. Und vielleicht habe ich sogar den Grundstein dafür gelegt. Er hat ja gesehen, dass man eine Beziehung oder Affäre mit einer Kollegin gut verheimlichen kann und es keine Konsequenzen gibt.

Hinter Jeannys mahlendem Kiefer kann ich ihr Hirn förmlich arbeiten sehen. Darauf fällt ihr wohl nicht mal mehr ein blöder Spruch ein. Aber ich bin noch nicht fertig mit ihr.

„Also wenn mich jemand abgewiesen und damit vor dem ganzen Club blamiert hätte, würde ich mich schämen, mich noch mal an ihn ranzumachen. Ach ja, da gibt es aber auch einen kleinen Unterschied zwischen uns. Ich habe sowas wie Selbstwertgefühl."

Meine Worte sitzen. Sie schnaubt und öffnet den Mund, um zu einer Schimpftirade anzusetzen. Mir reicht es. Ohne sie eines weiteren Blickes zu würdigen, stehe ich auf. Ich nehme jedoch nur noch ihr monotones Keifen wahr, ohne die Worte zu verstehen. Meine Beine vermögen kaum noch, mich zu tragen. Aber ich muss so schnell wie möglich aus ihrem Blickfeld verschwinden. Sonst könnte mein würdevoller Abgang in Tränen enden, die sie auf keinen Fall sehen soll. Der Club verschwimmt bereits vor meinen Augen und lässt die grellen Lichtakzente wie Sterne in meinem Blickfeld tanzen. Ich remple gegen einen Kunden, der mich daraufhin am Arm festhalten will und mich wütend anfunkelt. Ohne Entschuldigung entwinde ich mich aus seinem Griff und flüchte durch die Vorhänge.

Scheiß auf die Jacke. Das Risiko, jemandem in der Küche zu begegnen, ist zu groß. Der Schmerz lastet so schwer auf meiner Brust, dass das Atmen mir schwerfällt. Ich muss raus an die frische Luft. Und nach Hause, wo niemand sehen kann, wie mein Herz blutet. Niemand herausfinden kann, dass ich so dumm war und geglaubt habe, die Verbindung zwischen Sam und mir wäre etwas Besonderes.

Ich stoße die Tür auf, bevor der Securitymann sie mir öffnen kann. Dann mobilisiere ich die letzten Kraftreserven, die meine Beine aufbringen können, und renne die dunkle Straße hinunter. Meine Absätze verfangen sich bei jedem Schritt im Kopfsteinpflaster, doch ich achte nicht darauf. Ich will nur weg hier – und am liebsten nie wiederkommen.

Am Ende der Straße biegt eine Gestalt um die Ecke. Wegen der schlechten Beleuchtung kann ich nur die Umrisse erkennen, doch die schwungvollen Bewegungen verraten mir sofort, dass es Tiffy ist. Scheiße. Ich bremse ab. Mein Blick huscht über die Straße, auf der Suche nach einer Ausweichmöglichkeit. Aber ich weiß, dass es keinen Sinn macht, sich zu verstecken. Sie hat mich sicher schon längst bemerkt und irgendwann muss ich mit ihr reden. Sie ist meine beste Freundin, warum also nicht jetzt, wenn ich gerade sowieso innerlich verblute?

Ich bleibe stehen und lehne mich völlig außer Atem an eine dreckige Hauswand. Tiffy nähert sich mit schnellen Schritten, ihre wallende Mähne weht ihr ums Gesicht. Übersehen hat sie mich trotzdem nicht.

„Warum gehst du nicht ans Handy ... und wo zur Hölle ist dein Mantel?"

Meine Lippen zittern so unkontrolliert, dass ich kein Wort herausbringe. Tiffys vorwurfsvoller Blick wandelt sich augenblicklich und sie kommt noch einen Schritt näher, um mich in die Arme zu schließen. Völlig überfordert lasse ich es geschehen. Die Geste erinnert mich jedoch so sehr an Sam, dass ich meine Gefühle nicht mehr unterdrücken kann und leise in die weichen Daunen ihrer Jacke schluchze. Es ist schön, dass sie hier ist.

„Schh, nicht weinen", haucht sie und klopft mir sanft auf den Rücken. „Ist dir was passiert? Oder ist es noch wegen Sam?"

Ich nicke bei ihren letzten Worten heftig.

„Jemand hat es dir erzählt."

Ich löse mich aus ihrer Umarmung. Meine Tränen trocknen schlagartig. Sie weiß es?

„Was? Woher ... warum hast du mir nichts gesagt?"

Sie kneift Brauen zusammen und stößt ein bitteres Lachen aus.

„Wie soll ich es dir mitteilen, wenn du nicht ans Telefon gehst? Denkst du, ich ruf dich ohne Grund jeden Tag dreimal an?" Beschämt blicke ich zu Boden. Ich hätte mir das alles ersparen können. Warum hatte ich eine solche Angst, mit ihr zu reden? Ich hätte mir nur anhören müssen, was sie zu sagen hat und dann wieder auflegen können.

„Deswegen bin ich auch hier. Lilly hat mir geschrieben, dass du im Club bist. Ich wollte es dir nicht über WhatsApp sagen. Dachte mir schon, dass es dir scheiße geht und da wäre es mies gewesen, dir das auch noch reinzudrücken."

„Wäre nur fair gewesen. Ich bin ja selbst schuld, wenn ich mich so verarschen lasse."

Sie legt einen Finger an die Lippen und schüttelt den Kopf.

„Sag sowas nicht. Es gibt bestimmt eine logische Erklärung – oder es stellt sich als völliger Bullshit heraus und Sam weiß von der ganzen Sache gar nichts. Er ist vielleicht nicht der Traumprinz, für den du ihn gehalten hast. Aber ich kann mir nicht vorstellen, dass er sich auf diese Schlampe einlassen würde."

Ich bin dankbar für ihren Versuch, mich aufzubauen. Glauben kann ich ihr allerdings nicht. Unmöglich, dass das ein Missverständnis oder eine Finte von Jeanny ist, wenn sogar sie davon gehört hat.

„Wie hast du es erfahren?", verleihe ich meinem letzten Funken Hoffnung Ausdruck.

„In der Küche, zwei Mädels haben sich drüber unterhalten. Da habe ich mich eingeklinkt und sie haben mir erzählt, Jeanny würde es jedem auf die Nase binden, dem sie begegnet."

Na toll. Damit bin ich genauso schlau wie vorher. Wenn die Info von Jeanny kommt, kann ich mich nicht darauf verlassen – aber auch nicht ausschließen, dass es diesmal stimmt. Warum sollte sie es sonst verbreiten? Ist es nur ein weiterer Tritt gegen Sam, der ihren gekränkten Stolz rächen soll? Aber sie riskiert damit ihren Job. Das wäre es nicht wert. Andererseits liegt die Macht darüber nun vielleicht in Sams Händen und nicht länger bei Domi ...

Ich reibe mir die salzigen Ränder aus den Augenwinkeln. Die Verwirrung hat all meine Tränen trocknen und versiegen lassen. Denn das ewige Grübeln, das mich nun erwartet, wird noch mehr an mir zehren als die Trauer um meine verlorene Liebe.

18. Sam

Ich puste gegen den Lenker des Fahrrads. Eine riesige Staubwolke entsteht und wirbelt mir um die Nase. Sofort muss ich niesen. Schöner Mist. „Mal schnell eine Runde fahren" wird wohl nichts. Vorsichtig schiebe ich es aus seiner Nische hinter den nie ausgepackten Umzugskartons hervor. Beide Reifen blockieren. Scheißding. Am liebsten würde ich es gleich wieder in die Ecke feuern. Aber nein. Ich zieh das durch. Putzen, Bremsen reparieren, Luft pumpen. Dann kann ich wenigstens morgen damit fahren. Und solange an etwas anderes denken als an Lola.

Ich parke es im Hausflur und hole Putzlappen und Eimer aus der Wohnung. Während das Wasser hineinplätschert, vibriert meine Hosentasche. Halleluja, wenigstens mal ein bisschen Ablenkung. Ich ziehe es hervor, lasse es aber beinahe in den Eimer fallen. Eine Nachricht von Lola. Wie ferngesteuert bewegt sich meinen Finger über das Display, um sie zu öffnen. Dabei bin ich mir gar nicht sicher, ob ich sie lesen will. Mein Herz schlägt einen heftigen Takt. Wir haben uns alles gesagt. Egal, was wir noch labern, unsere Probleme werden dadurch nicht verschwinden. Der Zug ist abgefahren. Das sollte ihr aber genauso klar sein wie mir. Immerhin war sie es, die entschieden hat, dass es besser ist, getrennte Wege zu gehen. Nicht ich. Was will sie also von mir? Ich kann aber nicht leugnen, wie krass ich mich nach einem Lebenszeichen von ihr gesehnt habe.

„Stimmt es, was Jeanny mir erzählt hat? Ich will nicht lange diskutieren. Ein ehrliches Ja oder Nein genügt."

Scheiße. Ich drehe den Wasserhahn ab, lehne mich gegen die Küchenzeile und kneife die Augen zusammen. Wie kann diese Schlampe es wagen, Lola in die Sache mit reinzuziehen? Ich wollte ihr irgendwann selbst erzählen, dass ich die Stelle angenommen habe. Zum richtigen Zeitpunkt. Wenn sich die Wogen geglättet haben und es nicht mehr jedes Mal in meiner Brust zwickt, wenn ich an sie denke. Dafür ist es jetzt zu spät. Ich will mir gar nicht vorstellen, wie es ihr damit geht. Sie muss denken, ich hab' sie absichtlich hintergangen. Soll ich sie anrufen? Ihr meine Situation erklären? Ihre Nachricht taucht erneut vor meinen Augen auf, als ich das Handy hebe. Nein, wenn ich es schon während unserer Beziehung nicht geschafft habe, ihre Wünsche so zu respektieren, dass sie sich nicht bedrängt fühlt, muss ich wenigstens jetzt den Arsch in der Hose haben, ehrlich zu sein.

Mit steifen Fingern tippe ich ein einfaches „Ja" und schicke es ab. Als unter der Nachricht zwei blaue Haken auftauchen, meine ich, ihre Enttäuschung bis in mein eigenes Herz spüren zu können. Warum tut diese Scheiße uns beiden so weh? Es dauert einige Sekunden, in denen ich gebannt auf das Display starre, bis sie antwortet.

Warum hast du mir nichts gesagt?

Ihre Nachricht trifft mich. Wird sie mir glauben, wenn ich ihr die Wahrheit sage?

„Es tut mir leid. Ich wollte nicht, dass du dir darüber auch noch den Kopf zerbrechen musst. Ich will mich nicht rächen oder dich rausekeln. Im Gegenteil. Eigentlich muss ich mich sogar bei dir bedanken. Du hast mir die Augen geöffnet. Ich hatte schon vor unserem letzten Gespräch eine Veränderung geplant. Wusste nur noch nicht, dass sie so aussehen würde."

Lola ist noch online, die Nachricht in Sekundenschnelle als gelesen markiert. Ich halte die Luft an. Unter ihrem Namen wird angezeigt, dass sie schreibt. Hab ich die richtigen Worte gewählt? Wird sie es verstehen? Oder hab ich Idiot sie damit nur noch mehr verletzt?

Nach einer quälenden Ewigkeit hört sie auf zu tippen. Keine Nachricht. Ungeduldig stoße ich mich von der Küchenzeile ab und tigere mit Blick auf das Display in der Küche hin und her. Wenn sie so lange überlegen muss, ist das kein gutes Zeichen. Oder etwa doch?

Plötzlich ist sie offline. Verdammter Mist!

Ich lade die App erneut. Bitte, das muss ein Fehler sein. Aber sie ist weg. Ohne auf meine Nachricht geantwortet zu haben. Es war also doch eine beschissene Reaktion. Ich hab's mal wieder versaut. Wäre es besser gewesen, mich gar nicht auf ein Gespräch mit ihr einzulassen?

Letztendlich gibt es aber nur einen Grund, warum die Situation so aus dem Ruder gelaufen ist. Jeanny. Hätte sie einfach ihre Klappe gehalten, hätte ich es Lola in Ruhe selbst erklären können und sie würde mich nicht für ein egoistisches Arschloch halten.

Ich kann meine Wut kaum mehr zügeln. Sämtliche Muskeln in meinem Körper sind bis zum Zerreißen angespannt. Es reicht. Sie hat mich lange genug an der Nase herumgeführt. Ich werde ihr kindisches Theater ein für alle Mal beenden. Und ich weiß auch schon, wie.

19. Lola

Ich kann den Club nicht mehr betreten, ohne beim Durchqueren der Lobby Herzklopfen zu bekommen. Nervös checke ich alle Richtungen, in der Angst, Sam oder Jeanny zu begegnen. Heute ist zum Glück alles ruhig. Nicht einmal Lilly, sondern ihre unmotivierte Kollegin lugt hinter dem Tresen hervor. Erleichtert husche ich die Treppe nach oben. Ob dieser Ort sich jemals wieder nach Spaß oder Sicherheit anfühlen wird? Ich will gar nicht darüber nachdenken, was es bedeutet, wenn ich mich weiterhin so unwohl im Diamond Club fühle. Denn ein Wechsel in eine andere Agentur kam für mich nie infrage. Dass sich diese Gedanken nun in meinen Kopf schleichen, beunruhigt mich zunehmend und kostet mich die letzten Minuten meines nächtlichen Schlafs, der ohnehin schon durch Albträume von Sams Verrat gestört wird.

Schnell biege ich im ersten Stock nach links ab und eile zu Zimmer 4. Der Schlüssel steckt und die Tür ist bereits aufgeschlossen, sodass ich nur noch hineinschlüpfen muss, um sicher vor unerwünschten Kollegen zu sein. In Windeseile sperre ich von innen ab, werfe meine Handtasche aufs Bett und atme erleichtert durch. Meine Laune steigt jedoch nicht gerade, als ich das Zimmer inspiziere und mich auf die nächste Stunde vorbereite.

Ich hasse Buchungen in diesen Räumen. Die meisten Männer machen sich zum Glück die Mühe, ein ordentliches Hotel zu buchen oder mich zu einem schicken Essen einzuladen. Wenn mir ein Termin im Club zugeteilt wird, weiß ich dagegen meist schon, mit welchem Typ Mann ich es zu tun haben werde. Ein großzügiger Gentleman erwartet mich hier selten und ich bin jedes Mal froh, wenn der Kunde sich wenigstens um seine Körperhygiene gekümmert hat, bevor er sich einmal im Leben den Luxus eines hochklassigen Escorts gönnt. Andererseits sind diese Männer oft auch leichter zu beeindrucken als Stammkunden, was mehr Spaß für mich bedeutet.

Im kleinen Badezimmer, das an den Hauptraum angrenzt, ziehe meinen Lippenstift nach und checke, ob das Schälchen mit den Kondomen auf dem Nachttisch nachgefüllt wurde. Dann lasse ich mich auf dem Bett nieder und schließe die Augen, um zu mir zu kommen und meine Rolle perfekt inszenieren zu können. Früher hatte ich das nie nötig. Was hat Sam nur mit mir gemacht, dass mir meine Arbeit plötzlich so schwerfällt?

Überpünktlich klopft es an der Tür. Ich atme noch ein letztes Mal tief durch und öffne einem grinsenden Kerl, der kaum älter sein kann als ich.

„Komm doch rein", flüstere ich, hauche ihm einen Kuss auf die Wange und beiße mir auf die Lippen, als könnte ich es kaum erwarten, von ihm vernascht zu werden. Ich lasse ihn nicht aus den Augen, während er eilig seine Jacke von den Schultern streift und die Schuhe in die Ecke kickt. Und mir gefällt, was ich sehe. Sein gepflegter Bart, seine kräftigen Oberarme und die dunklen Augen verleihen ihm so viel Männlichkeit, dass es mir nicht schwerfallen wird, mich ihm hinzugeben. Ich spiele mit einer Haarsträhne, lege den Kopf schief und schenke ihm ein unwiderstehliches Lächeln. Sein Grinsen wird noch breiter und er kommt mir so nahe, dass keine Hand mehr zwischen uns passt. Sein Aftershave steigt mir in die Nase und entfacht meine Vorfreude auf die kommende Stunde. Langsam schiebt er seine Hand in meinen Nacken und will mich zu einem Kuss heranziehen. Ich würde gerne nachgeben und mich fallen lassen, doch ich bin nicht zum Spaß hier. Ich habe Regeln und Verpflichtungen, die umgesetzt werden müssen.

Ich halte dagegen und sein freudiges Grinsen verblasst augenblicklich. Auch mir ist es unangenehm, ihn daran erinnern zu müssen, ich will die Stimmung nicht zerstören. Aber es geht nicht anders.

„Erst die Kohle. Sorry, ich halte dich nicht für einen Verbrecher, ich habe nur meine Anweisungen, an die ich mich halten muss." Ich schiebe eine Hand unter sein T-Shirt und lasse meine Finger über seine Bauchmuskeln wandern, während ich ihm einen besseren Einblick in mein Dekolleté gewähre. „Das verstehst du doch ... oder?"

Sein Grummeln verrät nur zu deutlich, dass er es nicht versteht. Missmutig greift er in seine Hosentasche und zieht ein paar zerknitterte Scheine hervor. Dann dreht er sich um und legt sie hinter sich auf den kleinen Beistelltisch, der zwischen zwei Stühlen steht.

„Das bleibt da aber liegen, bis wir fertig sind", brummt er und beäugt mich skeptisch. Meine anfängliche Freude flaut sofort ab. Ich hasse es, wenn man mir und unserem Club nicht vertraut. Denkt er, ich würde ihn um sein Geld betrügen und nicht das bieten, wofür er zahlt? Allerdings lasse ich mir nichts anmerken, packe ihn am Shirt und ziehe ihn mit mir zum Bett.

„Nicht so eilig, Kleine."

Ich sinke rückwärts auf die Matratze, er bleibt vor mir stehen und mustert mich von oben bis unten. Die Dunkelheit in seinen Augen, die mich gerade noch begeistert hat, lässt nun meine Handflächen feucht werden. Er blickt auf mich hinab wie auf ein Stück Beute, nicht wie auf einen Menschen. Dennoch muss ich mich zusammenreißen.

„Worauf soll ich denn warten?"

Er streift sich das Shirt über den Kopf und seine definierten Muskeln kommen zum Vorschein.

„Auf meine Anweisungen natürlich. Was sonst."

Okay, die Nummer kann ich auch. In der devoten Rolle fühle ich mich bei Fremden nie wohl, doch es gehört genauso zu meinem Job wie jeder andere Fetisch, den die Männer mit mir ausleben wollen – solange mein Gegenüber seine Grenzen einzuhalten weiß. Also Augen zu und durch.

Ich halte den Mund und warte ab, was passiert. Er setzt sich neben mich auf die Bettkante und zeichnet mit den Fingern die Konturen meines Körpers nach. Eine Berührung, die ich genießen kann und die mir ein wohliges Kribbeln auf die Haut zaubert. Vielleicht ist dieses Spiel mit ihm gar nicht so übel.

Ohne Vorwarnung greift er mit der anderen Hand zwischen meine Beine und beginnt, mich durch den Stoff hindurch so kräftig zu massieren, dass meine Synapsen sofort reagieren und ein wohliges Ziehen durch meinen Körper schicken.

„Ein braves Mädchen trägt kein Höschen. Anstand hat dir offensichtlich niemand beigebracht."

Am liebsten würde ich ihn darauf hinweisen, dass er seine Wünsche auch vor dem Termin hätte mitteilen können. Doch ich verkneife mir den Kommentar und lasse mir den Stoff von den Beinen streifen.

Er beugt sich zwischen meine Beine und rückt so nahe an meine Mitte heran, dass sein feuchter Atem meine Haut streift. Doch auf eine Berührung seiner Zunge warte ich vergeblich. Stattdessen spreizt er meine Lippen auseinander und verharrt in dieser Position. Was macht er denn da?

Ich will nachsehen, doch er kriecht zu mir nach oben und drückt meinen Kopf zurück auf die Matratze.

„Unsauber rasiert bist du auch noch ... zwei Härchen habe ich entdeckt."

Nun ist mir die Lust endgültig vergangen. Zwei kleine Härchen, dort, wo er sie sowieso nie entdeckt hätte? Ist das sein Ernst? Ich kann mir meinen Kommentar nicht mehr verkneifen.

„Ich kann gerne mal die Lupe nehmen und deine Eier damit untersuchen. Ich wette, ich finde mehr."

Seine Mundwinkel schnellen nach unten und er bedenkt mich mit einem warnenden Blick.

„Bin ich derjenige, der Geld verlangt, oder du? Halt jetzt die Klappe und tu was für dein Geld."

So lasse ich nicht mit mir reden. Ich bin keine billige Nutte. Ich habe meine Grenzen und bei diesem Umgangston hört der Spaß für mich auf. Aber ich gebe ihm noch eine letzte Chance. Domi den verärgerten Kunden zu erklären ist immerhin genauso unspaßig wie dieses Date.

„Entweder du behandelst mich mit etwas mehr Respekt und lässt mich meinen Job machen oder wir lassen das Ganze.“

Er lacht auf. „Respekt? Den musst du dir erst verdienen. Bisher ist dein Verhalten alles andere als angemessen.“

Ich glaube, mich verhört zu haben. Was für ein arrogantes Arschloch. In welcher Welt lebt er?

Ich will mich zur Seite vom Bett hinunterrollen und aufstehen. Doch bevor ich den Boden unter meinen Füßen spüre, werde ich unsanft zurückgerissen. Sein Arm legt sich um meinen Hals. Ich erstarre. Scheiße.

Ich schlucke. Mein Kehlkopf drückt gegen seine Muskeln. Er muss sie nicht einmal anspannen, um mir die Luft zu nehmen. Die Panik, die seine Drohung in mir auslöst, schnürt mir die Atemwege zu.

„Du sollst liegen bleiben, hast du das verstanden?“, knurrt er, ohne seinen Griff zu lockern.

Ich öffne die Lippen, bringe jedoch keinen Laut hervor. Stattdessen versuche ich zu nicken, während mein Kopf auf Hochtouren arbeitet. Ich muss hier raus. Dringend. Nur wie?

Endlich löst er den Arm von meinem Hals, krallt seine Hand in meine Haare und drückt mich zurück aufs Bett. Er schwingt sich auf mich und setzt sich mit seinem ganzen Gewicht auf meinen Brustkorb, meine Arme presst er mit den Knien gegen den Körper. Triumphierend blickt er auf mich hinunter. Dann verzieht er die Lippen. Nein, bitte nicht! Ich will den Kopf zur Seite drehen, doch sein Griff ist zu fest.

Seine warme Spucke landet direkt auf meinem Gesicht und rinnt mir seitlich die Wangen hinunter. Ekel schüttelt mich und ich versuche mit aller Kraft, meine Hände zu befreien. Doch sie bewegen sich keinen Millimeter. Er hat nicht einmal Mühe, mich festzuhalten. Sein eiskaltes Lachen verstärkt meine Panik. Wird er mich umbringen?

Seine Hand schnellt nach vorne. Das Klatschen pfeift in meinem Ohr. Meine Wange brennt wie Feuer. Ich kann keinen klaren Gedanken mehr fassen. Tränen strömen an meinem Gesicht entlang und vermischen sich mit seinem Speichel, der klebrige Fäden um meine Nase zieht. Ich will nicht sterben.

Ich hole so tief Luft, wie es sein Gewicht auf der Lunge zulässt. Das ist vielleicht meine letzte Chance.

Dann stoße ich einen Schrei aus, so laut, dass es selbst mir in den Ohren schmerzt.

Sofort presst er die Hand auf meinen Mund. Seine andere verpasst mir einen Schlag in die Nieren. Der dumpfe Schmerz zieht von meiner Seite bis in meinen Magen und lässt mich würgen. Verschwommen nehme ich sein wutverzerrtes Gesicht wahr, direkt vor meinem.

„Das hättest du nicht tun sollen“, flüstert er, doch neben dem Ärger schwingt auch Freude in seinen Worten mit. Hat er die ganze Zeit nur darauf gewartet, dass ich seine Anweisungen nicht befolge? Dass ich mich wehre und er mich dafür bestrafen kann? Verzweifelt sehe ich an mir hinunter, betrachte seinen schweren Körper, der mir jegliche Bewegungsfreiheit nimmt. Wenn ich mich nur eine Sekunde befreien könnte. Mein rechter Arm würde reichen. Eine schnelle Bewegung. Er würde nicht mal bemerken, was ich vorhabe.

Mein Herz pumpt so viel Blut durch meine Adern, dass mir schwindelig wird. Trotzdem hebe ich mein rechtes Bein an. Ich bin mir nicht sicher, ob ich beweglich genug bin, ihn zu treffen. Aber ich hole aus. Mein Knie donnert auf seinen Rücken. Er zuckt zusammen und grunzt. Doch das war alles. Sein Druck auf meine Arme wird kein bisschen lockerer. Mir ist nach Schluchzen zumute, doch ich muss mich darauf konzentrieren, durch die Nase zu atmen, damit ich unter dem Druck seiner Hand nicht ersticke.

Eine letzte Möglichkeit bleibt mir noch. Ich werfe meinen Kopf mit aller Kraft hin und her. Seine Hand verrutscht auf meinem Mund.

„Lass das, Schlampe!"

Bevor er mir wieder den Atem rauben kann, beiße ich zu. Meine Zähne bohren sich in seine Finger. Der Geschmack von Eisen breitet sich auf meiner Zunge aus. Ich unterdrücke den erneuten Würgereiz.

Er schreit auf und versucht, seine Hand zu befreien, doch mein Kiefer ist stärker. Endlich lockert sich der Druck seiner Knie.

Blitzschnell ziehe ich meinen Arm hervor. Er ist von meinen Zähnen in seinem Fleisch viel zu abgelenkt, um etwas dagegen zu unternehmen. Dennoch zittere ich so unkontrolliert, dass ich mich erst am Rahmen des Betts entlangtasten muss. Ich muss schneller sein als er. Denn jetzt wird er erst recht keine Rücksicht mehr auf mich nehmen.

Ich schiebe meine Hand auf die Unterseite des Holzrahmens. Scheiße, wo ist dieses verdammte Ding? Mein Kiefer verkrampft. Ich kann nicht länger so fest zubeißen. Fluchend reißt er seine Hand aus meinem Mund.

Im selben Moment streifen meine Finger über eine Erhebung im Holz. Endlich. Ich presse meine ganze Handfläche auf den Alarmknopf. Im selben Moment packt er mit der blutüberströmten Hand meinen Arm und zieht ihn zu sich.

20. Sam

Das Ticken der Uhr über der Bürotür macht mich verrückt. Ich kann das Geräusch nicht ausblenden. Unmöglich, sich dabei auf die Zahlen auf dem Bildschirm zu konzentrieren. Außerdem sinkt meine Geduld mit jedem weiteren Schlag. Jeanny hätte schon vor zehn Minuten hier sein sollen. Ich wette, das macht sie mit Absicht. Und ich hab' jetzt schon keinen Bock mehr, mit ihr zu reden. Aber ich lass' mich nicht länger verarschen. Ich schlucke meinen aufkeimenden Hass hinunter und widme mich wieder der Tabelle mit den Buchungen.

Fünf Minuten später schiebt sich endlich die Tür auf. Jeanny sieht mich nicht mal an, drückt sie unachtsam zu und schmeißt sich auf den Stuhl gegenüber. Mit verschränkten Armen starrt sie an mir vorbei aus dem Fenster. Am liebsten würde ich sie direkt wieder rauswerfen. Aber das würde uns keinen Schritt weiter bringen. Ruhig bleiben.

„Mit diesen Krallen klopft es sich wohl nicht so gut", sage ich und deute mit dem Kopf zu ihren zentimeterlangen Fingernägeln. Hässliche Dinger. Sie zuckt nur mit den Schultern.

„Wir sind bestimmt nicht hier, um über meine Finger zu diskutieren."

Das kann ja lustig werden. Ich rutsche hinter meinem Bildschirm hervor und versperre ihr die Sicht aufs Fenster. So ist sie gezwungen, mich bei unserem Gespräch auch anzusehen. Ich hab' hier die Hosen an. Das soll sie auch spüren.

„Wie du neulich ja mitbekommen hast, wird sich strukturell einiges im Club verändern." Ich werfe ihr einen finsteren Blick zu. Doch sie erwidert ihn ohne irgendeine Regung.

„Und?", fragt sie genervt und betrachtet eingehend eine Strähne, die sie um den Finger gewickelt hat.

„Das betrifft nicht nur mich als neue, stellvertretende Führungskraft. Wir planen auch andere, personelle Umstrukturierungen."

Dass ich so schnell in die Details gehen muss, ist scheiße. Sie ist leider nicht leicht zu knacken. Ich bete inständig, dass mein Plan aufgeht. Wenn nicht, habe ich ein gewaltiges Problem. Sollte sie Domi weitergeben, was ich ihr gerade auftische, fliege ich sofort. Doch meine letzten Worte lassen sie hellhörig werden.

„Mach dir keine Hoffnungen. Domi wird mich nicht rauswerfen. Er weiß, wie sehr die Kunden mich lieben."

Ich beuge mich vor. „Daran hab' ich gar keine Zweifel."

Sie zieht eine Braue nach oben. „Alter, was willst du dann von mir? So leicht machst du mir keine Angst."

Das werden wir gleich sehen. Ich hasse diese Spielchen. Aber inzwischen habe ich eingesehen, dass ich mich darauf einlassen muss, wenn ich ihrem Terror ein Ende setzen will. Locker kehre ich ein paar Radiergummiflusen vom Tisch und lasse mir mit meiner Antwort Zeit. „Ich wollte dich nur informieren. Uns fehlen in den unteren Kategorien einige Mädels. Die meisten Neuen taugen nichts, handeln sich eine Beschwerde nach der anderen ein. Also haben wir beschlossen, die Diamond-Girls zu dezimieren und ein paar davon in die Silber und Bronze-Kategorie zu verschieben. Unseren Kunden und dem Ruf des Clubs zuliebe."

Sie schüttelt ungläubig den Kopf.

„Doch. Und jetzt darfst du raten, wer darüber entscheidet."

Ihr Mund klappt auf und sie stößt ein nervöses Lachen aus.

„Du willst mich doch verarschen."

Ich lege all meine Abneigung in einen Blick, der ihr klar machen soll, wie wenig ich scherze. Das reicht aus, um über meine Lüge hinwegzutäuschen. In ihren Augen lese ich Verunsicherung und sie kaut von innen auf der Unterlippe.

„Ich weiß, was du hinter meinem Rücken treibst. Welche Geschichten du über mich erzählst und wie viele Lügen ..."

Das plötzliche, rote Blinken auf meinem Bildschirm lenkt mich ab. Mein Herz setzt einen Schlag aus und findet nur stolpernd zurück in seinen Takt. Scheiße. Erst vor wenigen Tagen hat Domi mir erklärt, was das bedeutet. Aber er meinte, es würde so gut wie nie vorkommen. Vielleicht einmal im Jahr. Warum ausgerechnet jetzt?

„Was ist?", fragt Jeanny und will ebenfalls einen Blick auf den Bildschirm werfen, aber ich drehe ihn von ihr weg. Meine Glieder versteifen sich. Ich greife nach der Maus und mich klicke mich durch das aufgeploppte

Fenster. Es ist genau die Meldung, die erwartet habe. Fuck. Hoffentlich nur ein Fehlalarm.

Ich springe auf und stürme an Jeanny vorbei, die verwundert zu mir hinaufsieht. Verdammt, ich hab keine Ahnung, was ich zuerst machen soll.

„Hol den Security! Sofort! Schick ihn zu Zimmer 4!", rufe ich ihr von der Tür aus entgegen und stürme den Flur hinunter. Hab ich die Buchung gemacht? Ich kann keinen klaren Gedanken fassen. Aber egal, welche der Frauen in diesem Zimmer ist: Ich kann nicht warten. Ich muss etwas unternehmen, sofort.

Adrenalin strömt durch meine Adern und lässt mich schneller sprinten als jemals zuvor. Ich renne an der Treppe vorbei, springe über die Kante des Teppichs und erreiche die Zimmer. Ohne eine weitere Sekunde zu verschwenden, reiße ich die Klinke von Zimmer 4 nach unten. Doch nichts passiert. Die Tür ist abgeschlossen. Nein, das darf nicht sein. Das kostet verdammt viel Zeit. Fluchend hämmere ich dagegen.

„Aufmachen! Security!"

Ich brülle, bin mir aber gar nicht mehr sicher, ob überhaupt jemand da drin ist. Ich lege mein Ohr ans Holz und lausche. Kein Mucks. Das ist ein gutes Zeichen. Oder doch nicht? Mein Kopf spuckt das Bild einer entstellten Frauenleiche aus. Mit weichen Fingern ziehe ich die Generalschlüssel aus der Tasche.

Ich verliere zu viel Zeit. Erst der Dritte passt. Mit meinem Gefummle hab ich den Kerl sicher auf mich aufmerksam gemacht. Trotzdem zögere ich nicht und stoße die Tür auf.

Zuerst sticht mir das Geld auf dem Tisch ins Auge. Dann der Mann, der auf dem Bett kniet, auf dem

Körper einer halbnackten Frau. Ich bleibe im Türrahmen stehen. Hab ich mich getäuscht? Störe ich hier ein ganz normales Date und der Alarm war nur ein Versehen? Ein gedämpfter Schrei zerreißt die Stille. Er brennt sich in meinen Kopf. Ich stürme los.

Dabei fällt mein Blick auf die Handtasche neben dem Bett. Ich kenne sie. Fuck. Spätestens jetzt bin ich mir sicher, dass ich nicht auf unsere Security warten kann. Die Wut durchströmt mich mit einer Intensität, die mich zu zerreißen droht. Dieses Schwein. Ich werd' ihn umbringen.

Der Penner wendet den Kopf. Natürlich hat er mich schon längst bemerkt. Trotzdem macht er keine Anstalten, von Lola abzulassen.

„Verpiss dich, oder ich …"

Weiter kommt er nicht. Meine Faust trifft mit voller Wucht auf sein Gesicht.

21. Lola

Es geht so schnell, dass ich die Eindrücke kaum verarbeiten kann. Das krachende Geräusch lässt mich zusammenzucken. Warme Tropfen spritzen gegen meine Schläfe. Die Hand, die auf mein Gesicht drückt, löst sich schlagartig, begleitet von einem schmerzerfüllten Schrei. Der Mann kippt von mir herunter und krümmt sich. Doch das Zittern, das meinen ganzen Körper erfasst hat und mich nur stoßweise atmen lässt, nimmt zu.

Ich blinzle, werde den Schleier aus Tränen und Speichel vor meinen Augen aber nicht los. Verschwommen nehme ich den dunkelroten Fleck auf der Bettdecke wahr, der langsam wächst. Jemand greift in die Haare des winselnden Mannes, reißt ihn daran hoch und stößt ihn von der Matratze hinunter zu Boden. Ist es vorbei? Ich schnappe nach Luft.

Aufgeregtes Stimmengewirr erfüllt den Raum. Eine weitere Person stürmt durch die Tür und stürzt sich auf die Gestalt am Boden. Ich will mir übers Gesicht wischen, mich von dem Nebel vor meinen Augen befreien und die Watte in meinen Ohren loswerden. Meine Glieder gehorchen mir jedoch nicht. Ich kann mich nicht bewegen, werde nur von einem neuerlichen Zittern geschüttelt. Gedanken wabern wie Seifenblasen durch meinen Kopf. Sobald ich versuche, einen davon zu greifen, zerplatzt er und hinterlässt gähnende Leere in meinem Bewusstsein. Was passiert hier?

Die Matratze biegt sich auf meiner Linken nach unten. Die Berührung an meiner Schulter lässt mich erneut erschaudern und ein Quietschen entweicht meinen Lippen. Ich will das nicht. Ich muss mich erst wieder sammeln. Sie sollen abhauen, alle. Keiner soll mich in diesem Zustand sehen.

„Schh, alles in Ordnung. Wir bringen diesen Mistkerl runter. Er kann dir nichts mehr tun." Die Stimme lässt meinen vibrierenden Körper sofort zur Ruhe kommen. Sam. Was macht er hier?

Ich will etwas erwidern, bringe aber keinen Laut hervor. Das sanfte Streicheln an meinem Arm ist nicht länger beängstigend, sondern beruhigt meine unregelmäßigen Atemzüge. Sam greift zum Nachttisch und ich vernehme das Ratschen der Taschentuchbox. Dann wischt er mir sanft über Augen und Nase und befreit mich von den Körperflüssigkeiten meines Peinigers. Ich unterdrücke einen Würgeimpuls und schaffe es endlich, mich zu bewegen. Ich drehe mich zur Seite, ziehe seinen Arm zu mir und klammere mich daran fest. In diesem Moment gibt es nichts Beruhigenderes als seine Nähe. Er darf nicht gehen. Er soll noch ein bisschen bei mir bleiben.

„Bist du verletzt? Was hat er mit dir angestellt?"

Sam hebt mein Kinn sanft an, sodass ich zu ihm hinaufsehen muss. In seinen dunklen Augen liegt aufrichtige Sorge und seine Nasenflügel beben vor Aufregung.

„Ich glaube nicht, nein", murmle ich. Langsam klärt sich meine Wahrnehmung – und mit ihr meine Gedanken.

„Eigentlich nicht viel. Er hat mich festgehalten ... mich geschlagen ...“

„Das sehe ich.“ Sam streicht über meine Wange, die spürbar angeschwollen ist. Die Haut brennt unter seinen Fingern, dennoch genieße ich die Berührung.

„Aber dabei wäre es bestimmt nicht geblieben, wenn du nicht so schnell hier gewesen wärst.“ Die Vorstellung ist so entsetzlich, dass es mich schüttelt.

„Du hattest Glück. Wenn das im Hotel passiert wäre ...“ Er verstummt und schüttelt den Kopf.

Schlagartig wird mir bewusst, was ich hier eigentlich mache. Ich setze mich auf und mustere ihn von oben bis unten. Es sollte sich nicht mehr so vertraut anfühlen. Er hat mich belogen und mit mir gespielt. Warum sagt mir mein Bauchgefühl, dass seine Nähe richtig ist?

Seine Worte sickern in mein Bewusstsein und brennen sich dort ein. Ist es nicht das, was er mir während unserer Beziehung immer wieder gesagt hat? Ist die Sorge, die seine Mimik zeichnet, nicht genau dieselbe wie damals? Und ich habe ihn jedes Mal weggestoßen. Ihn nicht ernst genommen und seine Angst als Vorwand abgestempelt, mich kontrollieren zu können. Aber es war keiner. Er hatte recht. Und ich musste es erst am eigenen Leib zu spüren bekommen, um es zu begreifen.

Ich beiße mir auf die bebenden Lippen, um nicht erneut in Tränen auszubrechen. Doch Sam hat mich längst durchschaut. Er weiß auch ohne Worte, was in mir vorgeht.

„Das sollte kein Vorwurf sein.“

Ich nicke und will die Beine vom Bett schieben, doch er hält sie fest.

„Bleib liegen und komm erstmal runter. Du siehst echt nicht fit aus."

Unentschlossen rutsche ich zur Seite. Warum ist er immer noch so fürsorglich?

„Okay ... aber geh lieber, bevor du Probleme mit Jeanny bekommst."

Zu meiner Überraschung reagiert er weder wütend noch ausweichend. Ehrliche Verwirrung steht ihm ins Gesicht geschrieben.

„Was geht sie das an?", fragt er und mustert mich mit einem Blick, der viel zu tief in mein Herz dringt.

„Also mich würde es interessieren, wenn mein Freund mit einer anderen Frau auf dem Bett sitzt und sie streichelt. Aber vielleicht handhabt ihr das ja anders."

Er fährt sich durch die Haare und sieht mich an, als hätte ich ihm von fliegenden Kühen erzählt.

„Sag, dass das nicht wahr ist."

Nun bin ich es, der die Verwirrung ins Gesicht geschrieben steht.

„Sie hat dir erzählt, wir wären zusammen?"

Mein dummes Herz schlägt einen Purzelbaum. „Seid ihr nicht?"

Sam springt vom Bett auf und läuft mit geballten Fäusten vor mir auf und ab. Sein Kiefer ist so angespannt, dass die Muskeln unter den Ohren hervortreten.

„Ich könnte sie umbringen."

Meine Vernunft schlägt Alarm. Ich darf mich nicht wieder einlullen lassen. Doch mein Gefühl sagt mir, dass das keine Finte ist. Er hört das gerade zum ersten

Mal. So gut könnte er nicht schauspielern. Doch es gibt noch einen Punkt, der mich stutzig macht.

„Woher wusste sie dann als Erste von deiner neuen Stelle?"

Er stößt ein bitteres Lachen aus. „Wundert dich das? Weil sie an der Tür gelauscht hat, als ich mit Domi darüber geredet habe." Er bleibt vor mir stehen. „Wie kannst du ihr glauben? Du weißt, dass sie ein hinterhältiges Miststück ist. Und du kennst unsere Vorgeschichte."

Plötzlich überkommt mich das schlechte Gewissen. Es stimmt, ich hätte wissen müssen, dass er sich nicht auf sie einlassen würde. Verzweifelt suche ich nach einer Ausrede.

„Naja, wir sehen uns ähnlich ..."

„Und du glaubst, ich will dich deswegen? Wegen deinem Aussehen?"

Egal, was ich sage, ich mache es nur schlimmer. Ich sollte einfach den Mund halten und nach Hause gehen. Aber ich kann nicht. Denn er hat nicht in der Vergangenheit von uns gesprochen. Er will mich immer noch.

„Ich glaube langsam gar nichts mehr. Ich liege sowieso immer falsch."

Er kniet sich vor mich und umschließt mein Gesicht mit beiden Händen, sodass ich gezwungen bin, ihn anzusehen. Er ist mir so nahe, dass ich nur die Lippen spitzen müsste, um ihn zu küssen. Die Anziehung, die mich die letzten Zentimeter überwinden lassen will, ist kaum auszuhalten.

„Scheißegal, was richtig oder falsch war. Es gibt nur eine Sache, die du mir glauben musst."

„Und die wäre?“, flüstere ich so leise, dass ich es selbst kaum hören kann.

„Ich habe dich noch nie angelogen. Weder damals noch wegen Jeanny.“

Mein Herz ist in zwei Teile zerrissen. Ich kann der Intensität seines Blickes kaum standhalten. Sein Duft dringt durch meine vom Weinen geschwollene Nase und setzt meinen Verstand endgültig außer Gefecht. Nichts ist mehr wichtig. Ich schließe die Augen und bewege meine Lippen wie in Zeitlupe in seine Richtung. Sein warmer Atem streift meine Haut.

Es klopft.

Wir schrecken auseinander und ich werde mit voller Wucht zurück in die Realität katapultiert. Leicht benommen schiele ich zum Flur hinüber. Im Türrahmen steht ein Uniformierter und mustert mich stirnrunzelnd.

„Entschuldigen Sie, ich wollte nicht stören ... Sie sind die Dame, die belästigt worden ist?“

Sam schnaubt verärgert. „Belästigt ist aber sehr nett ausgedrückt.“

Ich nicke, der Beamte ignoriert Sam und setzt sich mit einigem Abstand zu mir aufs Bett.

„Dürfte ich Ihnen ein paar Fragen stellen?“

„Wenn es sein muss.“

Nun wendet er sich doch an Sam. „Dann müsste ich Sie bitten, uns kurz alleine zu lassen.“

Sam lässt den Blick zwischen mir und dem Polizisten hin- und herwandern. Ich gebe ihm zu verstehen, dass ich klarkomme.

„Bin schon weg“, antwortet er und macht sich auf den Weg nach draußen.

Nachdem ich meine Aussage aufgegeben habe, überkommt mich schlagartig eine bleierne Müdigkeit. Am liebsten würde ich sofort nach Hause fahren und mich mit Miss Flauschig im Bett verkriechen. Aber ich kann nicht. Jetzt, da meine Gedanken wieder klarer sind, geht mir die Begegnung mit Sam nicht mehr aus dem Kopf. Die Magie zwischen uns ist nicht verlorengegangen, auch wenn wir uns so lange voneinander ferngehalten haben. Es kommt mir sinnlos vor, mich dagegen zu wehren. War ich zu voreilig, unsere Beziehung zu beenden? Habe ich unsere Situation tatsächlich falsch eingeschätzt? Sie war nicht so aussichtslos, wie ich dachte. Er hatte vor, etwas zu verändern, um unsere Liebe zu retten, während ich Sturkopf keinen Zentimeter von meiner Meinung abweichen wollte. Dabei hatte er recht. Mein Job ist gefährlich und seine Sorge nicht gespielt. Warum musste es erst soweit kommen, damit ich das erkenne? Warum konnte ich ihm nicht ein einziges Mal vertrauen?

Statt die Treppen nach unten zu nehmen, steuere ich auf die Büros zu. Ich muss mit Sam reden. Nicht übers Telefon, nicht morgen, nicht in einer Stunde – sofort. Die letzten Tage haben mir nur allzu deutlich gezeigt, wie trist meine Welt ohne ihn ist. Ich vermisse ihn. Mehr, als ich je zuvor jemanden vermisst habe. Sein Lachen, unsere kleinen Sticheleien, seine Wärme und die Berührungen, die meine Sinne zum Explodieren bringen. Vielleicht ist es ja wirklich nur meine verdammte Skepsis und ein Haufen blöder Missverständnisse, die uns voneinander trennen. Ich halte es keine Sekunde länger aus. Ich brauche Gewissheit. Sofort.

Ich atme noch ein letztes Mal tief durch und hebe meine Hand, um an seiner Bürotür zu klopfen. Doch die Stimme, die aus dem Inneren dringt, lässt mich in der Bewegung innehalten. Ich stolpere einen Schritt zurück. Was macht Jeanny in seinem Büro? Mein Hals schnürt sich zu. Hat er doch gelogen? Ich traue mich kaum, mich zu bewegen. Ich kämpfe jedoch gegen meine innere Starre an, schleiche nach vorne und lege mein Ohr an den Türspalt. Ich sollte die beiden nicht belauschen. Wenn ich etwas höre, das nicht für meine Ohren bestimmt ist, könnte es mich noch mehr zerreißen als unser letztes Gespräch. Doch ich kann nicht anders. Ich muss endlich Gewissheit haben.

Ich kneife die Augen zusammen, um mich voll und ganz auf die leisen Worte auf der anderen Seite zu konzentrieren.

„Du hast es jetzt selbst in der Hand. Denk mal drüber nach", dringt Sams Stimme durch das Holz.

„Das ist Erpressung." Mein Herz schlägt so laut in meinen Ohren, dass es den leisen Klang ihrer Worte beinahe übertönt. Erpressung?

„Ich hab dir nur die Fakten mitgeteilt. Das ist nichts dagegen, was du in den letzten Monaten abgezogen hast."

Die Kälte zwischen den beiden ist selbst durch die geschlossene Tür spürbar.

„Und was erwartest du jetzt? Dass ich eine öffentliche Rede im Club halte und mich entschuldige?"

Sam seufzt. „Ich will einfach nur, dass du endlich aufhörst, Mist über mich zu verbreiten und wir das Thema ruhen lassen können. Du hattest deinen Spaß. Aber jetzt reicht es."

Ich halte vor Anspannung die Luft an. Es stimmt also.

„Süß. Du hast Angst vor mir. Hab ich's dir mit deiner Lola versaut? Das tut mir aber leid."

Ein Stuhl scharrt über den Boden. Erschrocken nehme ich das Ohr von der Tür und springe zur Seite. Trotzdem ist Jeannys Stimme noch deutlich zu hören.

„In Ordnung. Dann lass mich gefälligst aber auch in Ruhe. Ich will nicht mehr mit dir reden und ich will nicht, dass du dich in meine Termine einmischst. Ich arbeite mit Domi zusammen. Nicht mit dir."

Sam erwidert etwas, das ich aus der Entfernung nicht verstehe. Dann öffnet sich die Tür und Jeanny tritt mit missmutigem Gesichtsausdruck nach draußen.

Ihre Brauen ziehen sich zusammen, als sie mich neben der Tür erblickt. Ich presse die Lippen aufeinander und kämpfe mit aller Kraft gegen den Drang an, ihr eine Beleidigung an den Kopf zu knallen. Wortlos zischt sie an mir vorbei.

Perplex sehe ich ihr hinterher, doch sie schlüpft in Windeseile ins Treppenhaus hinaus. Wahnsinn. Kein böser Kommentar. Hat Sam sie einer Gehirnwäsche unterzogen?

Erst jetzt fällt mir auf, dass sie die Tür einen Spalt offengelassen hat. Mein Herz pocht in meinen Schläfen. Das ist meine Gelegenheit.

Vorsichtig schiebe ich sie auf. Sam sitzt an seinem Schreibtisch, die Ellbogen auf den Tisch gestützt und das Gesicht in den Händen vergraben. Er hebt den Kopf und die sorgenvollen Fältchen um seine Augen herum verschwinden augenblicklich. All die Worte, die ich mir zurechtgelegt habe, tun es ihnen gleich und lösen sich in Luft auf. Sam steht auf und tritt hinter seinem Schreibtisch hervor. Mist, wo fange ich jetzt an?

„Danke", ist alles, was ich herausbringe.

Plötzlich ist er mir so nahe, dass ich nur die Hand ausstrecken müsste, um ihn an mich zu ziehen. Die Wärme in seinen dunklen Augen lässt meine Knie weich werden. Und schlagartig wird mir klar, dass wir keine Erklärungen brauchen. Denn er hat schon längst durchschaut, warum ich hier bin. Und zum ersten Mal in all den Wochen lasse ich die Gefühle zu, die mich zu überwältigen drohen.

In meinem Bauch tobt ein Schwarm Schmetterlinge. Meine Lider flattern mit ihren Flügeln um die Wette, doch ich denke nicht daran, den Blick von ihm abzuwenden.

Seine Finger wandern unter mein Kinn. Die Berührung lässt Funken auf meiner Haut sprühen. Dann beugt er sich langsam zu mir hinunter. Mein Körper fühlt sich an, als würde er von innen heraus leuchten. Ich ertrage es keine Sekunde länger, von ihm getrennt zu sein.

Endlich treffen sich unsere Lippen zu einem Kuss, der alles besiegelt, was unsere Blicke versprochen haben.

Epilog

Der Sand brennt unter meinen Füßen. Ich greife nach Sams Hand und renne aufs rettende Nass des Meeres zu. Sanfte Wellen umspülen meine Knöchel und kühlen die erhitzte Haut.

„Soll ich dich gleich reinwerfen oder willst du dich erst ausziehen?" Sam täuscht einen Angriff an und ich stolpere beinahe von selbst ins Wasser.

„Lieber gleich. Ich hab noch Handy und Reisepass in der Tasche."

„Verstehe. Wäre furchtbar tragisch, wenn deine Papiere aus Versehen auf den Ozean hinaustreiben."

„Ja, wäre eine Katastrophe, hier für immer mit dir gefangen zu sein und nicht mehr nach Hause zu dürfen."

Ich schlinge die Arme um seinen Nacken und stupse meine Nase gegen seine. Sein Duft mischt sich mit der salzigen Note des Meerwassers.

„Dann muss ich mir also was Besseres überlegen, um dich von diesem lästigen Stoff zu befreien?"

Er schiebt die Hände in die hinteren Taschen meiner Shorts und drückt mich an sich, sodass ich jeden seiner Muskeln an mir spüren kann. Die Hitze, die in mir aufsteigt, hat nichts mit den brennenden Sonnenstrahlen zu tun.

„Ich hätte da schon eine Idee."

Herausfordernd drücke ich meine Lippen gegen seine. Er lässt die Zunge in meinen Mund gleiten und eine Welle unbändiger Lust durchfährt meinen Körper. Gierig erwidere ich den Kuss. In diesem Moment wünsche ich mir nichts mehr, als dass er seine Andeutungen wahr macht und mir die Kleider vom Leib reißt. Ich lege meine Hand auf seinen Bauch und ziehe mit den Fingern eine Linie von seinem Bauchnabel hinunter, während unsere Lippen miteinander spielen.

„Du willst es nicht anders", murmelt er gegen meine Lippen und zieht die Hände aus meinen Taschen. Mit einem Ruck hebt er mich aus dem Sand. Kichernd schlinge ich die Hände um seinen Hals und schmiege mich an ihn, während er durch den Sand stapft und mich zu unserem Bungalow hinüberträgt. Im Ausläufer unseres Gartens will ich absteigen, doch er lässt mich nicht runter und trägt mich am Pool vorbei zu den beiden Palmen, hinter denen die rotgrünen Fächer der Ti-Hecke die Sicht zu den anderen Hütten versperrt. Vorsichtig setzt er mich auf der Hängematte ab. Sein fordernder Blick lässt meinen Atem stocken.

Er beugt sich über mich und streift mir das Top von den Schultern. Trotz der Hitze breitet sich Gänsehaut über meinen ganzen Körper aus, als seine Finger zu meiner Hose hinunterstreichen und sie öffnen. Ich stelle die Füße auf dem Boden ab und strecke ihm meine Hüfte entgegen, damit er sie hinunterziehen kann.

Bevor sie meine Knie erreicht, fallen jedoch mein Reisepass, das Handy und mein Flugticket aus der Hosentasche. Sam geht vor mir in die Knie, wirft das Smartphone neben mich auf die Hängematte und greift nach dem Flugticket. Er will es ebenfalls aufheben, doch als sein Blick darauf fällt, stockt er in der Bewegung und kneift die Augen zusammen. Grinsend beobachte ich seine Reaktion. Er schlägt meinen Pass auf und sieht ungläubig zwischen Ticket und Personendaten hin und her.

„Ernsthaft? Das überrascht dich? Dachtest du, meine Eltern hätten mir den perfekten Strippernamen zur Geburt verpasst?"

Ich kann mir den neckenden Unterton nicht verkneifen. Er steht auf und sein Kopfschütteln verrät mir, dass er wirklich verwirrt ist.

Ich strecke ihm die Hand entgegen. „Ella. Freut mich, dich kennenzulernen ..."

Er ergreift sie und schließlich kann auch er seinen schockierten Gesichtsausdruck nicht mehr beibehalten. Ein Lachen zuckt über seinen Lippen. „Sam. Immer noch."

Nun ist er es, der mich überrascht. Aber das erklärt, warum es ihn so verwirrt. Ihm scheint nie jemand erzählt zu haben, dass wir Mädels unter Künstlernamen in der Agentur arbeiten.

„Wirklich?"

„Ja, ist eine Abkürzung für Samuel. Du weißt doch, Elisabeth ... ich bin immer ehrlich zu dir."

Ich will nach ihm schlagen, doch er hält meine Hände fest.

„Nenn mich nicht so. Pack lieber deine blauen Pillen aus und lass mich nicht halbnackt in der Hängematte liegen."

Statt einer Antwort beißt er mir sanft in den Hals. Ein wohliges Ziehen durchfährt meinen Körper. Ich kralle mich an seinem Shirt fest und ziehe es ihm über den Kopf, als er von meinem Hals ablässt.

Mit einem verklärten Grinsen sieht er zu mir hinunter und lässt den Blick über meinen Körper wandern. Mit den Fingern fährt er unter den Bund des Höschens und streichelt über meine Hüfte.

„Ich bin stolz auf dich. So sollte es jeden Tag sein. Du brauchst das Make-up nicht."

Meine Brust füllt sich mit Wärme. Allein dafür hat es sich gelohnt, mich zu überwinden.

„Ich hab es zu Hause gelassen", erwidere ich und genieße die Liebkosungen seiner Finger.

„Und wenn wir wieder zurück sind, wirfst du es weg."

Zu gerne würde ich ihm zustimmen. Aber so weit bin ich noch nicht. Wenn ich mir vorstelle, bei den Kunden mit gut sichtbaren Dehnungsstreifen auftauchen zu müssen, läuft es mir eiskalt den Rücken hinunter. Auch wenn ich inzwischen nur noch Stammkunden bediene und die meisten sicher nichts dagegen hätten, gibt es bestimmt den ein oder anderen, der sich darüber beschweren würde. Dafür reicht meine Selbstsicherheit noch nicht aus. Es würde mich Tag und Nacht verfolgen. Mein Schweigen ist Antwort genug.

„Einen Versuch war es wert" Er zwinkert mir zu. „Aber du hast alle Zeit der Welt. Ich werd dich nicht drängen."

Ich setze mich in der Hängematte auf und schlinge die Arme um ihn. Womit habe ich diesen Mann nur verdient?

Er vergräbt die Hände in meinen Haaren und drückt mich an sich. Vorsichtig schiebe ich sein Shirt nach oben und bedecke seinen nackten Bauch mit Küssen.

Er lässt sich nicht lange bitten und zieht es sich über den Kopf. Ich lasse meine Küsse tiefer wandern, bis ich den Bund seiner Hose erreicht habe. Noch tiefer lässt er mich allerdings nicht gehen, bevor er mich zurück in die Hängematte drückt und mich mit einer solchen Leidenschaft küsst, dass ich zwischen seinen Küssen nach Luft schnappen muss. Glückshormone fluten meine Adern und seine Berührungen nehmen mich völlig ein. Ich kann nicht mehr von seinen Lippen ablassen, die so intensiv mit meinen spielen, dass mein Herz meine Rippen zu sprengen droht.

Seine süßen Küsse berauschen mich so sehr, dass ich nicht einmal mitbekomme, als er sich seiner restlichen Klamotten entledigt. Stattdessen spüre ich plötzlich seine nackte Härte an mir und keuche gegen seine Lippen. Ich will ihn nicht nur auf mir. Ich will seine Nähe überall fühlen, in mir, neben mir, um mich herum. Noch nie habe ich mir so sehr gewünscht, mit jemandem zu verschmelzen.

Seine Hand streicht über meine Brust und er lässt die Spitze durch seine Finger wandern. Ein quälendes Ziehen durchfährt meinen Körper und meine Mitte beginnt zu pulsieren. Durch halb geöffnete Lider blinzle ich gegen die Sonnenstrahlen, die Sams definierten Körper umspielen und seinen dunklen Bartschatten glänzen lassen. Voller Verlangen strecke ich die Hand aus und streichle über seine empfindlichste Stelle. Ihm entfährt ein leises Stöhnen, das meine Begierde nur noch steigert. Der Moment ist perfekt. Ich will nicht mehr warten.

Ich rutsche auf der Hängematte nach oben, hebe die Beine an und ziehe sie an meine Brust. Sam kommt meiner stummen Aufforderung jedoch nicht nach. Stattdessen legt er schwer atmend die Finger auf meine pulsierende Feuchte. Pure Lust durchzuckt meinen Unterleib und ich kann kaum stillhalten, als er sie langsam über meine Mitte kreisen lässt. Erst sanft, dann verstärkt er den Druck. Die Gefühle drohen mich zu zerreißen. Die Intensität seiner Berührung ist kaum zu ertragen und wechselt sekündlich zwischen Schmerz und Ekstase. Immer stärkere Wellen breiten sich zwischen meinen Beinen aus und lassen die Muskeln an meinem ganzen Körper zucken.

Plötzlich verlangsamen sich seine Bewegungen und er gleitet in mich. Mit langsamen Stößen unterstützt er das Kreisen seiner Finger und bringt mich damit völlig um den Verstand. Die Hängematte schaukelt im Takt unserer Bewegungen vor und zurück. Jedes Schwingen lässt ihn tiefer in mich eindringen und meine Sinne sind völlig überfordert. Die Palmen, der Strand, das Rauschen des Meeres und der Duft der exotischen Blumen – alles verblasst. Was übrig bleibt, sind nur Sam und ich. Unsere Körper, die füreinander geschaffen sind. Seine Stöße werden immer tiefer, schneller, fordernder. Meine Muskeln zucken unkontrolliert und ich kann mich nicht länger zurückhalten. Unter Sams schweißnassem Körper explodieren meine Nervenenden. Ich biege mich seinen Fingern entgegen und spüre nichts außer der brennenden Erlösung, die jeden Zentimeter meines Körpers durchfährt. Noch nie hat mir jemand ein so intensives Erlebnis schenken können.

Nur langsam kehre ich zehn Minuten später wieder in die Realität zurück. Ich liege Stirn an Stirn mit Sam im angetrockneten Gras, das mit Sand durchzogen ist und meine Nasenspitze kitzelt. Doch das stört mich nicht. Nichts könnte diesem Moment die Magie entziehen.

Sam streicht mir über die Schulter und rutscht ein paar Zentimeter zurück, um mir in die Augen sehen zu können.

„Ich liebe dich, Tigerchen."

Die bedingungslose Zuneigung in seinem Blick flutet meinen Körper vom Haaransatz bis in die Zehenspitzen. Mit einem sanften Kuss auf seine Wange erwidere ich sie. Ich habe mich getäuscht. DAS ist der Moment, den ich einfangen und für immer bei mir tragen will

Das könnte dir auch gefallen

Paris Affair
Perron, Elodie
E-Book-ISBN: 978-3-96817-181-4
Print-ISBN: 978-3-94804-511-1

Zwischen hemmungsloser Leidenschaft und den dunklen Seiten eines Mannes ...

Jeanne Monnet ist schön und hat ihre beruflichen Ziele klar vor Augen. Das ändert sich, als die junge Anwältin Luc Bronnard wiedertrifft. Der selbstbewusste, dominante Mann hatte sie bereits als Studentin verführt. Was für ihn nur eine kurze Ablenkung von seiner Scheidung war, veränderte Jeannes Leben. Nie wieder möchte sie sich einem Mann gegenüber so ohnmächtig fühlen. Jedoch entfacht die nie vergessene Leidenschaft sofort von neuem und Jeanne folgt Lucs Angebot, in seiner Kanzlei in Paris zu arbeiten. Dort laufen die Dinge allerdings nicht so, wie Jeanne sich das vorgestellt hat, denn Luc ist kein Boss, von dem Frauen träumen ... War es die richtige Entscheidung, alles für einen Mann zu opfern, der sich immer weiter von ihr zu entfernen scheint?